볼테르와 중국

볼테르와 중국

2017년 10월 31일 초판 인쇄
2017년 10월 31일 초판 발행

지은이 송태현
교정·교열 정난진
펴낸이 이찬규
펴낸곳 북코리아
등록번호 제03-01240호
주소 [13209] 경기도 성남시 중원구 사기막골로 45번길 14
우림2차 A동 1007호
전화 02-704-7840
팩스 02-704-7848
이메일 sunhaksa@korea.com
홈페이지 www.북코리아.kr
ISBN 978-89-6324-578-2(93860)

값 15,000원

볼테르와 중국

송태현 지음

북코리아

차례

I. 서론

볼테르(Voltaire, 1694~1778)[1]는 18세기 프랑스 계몽주의의 대표적인 '투사 철학자(le philosophe militant)'[2]다. 그는 당대 프랑스의 정치와 종교 현실에 대해 강력히 비판했고, 종교적 불관용으로 인한 희생자들을 위해 싸웠을 뿐 아니라, 새로운 사회를 위한 대안을 제시한 사상가다. 그런데 그의 프랑스 현실에 대한 비판과 새로운 대안 제시는 중국 사상과 밀접한 관련이 있다. 볼테르에게 중국은 프랑스의 현실을 비춰보는 거울이자, 프랑스의 정치와 종교가 나아가야 할 길을 밝히는 등불이었다. 볼테르는 계몽주의의 대표적 사상가인 동시에 18세기 프랑스에 "중국 '바이러스'를 유포한 가장 중요한 인물(le grand propagateur du 'virus' chinois)"[3]이기도 하다. 볼테르의 계몽사상은 서양문화의 배경을 지닌 그가 타 문명권인 중국의 사상과 오랫동안 대화를 시도한 결과 형성된 산물이다.

볼테르는 다양한 문명권의 문화에 관심을 기울여 방대한 역사서를 남긴 역사가다. 또한 그는 동양에서 서양에 이르기까지 매우 폭넓은 문명권의 문화를 자신의 문학작품 속에서 다뤄낸 작가이기도 하다. 그의 세계 문화에 대한 관심은 일종의 세계 문화사인 『각 민족의 풍속과 정신에 관한 논고(*Essai sur les mœurs et l'esprit des nations*)』에 집약되어 있다. 이 방대한 저작에서 볼테르는 유럽 중심의 역사를 넘어 중국, 인도, 이집트, 페르시아, 아랍, 아메리카 등을

1 볼테르의 본명은 프랑수아 마리 아루에(François Marie Arouet)다. 'Voltaire'는 1718년부터 사용하기 시작한 그의 필명이다.

2 René Pomeau, *Politique de Voltaire*, Paris: Armand Colin, 1963, p. 24.

3 Virgile Pinot, *La Chine et la formation de l'esprit philosophique en France (1640~1740)*. Paris: Librairie orientaliste Paul Geuthner, 1932, p. 11.

망라한 진정한 세계사를 구축하고자 시도했다.

이와 아울러 볼테르는 자신의 문학 작품에도 다양한 국적의 주인공들, 그리고 온 세계를 여행하는 인물들을 많이 등장시킨다. 가령 '철학 콩트' 가운데 하나인 「스카르멘타도 여행기(Histoire des voyages de Scarmentado)」의 주인공은 그리스인으로서 열다섯 살에 로마로 건너가서 공부한 이후로 프랑스, 영국, 네덜란드, 스페인, 터키, 페르시아, 중국, 인도를 거쳐 마지막으로 아프리카를 여행하며 "지상에서 아름답고, 선하며, 경탄할 만한 온갖 것"[4]을 경험한 후 귀국한다. 또 다른 철학 콩트인 「자디그(Zadig)」의 주인공인 자디그는 바빌론의 총명하고 학식 있으며 덕망 높은 청년으로서 자신을 죽이려 하는 왕의 계획을 미리 알고서 바빌론을 떠나 이집트로 향한다. 이집트에서 아랍 상인에게 노예로 팔린 자디그는 아라비아 세계에서 다양한 망명생활을 체험한 후 바빌론으로 귀환하고 나서 왕이 되어 제국을 평화롭게 통치한다.

이러한 등장인물들을 통해 볼테르는 프랑스의 정치체제와 종교사상을 상대화하고, 독자들에게 프랑스 사회를 비판적으로 고찰할 수 있는 새로운 관점을 제공하고자 했다. 볼테르가 다룬 많은 나라들 가운데 가장 특별한 주목을 받는 나라는 중국이다. 중국에 대한 거듭된 연구를 통해 그는 새로운 프랑스를 건설하는 데 중국이 가장 적절한 모델이 될 수 있다고 판단했다.

볼테르는 자신의 다양한 작품들 속에서 중국을 이상적인 나라로 묘사한다. 그는 『영국서한』에서 중국을 "세상에서 가장 현명하고 가장 질서 있는 나라(une nation qui passe pour être la plus

4 Voltaire, *Romans et contes*, Paris: Gallimard, 1979, p. 140.

sage et la mieux policée de l'univers)"로 소개한다.[5] 『철학사전(*Dictionnaire philosophique*)』에서 볼테르는 중국을 "세상에서 가장 광대하고 가장 훌륭한 통치가 이뤄지는 왕국(le plus vaste royaume et le mieux policé de la terre)"으로 표현한다.[6] 「스카르멘타도 여행기」에서는 중국을 "자유롭고 즐겁게 사는 나라(le pays où l'on vivait librement et gaiment)"라고 말한다.[7] 또한 그는 『각 민족의 풍속과 정신에 관한 논고』에서 17세기 초의 중국 정치보다 더 나은 정치를 상상할 수 없을 것이라고 주장했다.[8]

볼테르는 중국의 유교를 당대 프랑스나 유럽의 가톨릭에 대한 새로운 종교적 대안으로, 그리고 중국 정치제도를 앙시앵 레짐하에서 신음하던 프랑스 정치제도에 대한 대안으로 제시하고 있다. 그런데 서양의 볼테르 연구가들은 볼테르 사상에서 차지하는 중국의 중요성을 흔히 간과한다. 이는 볼테르와 관련해서뿐 아니

5 Voltaire, *Lettres anglaises*, Cergy: In Libro Veritas, 2005, p. 50. 『영국서한』에서 볼테르는 중국에 대해 구체적으로 다루지 않는다. 이 서신은 영국에서의 생활을 토대로 작성된 저술이기에 그러하다. 이 책에서 볼테르는 중국에 대해 단 한 차례 언급한다. 그러나 그는 이 책에서 중국을 높이 평가했고, 본받아야 할 나라로 소개하고 있다. 『영국서한』 제11 편지 "천연두 접종에 관하여": "나는 중국인이 100년 전부터 천연두 접종을 시행해왔다고 들었으며, 이 세상에서 가장 현명하고 가장 질서 있는 나라로 여겨지는 중국의 사례는 중요한 본보기가 된다. 중국 사람은 약간 다른 방법을 취하는 것이 사실이다. 즉, 피부에 홈을 새기는 것이 아니라 마치 가루담배를 코에다 갖다 대듯이 코를 통해 천연두를 투입시키는 것이다."

6 Voltaire, *Dictionnaire philosophique*, Los Gallardos: Patrik Cintas, 2005, p. 610.: "인간적으로 말해서, 예수회 신부들이 기독교에 기여했을 요소들은 별도로 하고, 그토록 먼 거리를 여행하여 세상에서 가장 광대하고 가장 훌륭한 통치가 이뤄지는 왕국으로 불화와 혼란을 이끌어들인 점에서 그들은 불행한 사람들이 아니었을까?"

7 Voltaire, *Romans et contes*, Paris: Gallimard, 1979, p. 140.

8 Voltaire, *Essai sur les mœurs et l'esprit des nations vol. I*, Charleston: Nabu Press, 2011, p. 182.

라 계몽주의 전반에 대한 논의에서도 동일하게 지적할 수 있는 요소다. 오늘날 동서문화의 교섭을 연구하는 학자들은 동서양 학자를 막론하고 일반적으로 유럽 계몽주의에 미친 중국의 영향을 인정하는 데 반해, 서양의 볼테르 연구자들이나 계몽주의 연구자들은 대부분 그 점에 대해 침묵한다.

그들이 침묵을 지키는 일차적 원인은 중국의 문화나 사상에 대한 지식의 결여다. 중국 관련 지식이 결여된 그들의 사유 그물에는 '볼테르와 중국' 혹은 '계몽주의와 중국'의 관련성이 잘 포착되지 않을 것이다. 설령 어느 정도 포착한다 하더라도 그 관련성을 구체적으로 논의할 지적 용기를 내지 못할 것이다.

또 다른 한 가지 이유는 그들의 유럽중심주의에서 발원한 의도적 무시다. 유럽중심주의에 사로잡힌 학자들은 '계몽주의와 중국'의 관련성을 다루는 문헌들을 접했더라도 유럽의 주요 작가의 사상이나 주요 사조의 형성에서 유럽 이외 사상이 상당 부분 기여했다는 관점을 받아들일 학문적인 포용력이 결여되어 있다. 이 두 요인이 어우러져 볼테르 사상 혹은 계몽주의의 중국 관련성이 서양의 볼테르 연구자 혹은 계몽주의 연구자 사이에서 흔히 무시된다.

가령 서구 계몽주의 연구에서 선구적인 역할을 감당한 에른스트 카시러(Ernst Cassirer)의 『계몽주의 철학(*Die Philosophie der Aufklärung*)』(1932)을 살펴보자. "계몽철학의 내용과 중심점을 역사적으로 그리고 체계적으로 전개시키고 해명"[9]하고자 하는 이 책에서 카시러는 18세기 계몽철학이 계몽사상가들이 의식하고 있는

9 Ernst Cassirer, 『계몽주의 철학』, 민음사, 1995, p. 14.

것보다 훨씬 많이 17세기에 의존하고 있어서 17세기의 유산을 확실하게 다지고 발전시킨 측면이 강하다고 말한다.[10] 그런데 그 유산이란 유럽 사상가들의 유산일 뿐이다.

이 책에서 카시러는 계몽사상가들이 중국의 지적 혹은 문화적 유산을 발전시킨 측면에 대해서는 전혀 언급하지 않는다. 다음의 인용문이 이 책에서 중국과의 관련성을 언급하는 유일한 내용이다. “18세기에는 동양의 여러 민족들도 각기 새로운 매력을 풍기면서 자신들의 종교적 확신을 똑같이 인정해주기를 요구한다. 라이프니츠도 이미 중국 문명에 관심을 가졌다. 볼프는 중국의 지혜에 관한 강연에서 공자를 순수도덕의 선지자로 칭송하고, 예수 다음에 바로 공자를 앉혔다. 볼테르도 이런 사조를 받아들이고, 이것을 ‘종교와 도덕의 핵심은 신앙의 여러 특이한 꺼풀들에 의존하지 않는다’는 사실의 증거라고 말한다.”[11] 그러나 카시러는 이 저서에서 “18세기 프랑스 문명에 대한 동양의 중요성에 관해서는” 마르티노(Martino)의 책 『17, 18세기 프랑스 문학 속의 동양(*L'Orient dans la littérature française au XVIIe et XVIIIe siècle*)』을 참조하라고 각주에서 말할 뿐 볼테르나 다른 계몽사상가들의 중국 사상과의 관계에 대해 더 이상 구체적으로 언급하지 않는다.

계몽주의에 관한 대표적인 저작인 피터 게이(Peter Gay)의 『계몽주의의 기원: 근대 이교의 부흥(*The Enlightenment: An Interpretation. The Rise of Modern Paganism*)』(1966)도 계몽사상과 중국과의 관련성에 대해 논의하지 않는다는 점에서는 카시러의 저서와 마찬가지다. 피터 게이에 의하면 ‘계몽사상가들(philosophes)’의 삶은 자율성

10 Ibid., p. 9.

11 Ibid., p. 223.

을 위한 변증법적 투쟁이며, 그들이 물려받은 그리스도교와 이교라는 '과거들(pasts)'을 동화하고 그것들을 서로 다투게 만들어 각자의 독립된 지위를 확보해주려는 노력이다. 저자에 의하면 계몽사상가들이 소유한 것은 이교 정신인데, 이는 교조적인 그리스도교뿐 아니라 고전 사상에서도 해방된 '근대 이교 정신(modern paganism)'이었다.[12] 그는 계몽사상가들 모두에게서 '고전 고대에 대한 호소', '그리스도교와의 긴장 관계', 그리고 '근대성의 추구' 등이 변증법적으로 상호작용하고 있다고 지적했다. 피터 게이는 계몽사상을 '고전주의, 무신앙, 과학의 불안한 혼합(volatile mixture of classicalism, impiety, and science)'으로 간주하고, 계몽사상가들을 '근대 이교도들(modern pagans)'로 규정한다.[13]

계몽주의자들의 '고대성(antiquity)에 대한 호소'와 '기독교와의 긴장 관계'에 대한 추적이 연구의 주된 요소를 차지하는 피터 게이의 이 저서에서 중국 사상은 전혀 고려의 대상이 아니다. 사실 볼테르는 이 책에서 가장 많은 지면을 차지하는 사상가다. 그런데 볼테르에 대한 논의에서 피터 게이는 볼테르와 중국과의 관련성에 대해서는 침묵하고, 오로지 이 프랑스 사상가를 서구의 맥락 속에서만 다룬다. 볼테르와 중국과의 관련성을 기대하는 독자는 단지 다음과 같은 문장을 만나는 것으로 만족할 수밖에 없다. "볼테르는 한편으로는 과거에 대한 보쉬에(Bossuet)의 편협한 시각에 의도적으로 반발하기 위해, 또 한편으로는 동방의 지혜에 대한 진정한 경외심(unfeigned awe)에서, 『각 민족의 풍속과 정신에 관한 논

12 Peter Gay, *The Enlightenment: An Interpretation. The Rise of Modern Paganism*, New York: Vintage Books, 1966, p. xi.

13 Ibid., p. 8.

고』의 첫머리에서 인도와 중국의 문명에 대해 감탄어린 글들을 썼다."[14]

피터 게이는 볼테르에게서 그리스도교와 대비되는 이교 정신을 발견하고, 특히 그리스도교가 행한 박해와 고대의 관용을 비교하면서 그리스도교를 비판하는 내용을 언급하면서도 볼테르가 『관용론(*Traité sur la tolérance*)』에서 관용과 관련하여 가장 중요하게 다루는 '중국의 관용'에 대해서는 전혀 언급하지 않는다. 피터 게이가 『계몽주의의 기원: 근대 이교의 부흥』에서 고려하는 '이교(paganism)'는 어디까지나 그리스도교 관점에서 본 이교인 '그리스-로마의 전통'일 뿐이다.[15]

피터 게이는 『계몽주의의 기원: 근대 이교의 부흥』을 출간한 3년 후에 『계몽주의의 기원: 자유의 학문(*The Enlightenment: An Interpretation. The Science of Freedom*)』(1969)을 출간했다. 계몽주의에 관한 이 새로운 저서에서도 피터 게이는 계몽주의와 중국과의 관련성에 관해 거의 언급하지 않는다. 이 책에서 저자는 볼테르가 『각 민족의 풍속과 정신에 관한 논고』의 앞 장들을 중국에서 시작하여 인도, 이어서 페르시아를 다룬 이유에 대해 다음과 같이 설명하는데, 이것이 이 책에서 발견되는 계몽주의와 중국과의 관련성에 대한 유일한 설명이다. "볼테르는 순수한 도덕과 미신 없는 예배를 요구하는 유일신 개념을 지닌 중국과 인도의 종교를 노골적으로 예찬함으로써 우상숭배, 믿을 수 없는 이야기들, 그리고 박해로 점철된 기독교문화, 즉 볼테르 자신이 전수받은 문화를 겨냥하고 있다. 그는 아시아 문명들의 위대한 시기를 언급함으로써 당대의 기

14 Ibid., p. 34.

15 Ibid., p. 85.

독교 역사가들이 여전히 완강하게 집착하고 있는 초창기 역사에 대한 성경의 설명에 대해 의심을 품고 있다. (……) 볼테르는 편견이나 편협한 목적 없이 전 세계의 모든 문명을 아우르는 보편사를 표방한다."[16] 피터 게이는 이 저서에서도 볼테르와 중국과의 관련성에 관해 더 이상의 구체적인 언급을 하지 않는다.

피터 게이의 계몽주의 2부작 출간 이후에 '계몽주의에 대한 광범위한 이해를 제공하는' 가장 중요한 시도는 영국의 사학자 조너선 이스라엘(Jonathan Irvine Israel)에 의해 이뤄졌다. 이스라엘은 『급진적 계몽주의(*Radical Enlightenment: Philosophy and the Making of Modernity, 1650~1750*)』(2001)에 이어 『논쟁 속의 계몽주의(*Enlightenment Contested: Philosophy, Modernity, and the Emancipation of Man 1670~1752*)』(2006)를 출간했다. 『급진적 계몽주의』에서 이스라엘은 계몽주의와 중국에 대한 특별한 연구는 수행하지 않는다. 그러나 저자는 『논쟁 속의 계몽주의』에서 한 장을 할애하여(총 34장 가운데 제25장) "스피노자, 공자 그리고 중국의 고전철학"이라는 제목으로 '계몽주의와 중국'의 문제를 다룬다. 약 1,000페이지에 달하는 방대한 저서인 『논쟁 속의 계몽주의』 가운데 저자는 불과 23쪽만을 할애하여 '계몽주의와 중국'을 다루지만, 이 책은 서양의 중요한 계몽주의 서적 가운데 본격적으로 이 문제를 다룬 최초의 저서라는 점에서 큰 의의를 지닌다.

조너선 이스라엘은 『논쟁 속의 계몽주의』에서 18세기 서구 계몽주의에 대한 주요한 도전은 '타자(the other)'를 어떻게 분류할 것인가라는 문제였다고 지적한다. 이스라엘은 서구 철학자들이 중

16 Peter Gay, *The Enlightenment: An Interpretation. The Science of Freedom*, New York/London: W. W. Norton & Company, 1996, pp. 391-392.

국 고전 철학의 근본 요소들을 포착하기 위해 용맹스럽게 분투했으나 결국 그들 자신의 강박 관념들을 반영하는 것으로 끝나고 말았다고 평가한다.[17] 그런데 '계몽주의와 중국'의 문제를 다루는 『논쟁 속의 계몽주의』 제25장에서 저자는 고전 중국 사상을 스피노자 사상과의 관련성에 초점을 맞추어 간략히 다룰 뿐이다.

조너선 이스라엘은 계몽주의에 대한 저서들에서 17~18세기 유럽에서 전개된 계몽주의 흐름을 크게 두 가지로 분류한다. 하나는 '온건한 계몽주의'로서 이 진영으로 분류되는 계몽사상가들은 이성과 전통 사이의 균형을 가정하고 대체로 현 상태를 지지한다. 다른 하나는 '급진적 계몽주의'다. 이 후자 진영의 사상가들은 육체와 정신을 하나로 융합하고, 신과 자연을 동일한 것으로 환원하고, 육체에서 분리된 정신과 모든 기적을 배제하고, 전통을 권위의 원천으로 인정하기를 거부하고, 현 질서를 비판하며, 이성을 인간 삶의 유일한 지침으로 환기한다.

'급진적 계몽주의'의 본질은 이성과 이성에 정초한 법이 인간에 대한 유일한 주권자들이어야 한다는 점이다. 그런데 조너선 이스라엘이 계몽주의 논의에서 주장하는 논지의 핵심은 계몽주의 역사란 온건 계몽주의와 급진 계몽주의 사이에 진행된 논쟁의 역사이며, 비록 온건 계몽주의가 당대 계몽주의의 주류였지만 오히려 비주류인 급진 계몽주의가 논쟁을 주도해나갔다는 점이다. 이와 아울러 이스라엘은 급진 계몽주의의 원류가 스피노자 사상이라고 주장한다. 조너선 이스라엘은 초자연을 부정하고 자연을 무한한 실체로 간주하는 종교관, 평등에 토대를 둔 순전히 세속적인

17 Jonathan Irvine Israel, *Enlightenment Contested: Philosophy, Modernity, and the Emancipation of Man 1670~1752*, Oxford: Oxford University Press, 2013, p. 640.

도덕철학, 민주적 공화주의에 토대를 둔 정치사상 같은 '스피노자주의'야말로 급진 계몽주의의 원류로서 이후의 급진 계몽주의 사상가들은 스피노자의 이러한 사상을 잇고 있다고 주장한다.[18]

조너선 이스라엘이 『논쟁 속의 계몽주의』에서 다루는 중국에 관한 유일한 장 역시 스피노자와 관련된 것이다. 이 장의 제목 자체가 "스피노자, 공자 그리고 중국의 고전철학"인 점이 저자의 주된 관심사를 짐작하게 한다. 이 장의 주된 내용은 서구 계몽주의 사상과 중국 사상의 관련성에 대한 총체적인 평가가 아니다. 저자의 주된 관심은 계몽주의시기에 유럽에서 진행된 중국 고전 사상(특히 공자 사상) 해석과 관련된 논쟁을 스피노자주의와 관련하여 논의하는 것이다. 조너선 이스라엘에 의하면, 급진 계몽주의는 중국 고전 사상의 핵심을 스피노자주의와 유사한 무신론 및 유물론으로 간주한 반면에, 주류인 온건 계몽주의는 중국 고전 사상의 핵심을 스피노자주의와는 거리가 있는 '자연 신학'과 신의 섭리를 포용하는 사상으로 파악했다. 결국 저자의 주된 임무는 계몽주의와 유교 사상의 관련성을 계몽사상가가 중국 사상을 스피노자주의적인 것으로 파악했는가, 그렇지 않은 것으로 파악했는가에 따라 양 진영으로 대별하는 것이다.

우리의 연구는 볼테르의 계몽사상에 내재한 중국 사상과의

18 Jonathan Israel, *A Revolution of the Mind. Radical Enlightenment and the Intellectual Origins of Modern Democracy*, Princeton: Princeton University Press, 2010, pp. 19-21. 조너선 이스라엘에 의하면, 프랑스 급진 계몽주의 사상의 대표자는 루소와 디드로다. 이 가운데서도 디드로야말로 스피노자주의를 계승한 가장 전형적인 사상가다.

관련성을 무시해온 서양의 볼테르 연구자들 혹은 계몽주의 연구자들의 작업에 대한 보완작업이다. 서양의 대표적인 계몽주의 연구자들이 서양의 계몽주의와 중국 사상의 관계에 대해 침묵한 것과 마찬가지로, 서양의 볼테르 연구자들 역시 볼테르 사상과 중국 사상과의 관계에 대해 충분한 연구를 진행하지 않았다. 필자는 본 연구를 통해 중국의 종교, 정치제도, 역사 등에 관한 볼테르의 관점을 추적하고, 중국에 대한 지식이 볼테르 자신의 종교관, 관용사상, 정치사상관, 역사관을 확립하는 데 어떻게 작용했는지에 대해 탐구하고자 한다. 필자는 본론에서 '중국과 볼테르'의 연관성을 탐구한 후, 결론에서 중국과 관련한 볼테르 사상의 공헌과 한계를 규명하고자 한다.

서구에는 고대 그리스 시대부터 이미 유럽중심주의 시각이 형성되고 있었다. 헤로도토스가 그리스와 페르시아 사이에 진행된 전쟁을 '그리스의 자유'와 '아시아의 전제주의' 사이의 대결로 규정한 이래, 이 도식적 이해는 볼테르와 동시대인인 몽테스키외에까지 이어졌다.

프랑스의 정치사상에서 주류적인 입장이 여전히 유럽중심주의적인 시각에 머물러 있었다면, 문화 영역에서는 중국문화가 좀 더 적극적으로 수용되는 상황이었다. 이러한 상황에서 볼테르는 중국이라는 '타자'와 만나면서 어떠한 새로운 관점을 형성했는가, 그리고 그 관점은 계몽주의라는 18세기를 대표하는 사조 형성에서 어떤 역할을 했는가 하는 점을 본서에서 고찰하고자 한다.

볼테르는 18세기에 '글로컬라이제이션(glocalization)'을 실천한 사상가다. 대부분의 유럽 학자들이 유럽중심주의 속에서 유럽 지식을 보편적인 혹은 글로벌한 지식으로 간주하고 서구 지식만으로 만족하던 시기에 볼테르는 그들이 무시해온 '중국'이라는 변방(로컬)과 만나 대화하면서 비유럽 문명권의 사상을 나름대로 자신의 학문 혹은 작품에 용해시키는 작업을 실행했다. 중국의 종교, 도덕, 문화, 정치 제도 등과 대화하고 또한 프랑스의 현실과 씨름하면서 볼테르는 유럽의 자민족중심주의(ethnocentrisme)를 극복하기에 이른다. 볼테르의 종교사상, 정치사상, 그리고 그의 역사관을 구체적으로 고찰하기 전에, 그가 어떻게 중국을 알게 되었는지, 그리고 그가 어떤 과정을 거쳐 중국예찬론자가 되었는지 등 그의 중국관 형성 과정부터 먼저 살펴보기로 하자.

II. 볼테르의 중국관 형성

볼테르와 예수회 선교사들

볼테르는 중국의 사상과 정치제도에 큰 의미를 부여한 프랑스의 대표적인 '중국예찬론자(sinophile)'다. 그런데 그는 중국에 관한 지식을 어떻게 습득했을까? 볼테르는 자신이 "중국에 가본 적은 없으나 중국을 여행한 사람을 20명 이상 만나보았으며, 이 나라에 대해 언급한 모든 저작들을 다 읽어본 것으로 생각한다"[1]고 주장할 만큼 중국에 큰 관심을 가지고 있었다. 사실 볼테르의 지식 형성기인 18세기 초 유럽에는 이미 중국에 관한 상당한 지식이 축적되어 있었다.

17세기 이후 본격적으로 진행된 동서교섭 과정에서 중국은 유럽에 큰 영향을 미치고 있었다. 유럽은 르네상스시기에 중국으로부터 과학기술 문명을 받아들였다면, 17~18세기에는 중국의 예술과 사상(특히 공자 사상)으로부터 많은 영감을 받게 된다. 그 결과 프랑스의 로코코(Rococo) 미술에서는 중국 양식이 유행했으며, 유럽의 이신론(理神論, déisme) 역시 중국 사상과의 만남 속에서 재형성된다.

중국과 유럽의 사상적 만남에서 가장 중요한 역할을 담당한 진영은 예수회 선교사들이다. 16세기 말부터 이탈리아 출신 선교사들인 미켈레 루지에리(Michele Ruggieri)와 마테오 리치(Matteo Ricci)가 중국에서 본격적으로 선교활동을 시작한 것을 필두로 많은 예수회 선교사들이 선교지인 중국에 관한 보고서와 편지를 유럽으로 보냈을 뿐 아니라, 중국 연구서 저술과 중국 경서(經書) 번

1 Voltaire, *Dialogues et anecdotes philosophiques*, Paris: Garnier Frères, 1966, p. 264.

역 작업을 통해 중국 관련 지식을 유럽에 확산시켰다.

세계 각지의 예수회 선교사들이 쓴 편지들을 모아 편집한 『해외 선교단의 교훈적이고 진기한 편지 모음(*Lettres édifiantes et curieuses écrites des missions étrangères par quelques missionnaires de la Compagnie de Jésus*)』이 프랑스 파리에서 출판된 사건은 매우 주목할 만하다. 이 저술은 1702년부터 1776년까지 약 75년간 네 명의 편집장을 거치며 모두 34권으로 출간된 총서다. 당시 예수회의 가장 중요한 선교지가 중국이었기에 그 편지들은 대부분 중국과 관련된 것이다. 이 편지들에는 중국의 역사, 종교, 경제, 관습 등 모든 면이 망라되어 있었다.[2]

이 서한집의 역대 편집장 가운데 가장 오랜 기간 동안(1711~1743) 편집을 맡은 장 바티스트 뒤알드(Jean-Baptiste du Halde) 신부는 중국의 예수회 선교사들이 보낸 보고서와 편지를 토대로 『중화제국전지(*Description géographique, historique, chronologique, politique et physique de l'empire de la Chine et de la Tartarie chinoise*)』(1735)라는 4권의 책을 파리에서 출간했다. 이 저술은 중국의 지리와 왕조의 연대기, 풍습과 문화, 학문과 법제, 중국에서의 기독교 선교 상황 등 중국에 관해 체계적으로 서술한 최초의 저술로서 그 사료적 가치를 높이 인정받은 저작이다.

그 외에도 유럽에는 수많은 중국 관련 서적들이 출간되었으며, 중국의 유교를 소개하는 책들도 간행되었다. 대표적인 중국 경서 번역은 1687년 파리에서 출간된 『중국의 철학자 공자(*Confucius*

---

2 이 가운데 중국 관련 편지를 엮은 선집으로 다음 문헌을 참조할 것. Isabelle et Jean-Louis Vissière, *Lettres édifiantes et curieuses de Chine par des missionnaires jésuites 1702~1776* (Paris: Garnier-Flammarion, 1979).

Sinarum Philosophus)』다. 쿠플레(Philippe Couplet)를 비롯한 많은 예수회 신부들과 중국인 학자들의 공동 작업인 이 책에는 루이 14세에게 올리는 「헌정사」와 108쪽에 달하는 「서론적 해설」에 이어 「공자의 생애」가 소개되고 「대학」, 「중용」, 「논어」의 라틴어 번역과 주석이 실리고, 마지막으로 「중국 황조편년사」가 이어진다.[3]

예수회 선교사들은 "르네상스 인문주의의 이상을 폭넓게 흡수하고 고도로 교육받은 문화인"으로서 중국 문명, 유교, 중국의 문학과 제도를 높은 수준에서 고찰했다.[4] 예수회 선교사들을 매개로 한 중국 지식의 확산은 유럽 학자들을 자극하여 중국에 대해 본격적인 관심을 갖게 했을 뿐 아니라, 비(非)유럽의 사유체계를 통해 유럽 자신의 사유를 재성찰하고, 특히 중국의 유교를 통해 유럽의 기독교를 비판적으로 성찰하며, 중국의 정치제도를 통해 유럽의 절대주의 왕정을 비판적으로 고찰하게 하는 계기로도 작용했다.

18세기 프랑스와 중국예찬

18세기 프랑스에서는 '영국에 대한 예찬'이 유행했고, 이로 인해 '영국 마니아(Anglomanie)'[5]라는 용어가 만들어지기도 할 만큼

3 David E. Mungello, 『진기한 나라, 중국』, 나남, 2009, pp. 401-482.

4 J. J. Clarke, *Oriental Enlightenment. The Encounter between Asian and Western Thought*, NY: Routledge, 2003, p. 41.

5 Peter Gay, *The Enlightenment: An Interpretation. The Rise of Modern Paganism*, New York: Vintage Books, 1966, p. 12: "대륙의 과학자, 시인, 철학자 가운데 (……) 이처럼 영국을 찬미하는 풍조가 유행이었기 때문에 그 현상을 비방하는 사람들이

이 시기에 영국이 프랑스에 미친 영향은 크다. 그런데 프랑스의 중국학자인 비르질 피노(Virgile Pinot)에 의하면, 당시 프랑스는 영국보다 중국에 더 큰 호감을 가지고 있었고, 중국이 프랑스 사상계에 미친 영향은 매우 컸으며, "중국이 18세기의 유행이었음은 의심의 여지가 없다."[6] 볼테르는 1769년 중국에 대해 쓴 글에서 "세상에서 가장 오래되고 가장 인구가 많으며 가장 번성한 제국"인 중국이 "이전에는 완전히 무시되었고, 이어서 왜곡되어왔다가 마침내는 유럽의 여러 지방들(provinces)보다 더 잘 알려져 있다"고 말한다.[7]

17세기부터 유럽에는 중국의 자기(瓷器)와 칠기(漆器)가 보급되어 필수품이 되다시피 했으며, 중국 비단과 염색, 자수품 등도 유행하게 되었다. 이 가운데 중국과 유럽 사이의 가장 중요한 교역품은 '자기'다. 중국의 해양 진출이 본격화된 10세기 이후 백자로 유명한 징더전(景德鎭)과 청자로 유명한 룽취안요(龍泉窯)에서 제작된 자기들이 근처의 항구들을 통해 동남아를 비롯해 아랍과 유럽에까지 수출되었다.[8] 자기 수출에 이용된 해양무역 항로를 '세라믹 로드(Ceramic Road)'로 지칭하기도 한다.

유럽과 중국 사이에는 고대부터 교섭이 있었으며, '실크로드'

'영국 마니아(Anglomania)'라는 조롱조의 별명을 만들어냈지만, 열광적 추종자들은 조금은 의식적으로 그 별명을 자신들에게 적용했다."

6 Virgile Pinot, *La Chine et la formation de l'esprit philosophique en France (1640~1740)*, Paris: Librairie orientaliste Paul Geuthner, 1932. p. 9.

7 Voltaire, "Relation du banissement des Jésuites de la Chine" in *Dialogues et anecdotes philosophiques*, Paris: Garnier Frères, 1966, p. 217.

8 David E. Mungello, 『동양과 서양의 위대한 만남 1500~1800』, 휴머니스트, 2009, p. 276; 베이징대학교 중국전통문화연구중심, 『중국문명대시야 3』, 김영사, 2007, pp. 389-395.

를 통해 중국의 비단이 고전 시대에 유럽으로 전해진 것은 주지의 사실이다. 고대 로마 시대에 중국 비단은 유럽인이 추구해온 매우 값진 진귀품이었다. 로마인은 자신들이 선망하던 비단이 동방세계에서 온 것임을 알고 있었다. 그러나 로마 제국 시대에 유럽은 중국에 대해 희미하게밖에 알지 못했다. 그들은 당시 중국을 'Seres' 혹은 'Sera'라고 지칭했는데, 이 용어들은 '비단 나라'를 의미한다. 중국은 유럽인에게 비단 생산국이었고, 그 외에는 잘 알려져 있지 않은 미지의 나라였다.[9]

이전에 중국이 유럽인에게 '비단의 나라'였다면, 17세기 이후 중국은 '도자기의 나라'로 알려졌다. 유럽에 유입된 중국 자기는 중국 사회에 대한 관심과 동경을 더욱더 불러일으켰다. 18세기에 들어와 유럽에는 차, 커피, 초콜릿 같은 음료들의 소비가 늘어남에 따라 우아한 자기 잔으로 음료를 마시는 것이 귀족이나 부유한 부르주아 모두에게 필수적인 일이 되었다.[10]

1670년 루이 14세는 베르사유 궁전 안에 별궁인 프티 트리아농(Petit Trianon)을 지어 거기에 자신이 소장해온 중국 청화자기(靑華瓷器)를 진열했고, 이후 프랑스 왕실에서는 중국의 대표적인 도자기 생산지인 징더전의 도공들에게 서양의 문양이 새겨진 청화자기를 제작해줄 것을 부탁했다.[11] 18세기에 네덜란드 동인도회사 선박들은 약 1천만 점의 중국 자기를 유럽으로 운반했고, 중국 도공들은 유럽인의 기호를 고려한 자기를 제작하여 수출했으며, 유

9 Wolfgang Franke, 『동서문화교류사』, 단대출판사, 1986, p. 1.

10 Gianni Guadalupi, 『중국의 발견. 서양과 동양문명의 조우』, 생각의 나무, 2004, p. 156.

11 베이징대학교 중국전통문화연구중심, 『중국문명대시야 4』, 김영사, 2007, p. 337.

럽인은 중국 자기를 모델로 삼은 자기 중심지를 독일 작센 지방을 비롯한 유럽 각지에 건설했다.[12] 로코코 시대에 독특한 "재치, 색채, 우아한 감정의 상징"으로 간주되기도 했던 중국 자기는 다음과 같은 시를 지은 시인에게 영감을 불어넣었다.

> 자기(瓷器)를 보러 가세나.
> 그 아름다움은 날 유혹한다네.
> 새로운 세상에서 건너온 그 자기보다
> 더 아름다운 건 찾아볼 수 없다네.
> 이 얼마나 매력적인지, 이 얼마나 정교한지.
> 그 자기는 중국에서 왔다네.

> Allons à cette porcelaine!
> Sa beauté m'invite et m'entraîne.
> Elle vient du monde nouveau,
> L'on ne peut rien voir de plus beau.
> Qu'elle a d'attraits, qu'elle est fine!
> Elle est native de Chine![13]

12 David E. Mungello, 『동양과 서양의 위대한 만남 1500~1800』, 휴머니스트, 2009, pp. 174, 276. 유럽에도 독자적인 도자기의 역사가 있지만, 18세기 이전까지 유럽에서 개발된 것은 연질자기였고, 중국 자기와 같은 특징을 갖는 경질자기는 18세기에 들어와서야 제작되기 시작했다. 열광적인 자기 애호가인 작센국의 프리드리히 아우구스트 1세는 중국 자기와 같은 품질의 자기를 만들고자 하는 의욕을 지니고 있었고, 그의 지원을 받은 요한 프리드리히 뵈트거가 숱한 실패 끝에 1709년에 드레스덴 지방의 도석(陶石)을 사용하여 백자를 만드는 데 성공했다. 이것이 바로 유럽 자기 역사에서 획기적인 사건인 '마이센 자기'의 출현이다. Ibid., p. 281.

13 이 시는 다음 문헌에서 재인용한 것임. Adolf Reichwein, *China and Europe-In-*

아랍 세계를 매개로 중국과 유럽 사이의 해상무역이 발달하면서 자기뿐 아니라 부채, 병풍, 토우(土偶) 등 중국의 공예품들이 프랑스로 전해졌고 프랑스인은 중국 공예품들을 우호적으로 수용하는 동시에 회화, 정원, 건축, 실내장식, 복식에 이르기까지 다양한 중국의 문화를 프랑스문화 속에 수용했다.[14] 바로크와 신고전주의 사이에 나타난 미술 양식인 로코코가 지배하던 18세기 프랑스에 전해진 중국 예술은 당대 혁신적인 예술사조인 로코코에 자양분을 제공했다.

평면적인 구도와 수묵화 그리고 자연을 숭상하여 전체적인 조화를 특징으로 하는 중국 예술은 프랑스 예술과 만나면서 서양의 전통과 구별되는 동시에 중국 예술을 단순히 모방만 하는 것이 아닌 독자적인 예술로 다시 태어났다.[15] 라이히바인(Adolf Reichwein)에 의하면, 자기(porcelain)는 로코코 예술의 전형적인 소재였는데, 이는 로코코 양식과 중국문화 사이에 친화성이 있기 때문이다. 이 중국학자에 의하면, 로코코에 중국적인 관념을 불어넣은 것은 문자 언어라기보다는 중국 자기의 미묘한 색조나 중국 비단의 희미한 빛깔이다.[16] 이러한 색조와 빛깔이 로코코 세계에 매력과 우아함을 부여한 것이다. 특히 루이 14세 시대의 프랑스 상류사회

tellectual and Artistic Contacts In the Eighteenth Century, New York: Alfred A. Knop, 1925, p. 33.

14 베이징대학교 중국전통문화연구중심, 『중국문명대시야 4』, 김영사, 2007, p. 341; David E. Mungello, 『동양과 서양의 위대한 만남 1500~1800』, 휴머니스트, 2009, pp. 278-279.

15 Ibd., p. 341.

16 Adolf Reichwein, *China And Europe-Intellectual And Artistic Contacts In The Eighteenth Century*, New York: Alfred A. Knop, 1925, pp. 25-29, 47.

에는 '중국 취미'가 유행했는데 프랑스인은 자기뿐 아니라 건축, 실내장식, 복식, 음식 그리고 사상에 이르기까지 다양한 중국의 문화를 프랑스문화 속에 수용했다.

프랑스 로코코 시대의 대표적인 화가로 꼽히는 풍경화가 장 앙투안 바토(Jean-Antoine Watteau, 1684~1721), 루이 15세의 수석 화가로도 활약한 프랑수아 부셰(François Boucher, 1703~1770), 후기 로코코 양식을 대표하는 장 오노레 프라고나르(Jean-Honoré Fragonard, 1732~1806) 등은 당시 프랑스에서 유행하고 있던 중국 예술 양식을 활용하여 그림을 그렸다.[17] 프랑스 화가들은 당대에 유행하던 중국 자기에 그려져 있는 중국적인 모티프들을 모델로 삼아 모방하는 그림을 그렸는데, 자기를 중국에서 온 귀한 선물로 간주한 유럽인이 중국 회화 방식을 모범으로 삼은 것은 당연한 일이었다.

그런데 이 로코코 화가들의 그림은 당대 유럽 일반인들의 생각과는 달리 중국 양식에 충실한 것이 아니라, 단순한 중국 모방을 넘어 유럽 나름대로의 변용을 가하여 중국-서양 양식을 혼합한 새로운 스타일인 '시누아즈리(chinoiserie, 中國風)'[18]에 해당하는 작품이다. 로코코 시대는 타국 문화와 먼 나라를 꿈꾸는 이국주의에서 중요한 혁신의 근원을 발견했으며, 비현실적이고 이상화된 형상을 구축했다. 17세기 말 유럽에 퍼지기 시작하여 18세기에 전성

---

17 Ibd., p. 47.

18 Robert D. Aronson et als., *Dutch Delftware.. Facing East: Oriental Sources for Dutch Delfware Chinoiserie Figures*, Amsterdam: Aronson Antiquairs, 2010, p. 8: "넓은 의미의 시누아즈리는 장식과 모양에서 동양(중국)과 서양의 양식을 아우르는 혼합물을 지칭한다."

기를 구가한 시누아즈리에서는 중국의 식물, 동물, 인물 모티프들이 유럽의 장식문화와 결합되는데, 유럽인은 중국에서 수입해온 자기 이외에도 병풍, 칠기, 그리고 여행일지나 외교 사절의 보고서에 그려진 그림들에서 오리지널 자료를 나름대로 변형하여 자신들의 실내장식, 정원 건축, 도자기 생산에 활용했다.[19]

한편 중국의 원림(園林)[20] 예술은 18세기에 유럽으로 전해져 영국, 프랑스, 독일 등의 정원문화에 큰 영향을 끼쳤으며, 이를 계기로 기하학적인 인공미로 특징지어지는 정원의 전통을 이어온 유럽에 자연의 풍광을 도입한 정원인 '영국-중국식 정원(Anglo-Chinese garden)'이 새로이 생겨났다. 프랑스 출신의 예수회 선교사로 중국에 가서 건륭제(乾隆帝)의 궁정화가가 된 장 드니 아티레(Jean-Denis Attiret)의 중국 원림을 소개하는 편지가 1749년 프랑스에서 공개되었는데, 그는 베이징 근교의 이궁(離宮)인 원명원(圓明園)을 '지상의 천국'이라고 극찬하면서 자연을 본받는 중국 미학의 원칙을 정리하여 소개했다.[21] 이후 유럽에도 중국 원림 특유의 아치형 다리, 날아갈 듯한 추녀, 인공적으로 만든 산과 시내 등이 출현하기 시작한다.[22] 베르사유의 프티 트리아농에 있는 정원과

19 Thomas R. Hoffmann, 『로코코』, 미술문화, 2008, p. 81.

20 '원림'은 "숲이나 연못을 꾸며 금수를 키울 수 있을 정도의 대규모 園"으로서, 황제(황가 원림)뿐 아니라 부유한 귀족이나 상인(사가 원림)도 원림을 소유하는 것을 낙으로 삼았다. 러우칭씨, 『원림』, 대가, 2009, pp. 7-8.

21 *Dissertation sur le jardinage de l'Orient: Lettre du frère Attiret, jésuite, peintre au service de l'empereur de Chine à monsieur D'Assaut* (1743).

22 베이징대학교 중국전통문화연구중심, 『중국문명대시야 4』, 김영사, 2007, p. 341. 한편 건륭제는 1746년 예수회 선교사로서 청조의 궁정화가로 활동하고 있던 카스틸리오네와 아티레에게 원명원 동북쪽의 장춘원(長春園)에 베르사유 궁전을 모방한 서양식 건물인 '서양루'를 짓도록 명했다. 이 건축물은 1860년에 영국과 프랑

숲의 장미원은 기하학적인 프랑스 정원과는 달리 자연미를 강조한 중국 정원을 본받은 작품이다. 영국의 중국식 정원은 계몽주의 시대를 압도했던 고전적 형식과 규칙성으로부터 자연스러움과 자유를 추구하는 태도의 변화를 상징한다.[23]

이렇듯 중국문화가 유입된 이후 18세기 프랑스에는 '중국예찬' 풍조가 형성되고, 유럽문화와 중국문화가 만나 '시누아즈리'가 형성되기도 하며, 나아가 유럽인의 심미안에 근본적인 변화를 불러일으키기도 했다. 유럽의 고전적 관점에서 미(美)는 규율성, 대칭성, 단순성, 균형성의 결과로 간주되었으나 이후 비규율성, 비대칭성, 변화성, 복잡성을 선호하는 새로운 미적 기준이 형성되었다.[24] 이러한 미의 새로운 기준에 대한 선호는 기존의 고전주의와 계몽주의를 비판하는 낭만주의 작가와 예술가들 속에 강력하게 스며든다.

18세기 프랑스와 중국혐오

그런데 이 시기 유럽에는 '중국예찬' 분위기만 조성된 것이 아니며, 중국에 대한 긍정적인 정보만 유통된 것도 아니다. 중국

스의 연합군에 의해 파괴되어 현재는 잔해만 남아 있지만, 현존하는 동판화를 통해 당시의 건축물과 분수의 아름다움을 짐작할 수 있다. 러우칭씨, 『원림』, 대가, 2009, pp. 101-102.

23 J. J. Clarke, *Oriental Enlightenment. The Encounter between Asian and Western Thought*, NY: Routledge, 2003, pp. 51-52.

24 David E. Mungello, 『동양과 서양의 위대한 만남 1500~1800』, 휴머니스트, 2009, p. 179.

을 폄훼하는 부정적인 정보도 유통되었고, 이와 아울러 '중국혐오(sinophobie)' 풍조도 존재했다. 이는 마치 18세기 프랑스에 '영국 마니아'가 유행한 것과 동시에 '영국 마니아에 대한 맹렬한 비난'[25]도 존재한 것과 마찬가지다.

중국에서 활동한 예수회 선교사들과 유럽에서 그들의 편지와 보고서를 편집하여 출간한 예수회 신부들은 일반적으로 중국에 대한 긍정적인 정보를 제공한 반면에, 유럽의 상인들은 주로 부정적인 정보를 제공했다. 18세기 후반으로 갈수록 예수회 선교사들의 중국에 관한 이상화된 보고는 점점 줄어들고, 그 대신에 서구 상인들에 의한 중국에 대한 부정적인 보고가 점증하게 되었다. 이들 상인은 중국문화와 중국인의 지적 생활에 대해서는 무관심한 태도를 보였으며 중국에 관한 내용을 악의에 찬 경멸조로 기술했다.[26]

당시에 유럽의 상인들만이 중국에 대해 부정적인 이미지를 제공한 것은 아니다. 18세기 유럽에서 부정적인 중국 이미지를 형성하는 데 가장 큰 역할을 담당한 사람은 영국 해군 소속의 조지 앤슨(George Anson) 제독이다. 1743년 앤슨이 이끄는 함대가 불청객으로 중국 해안에 도착했음에도 불구하고 이 해군 지휘관은 중국 도선사(導船士)를 협박하여 강제로 강 상류 쪽으로 운항하게 했고, 총독과의 면담을 강요하기도 했다. 이 과정에서 갖가지 어려

25 Peter Gay, *The Enlightenment: An Interpretation. The Rise of Modern Paganism*, New York: Vintage Books, 1966, p. 35: 볼테르는 다음과 같이 말한다. "수많은 사람들이 들고 일어나 '영국 마니아'를 맹렬하게 비난한다. (……) 만일 이 웅변가들이 영국인처럼 연구하고 관찰하고 철학적 사색을 수행하고자 하는 욕망을 범죄로 규정하려 한다면, 그들은 큰 잘못을 저지르게 될 것이다."

26 Wolfgang Franke, 『동서문화교류사』, 단대출판사, 1986, p. 89.

움을 겪기도 한 앤슨은 중국과 중국인 그리고 중국문화에 대해 매우 부정적인 편견을 형성했으며, 그는 이러한 편견을 토대로 한 여행기를 작성했다. 이 여행기는 후일 『세계여행기(*Voyage Round the World*)』(1748)라는 제목으로 출간되어 18세기에 많은 독자층을 형성했다.[27]

이 여행기에서 앤슨은 중국인에 대해 다음과 같이 기술한다. "교활한 농간을 부리고 거짓말을 일삼고 온갖 이익에 집착하는 면에서 다른 어떤 민족도 중국인을 따라가기 어렵다는 것만은 분명히 단언할 수 있을 것이다."[28] 이 여행기는 "엄청난 인기와 함께 유럽에 널리 배포"되었기에 앤슨의 관점은 후일 유럽에 적잖은 영향을 미치게 된다. 중국에 대한 대영제국의 호전적 어조는 앤슨의 중국 여행기에 의해 결정되었다.[29] 그리고 장 자크 루소(Jean-Jacques Rousseau)와 18세기 프랑스의 대표적인 중국혐오자인 몽테스키외(Charles-Louis de Secondat Montesquieu)의 중국관은 앤슨 제독의 정보에 힘입은 바가 매우 크다.

루소는 『신엘로이즈(*Julie ou la nouvelle Héloïse*)』(1761)라는 제목의 서한소설에서 조지 앤슨에 대해 언급한다. 주인공인 생프뢰는 자신과 친분이 있는 영국 귀족인 에드워드 경의 소개로 조지 앤슨이 지휘하는 함정을 타고 대탐험 항해를 떠난다. 그런데 루소는 에드워드 경의 입을 빌려 경의 친구인 앤슨을 "솜씨 좋고 용맹한 장교(habile et vaillant Officier)"로 평가한다.[30] 그리고 앤슨과 함

27 Jonathan D. Spence, 『칸의 제국』, 이산, 2007, pp. 79-84.

28 Ibid., p. 81.

29 Julia Lovell, 『장성, 중국사를 말하다』, 웅진지식하우스, 2007, p. 362.

30 Jean-Jacques Rousseau. *Julie ou La nouvelle Héloïse, in Œuvres complètes II*, Par-

께 항해한 그 여행에서 중국을 경험한 생프뢰는 중국에 대해 다음과 같은 부정적인 보고를 한다. "나는 세상에서 가장 인구가 많고 가장 저명한 나라가 소수의 강도들에게 점령되어 있는 것을 보았습니다. 나는 이 유명한 민족을 가까이서 살펴보고서는 그들이 노예 상태에 빠져 있다는 데 대해 더 이상 놀라지 않았습니다. 공격을 받을 때마다 정복되는 이 민족은 누구든 먼저 침략해오는 나라의 먹잇감이 되었고, 또한 앞으로도 영원히 그럴 겁니다. 이 민족은 자신의 운명을 탄식할 용기조차 없으니 그런 운명에 처하는 것이 마땅하다고 생각했습니다. 그들은 학식이 있긴 하지만 비열하고 위선적이고 허풍쟁이이며, 아무런 내용도 없는 수다만 떨며, 재치는 있으나 천재성이 결여되어 있으며, 표현력은 풍부하지만 사상은 빈약하며, 정중하긴 하지만 아첨하고 교활하고 간특하지요. 모든 의무를 의례로, 모든 도덕을 허식으로 바꾸어놓아 인사와 절 이외에는 어떠한 인간됨(humanité)도 알지 못하는 사람들입니다."[31]

생프뢰가 중국이 소수의 강도들에게 점령되어 있다고 표현한 것은 한족(漢族)에 비해 350분의 1에 지나지 않는 소수민족인 만주족이 청(淸) 제국을 건설하여 지배하고 있던 당대 중국의 현실을 지적한 것이다. 또한 중국인을 '공격을 받을 때마다 정복되는 민족'으로 표현한 것은 중국이 청나라 이전에도 종종 이민족의 침략을 받아 지배된 역사를 지녀왔음을 상기시킨 것이다. 거란족의 요(遼), 여진족의 금(金), 몽골족의 원(元)이 번갈아가면서 중국을 침략하여 지배해나갔기 때문이다. 결국 루소는 앤슨의 관점을 따라 중

is: Gallimard, 1959, p. 395.

31 Ibid., pp. 413-414.

국인의 성품과 관습에 대해 매우 부정적으로 서술했다.

18세기 초반 프랑스의 저명한 사상가인 몽테스키외는 계몽주의 시대에 중국에 대해 부정적인 이미지를 구축하는 데 가장 큰 역할을 감당한 작가다. 몽테스키외의 부정적인 중국 이미지 구축과 직결된 책은 그의 주저(主著)인 『법의 정신(*De l'Esprit des lois*)』(1748)이다. 이 책에서 저자는 중국에 관한 주제를 72회나 다루고 있는데,[32] 전체적인 맥락에서 판단할 때 그는 중국을 상당히 부정적으로 다뤘다. 몽테스키외가 『법의 정신』에서 중국에 대해 긍정적으로 다룬 부분도 있지만, 주된 맥락에서 그는 중국을 부정적으로 다뤘다.

몽테스키외는 『법의 정신』에서 중국 관리들의 약탈행위에 대해 보고하는 서양의 교역 상인들의 주장을 전한 직후 이런 행위에 대해 "위대한 앤슨 경을 증인으로 불러낼 수 있다"[33]고 말할 만큼 앤슨 제독의 보고를 더 신뢰했고 그를 높이 인정하고 있다. 그리고 중국에 대한 이러한 부정적인 관점으로 인해 몽테스키외는 당시까지 지배적이던 '중국예찬' 분위기 속에서 '중국혐오' 풍조를 프랑스에 도입한 대표적인 인물이 되었다.

32 Jacques Pereira, *Montesquieu et la Chine*. Paris: L'Harmattan, 2008, p. 10; Janvier, Marie-Hélène. "Montesquieu et la Chine: un scepticisme marqué, 1721~1748," p. 6. http://www.celat.ulaval.ca/wp-content/uploads/2012/06/Article_CELAT_MHJANVIER_Montesquieu-et-la-Chine_un-scepticisme-marqueOK.pdf

33 Charles-Louis de Secondat Montesquieu, *De l'Esprit des lois. Tome I*, Paris: Garnier Frères, 1961, p. 134.

중국예찬 vs. 중국혐오: 볼테르와 몽테스키외

중국학자 위그 콜로강(Hugues Cologan)이 지적하듯이 계몽주의 시대에 서구에는 '하나의 중국'이 아닌 '여러 개의 중국'이 존재했다. 그에 의하면 최소한 두 개의 중국이 존재했는데, 하나는 긍정적인 중국이고 다른 하나는 부정적인 중국이다.[34] 사람들은 중국을 '이상향(理想鄕)'[35]으로 생각하기도 하고 '낙후되고 독재로 인해 숨 막히는 야만인의 땅'[36]으로 생각하기도 했다. 18세기 프랑스에서 볼테르가 긍정적인 중국의 대변인이라면 몽테스키외는 부정적인 중국의 대변인이다. 몽테스키외가 중국을 부정적으로 간주한 핵심적인 이유는 중국의 정치체제가 '전제정(專制政)'이라고 파악했기 때문이다. 그는 중국을 황제에 의한 폭정이 늘 자행된 나라로, 중국인을 곤장이 아니고는 다스릴 수 없는 국민으로 규정했다.[37]

18세기에 중국을 직접 방문해보지 않은 유럽 학자들이 중국을 판단하기 위해서는 중국에 체류하는 유럽인(주로 선교사)이 쓴 글을 읽거나, 중국을 다녀온 유럽인에게 정보를 들어야 했다. 그리고 드물기는 하지만 유럽에 있는 중국인을 직접 만나 중국에 관한 지식을 얻기도 했다. 그런데 당시 중국에 관한 정보에는 상반된 내

34 Hugues Cologan, "Quelques lumières sur la Chine: la Chine des lumières," p. 36. www.afec-en-ligne.org/IMG/pdf/3-Cologan.pdf

35 David E. Mungello, 『동양과 서양의 위대한 만남 1500~1800』의 한 장(chapter)의 제목이 "계몽주의자들이 발견한 이상향, 중국"이다.

36 John M. Hobson, 『서구 문명은 동양에서 시작되었다』, 에코리브르, 2005. p. 255.

37 Charles-Louis de Secondat Montesquieu, *De l'Esprit des lois. Tome I*, Paris: Garnier Frères, 1961, p. 134.

용도 많았다. 따라서 각자는 상반된 정보들과 씨름하면서 취사선택하고, 경중을 따지면서 종합적으로 고려하여 중국에 대한 자신의 관점을 형성해야 했다.

볼테르와 동시대인인 몽테스키외는 중국에 관한 상반된 정보 가운데 부정적인 정보를 더 많이 신뢰했다. 몽테스키외의 중국에 대한 지식과 정보가 책을 통해서만 형성된 것은 아니다. 그는 당대 학자들이 접할 수 있었던 중국에 관한 일반적인 정보를 얻었을 뿐 아니라 중국인과 중국에서 선교사로 활동했던 프랑스인을 직접 만나 견문을 넓혔다. 젊은 시절 몽테스키외는 파리에서 아르카드 후앙(Arcade Huang 혹은 Hoange, 1679~1716)이라는 중국인 학자(중국명 黃嘉略)와 여덟 차례에 걸쳐 만나 중국의 종교, 사회 관습, 중국어, 과거제도, 중국 정부와 통치체제, 중국 역사 및 과학 등 다방면에 걸쳐 대화를 나눴다.[38] 그리고 정치체제에 관한 대작(大作)을 계획하고 있던 1729년 로마를 방문한 몽테스키외는 중국 선교사였던 푸케(Jean-François Foucquet) 신부를 만나 중국 사상과 제

38 Marie-Hélène Janvier, "Montesquieu et la Chine: un scepticisme marqué, 1721~1748," pp. 3-4. 아르카드 후앙과 몽테스키외의 관계에 대해서는 다음 문헌들을 참조할 것. Jonathan D. Spence, 『칸의 제국』, 이산, 2007, pp. 88-91; Jacques Pereira, *Montesquieu et la Chine*, Paris: L'Harmattan, 2008, pp. 23-24. 아르카드 후앙은 푸젠 성(福建省)의 한 가톨릭 신자 가정에서 태어났다. 아들이 태어나면 신에게 바치겠다는 부모의 서원에 따라 '아르카디오(Arcadio)'라는 세례명을 받은 후앙은 파리 외방전교회 수도사에 의해 양육되다가 1702년 아르튀스 드 리온(Artus de Lionne) 주교와 함께 유럽으로 떠났다. 아르카드 후앙은 당시 프랑스 궁정 안에 있던 왕립 도서관에서 17세기부터 프랑스 선교사들이 중국에서 가져온 중국 도서들을 번역하고, 니콜라 프레레(Nicolas Fréret)의 협력을 받아 중불사전(中法字典)을 편찬하는 작업을 시작하고 있었다.

도에 관해 대화를 나누기도 했다.[39] 중국에 대한 나름대로의 판단에 의거해 몽테스키외는 부정적인 중국 이미지를 구축했다.

한편 볼테르는 몽테스키외와는 달리 중국에 대해 우호적인 정보를 더 많이 신뢰했다. 물론 볼테르도 앤슨 제독이나 상인들이 제공한 정보를 알고 있었다. 그러나 볼테르는 일반적인 상인들의 중국 풍습 관련 지식을 불신했고, 앤슨의 증언도 신뢰하지 않았다.[40] 볼테르는 이들 상인들이나 앤슨 제독이 만난 중국 변방의 조그마한 도시들에서 행해지는 소수의 관리들과 관련한 일들을 토대로 하여 중국 전체를 판단할 수 없다고 생각했다. 볼테르는 『각 민족의 풍속과 정신에 관한 논고』에서 앤슨 제독을 '박학한 저자'라고 표현하고 광둥(廣東)의 백성이 영국인을 속였음을 부정하지 않는다. 하지만 볼테르는 이렇게 반문한다. "거대한 나라의 정부를 변방의 소수 백성(populace)의 풍속으로 판단해야 하는가?"[41] 볼테르는 유럽이 중국과 입장을 바꾸어 생각해볼 것을 제의하며 다음과 같이 말한다. "만일 중국인이 유럽 해안에 좌초되었다면 유럽인은 중국인을 참수하지 않았을까?"[42]

39 몽테스키외와 푸케의 만남에 대해서는 다음 문헌을 참조할 것. Arnold H. Rowbotham, "China in the Esprit des Lois: Montesquieu and Mgr. Foucquet," *Comparative Literature* Vol. 2, No. 4, Autumn, 1950, pp. 354-355; Jacques Pereira, *Montesquieu et la Chine*, Paris: L'Harmattan, 2008, p. 21; Marie-Hélène Janvier, "Montesquieu et la Chine: un scepticisme marqué, 1721~1748," p. 4.

40 Arnold H. Rowbotham, "Voltaire, Sinophile," *PMLA*, Vol. 47, No. 4, Dec. 1932, pp. 1051, 1061.

41 Voltaire, *Essai sur les mœurs et l'esprit des nations vol. I,* Charleston: Nabu Press, 2011, p. 183.

42 Ibid.

볼테르와 당대 프랑스 사회 비판

이렇듯 몽테스키외와 볼테르는 18세기 프랑스에서 중국에 대해 상반된 견해를 형성하며 반(反)중국과 친(親)중국 진영의 대표적인 학자로 자리매김했지만, 중국 비판이나 중국 찬양을 통해 이들이 추구하는 목표는 동일하다. 그 목표란 당대 프랑스 사회에 대한 비판이다. 몽테스키외가 『법의 정신』에서 중국의 정치체제를 전제정으로 규정하고 중국 정치를 비판함으로써 궁극적으로 겨냥하는 바는 절대주의 국가 체제 아래 신음하던 프랑스 사회에 대한 비판이다. 그런데 볼테르는 몽테스키외와 동일한 목표를 지녔지만 종교사상과 정치제도에서 프랑스보다 나은 중국을 소개함으로써 프랑스 사회를 비판할 뿐 아니라, 나아가 새로운 대안을 제시하고자 했다.

볼테르는 프랑스 사회의 제반 문제와 씨름한 사상가인 동시에 현실의 불의에 맞서 투쟁한 참여 지식인이었다. 18세기 구체제(ancien régime) 하의 프랑스 정치체제는 왕족과 특권계층인 귀족이 권력을 장악한 신분제 사회였다. 제3신분인 부르주아(공증인)의 아들로 태어난 볼테르는 일반 평민에 비해서는 적잖은 사회적인 혜택을 누리긴 했으나, 왕족도 귀족도 아닌 그의 신분적인 한계는 두 차례에 걸친 바스티유 감금에서 여실히 드러났다.

볼테르는 청년기에 섭정 오를레앙 공작을 조롱한 적이 있었다. 다섯 살의 나이로 왕위에 오른 루이 15세의 섭정이던 공작이 재정 절약을 위해 왕실 마구간에 가득한 말을 절반 정도 팔았을 때 볼테르는 궁전에 넘쳐나는 바보들을 절반 정도 쫓아내는 편이 훨씬 현명했을 것이라고 조롱한 것이다. 곧이어 볼테르는 섭정이 왕위를 찬탈하려 한다는 시를 쓴 혐의를 받고서 11개월 동안 바스티유 감옥에 투옥되었다. 바스티유 감옥에서 석방된 지 약 8년 후 볼테르는 프랑스 귀족의 하인에게 몽둥이로 얻어맞는 경험을 한다. 그 프랑스 귀족은 자신에게 말대꾸한 것을 무례하다고 여겨 볼테르에게 린치를 가하게 한 것이다. 그 귀족에게 결투를 신청했다는 이유로 볼테르는 체포되어 또다시 바스티유에 투옥되었다가 국외 망명을 조건으로 석방되었다. 그는 영국을 망명지로 선택하여 그곳에서 약 2년 7개월 동안 체류한 후 프랑스로 귀국했다.

권력자들로부터 핍박받던 볼테르는 앙시앵 레짐의 한계를 자각하고 새로운 제도와 사상을 갈망하고 있었다. 망명 기간 중에 체험한 영국은 그에게 새로운 사상을 자극했다. 입헌군주제, 정치적 표현의 자유, 종교적 관용 등 여러 측면에서 영국은 프랑스보다 훨씬 앞서 있는 '자유의 나라'라고 볼테르는 판단했다. 초창기의 볼테르에게 가장 중요한 사상적 영감의 원천은 영국이었다.

17세기 말에 영국은 명예혁명(Glorious Revolution)과 그에 이은 권리장전(Bill of Rights)을 통해 이미 입헌군주제를 구축하고 있었다. 영국 망명을 마치고 귀국한 후에 출간한 『영국서한(*Lettres anglaises*)』(1734)을 통해 볼테르는 정치와 종교의 자유가 신장되어 있는 영국과 낙후된 프랑스를 대비함으로써 앙시앵 레짐 하의 프랑스 현실을 비판했다.

볼테르의 『영국서한』 출간보다 좀 더 이른 시기에 몽테스키외는 『페르시아인의 편지(*Lettres persanes*)』(1721)에서 프랑스를 비롯해 유럽의 여러 나라들을 여행하는 페르시아인이 고국에 있는 다양한 부류의 지인들과 주고받는 편지 형식의 소설을 통해 당대 프랑스에 풍미하던 정치적 전제주의, 교회의 불관용, 도덕적 타락 등을 문학적인 풍자로 통렬하게 비판한 바 있다.[43] 볼테르는 『영국서한』에서 프랑스의 절대왕정과 가톨릭의 불관용을 직간접적으로 비판했다.

전제권력을 타파하기 위해 숱한 피를 흘리며 투쟁한 결과 입헌군주제를 실현하고, 또한 상당한 정도의 종교적 자유를 성취한 결과 다양한 종교 교파들이 평화롭게 공존하는 영국을 찬미한다는 것은 결국 정치와 종교의 자유가 미약한 프랑스 사회를 강력하게 비판하는 것이었다. 그러하기에 랑송(Gustave Lanson)은 『영국서한』이 "구체제에 대항해 던진 최초의 폭탄(la première bombe lancée contre l'ancien régime)"이었다고 평가한다.[44] 그리고 이 책의 출간은 바로 18세기 전체에 끼치게 될 '영국의 영향'의 서막을 알리는 사건이다.[45]

볼테르 자신이 "이단적이고 악마적"이라고 평가한 이 책은 화형을 당했고, 그 작가에게는 체포 영장이 내려졌기에 볼테르는 또다시 도피생활을 떠나야 했다.

피신한 볼테르는 프랑스 최초의 근대 여성과학자로 불리는 샤틀레 부인(Emilie du Châtelet)의 보호 아래 시레이 성에 머물며 이 귀족 부인과 함께 학문과 창작 활동을 이어나갔다. 시레이 성은 파리의 프랑스 과학 아카데미에 견줄 만큼 방대한 과학 도서를 소장한 도서관과 런던에서 수입해온 최신 실험 장비를 갖춘 실험실

43 Charles-Louis de Secondat Montesquieu, *Lettres persanes in Œuvres complètes I*, Paris: Gallimard, 1949.

44 Gustav. Lanson et P. Tuffrau, *Manuel illustré d'histoire de la littérature française*, Paris: Hachette, 1929, p. 391.

45 Ibid., p. 405.

을 구비한 지적 공간으로서, 이곳에서 샤틀레 부인과 함께 뉴턴 물리학을 연구한 볼테르는 뉴턴 물리학을 소개하는 『뉴턴 철학 개요(*Eléments de la philosophie de Newton*)』(1737)를 출간하기도 했다. 샤틀레 부인의 보호 아래 있던 기간 중에도 볼테르는 쾌락주의적인 시인 「속인(Le Mondain)」(1736)을 창작한 것이 문제가 되어 벨기에 브뤼셀로 피신하기도 했다. 이 시에서 볼테르는 행복을 희생과 엄격함에 두는 종교적 가치나 신념을 비판하고, 지상의 행복이 종교적 구원보다 더 중요함을 역설하며, 쾌락과 사치를 추구하는 것이 인간의 새로운 욕구를 만족시키는 예술을 창조하는 데 기여함을 드러냈다. 결국 이 시를 통해 볼테르는 자유사상가(libertin)로서 당대 주류 사상인 가톨릭의 가치관을 비판했고, 그 결과 성직자들의 비판을 받아 또다시 도피생활을 해야 했다.

볼테르 사상은 자신이 체험한 프랑스 현실의 부조리에 대한 인식에서 출발하며, 새로운 사상에 대한 탐구는 부조리를 넘어 새로운 사회를 건설하고자 하는 열망과 결부된다. 우리는 앞에서 앙시앵 레짐 하의 프랑스 사회 현실을 체험한 볼테르가 영국 망명을 통해 정치적 자유와 종교적 관용이 프랑스보다 앞서 있는 영국에서 대안을 발견했음을 지적했다. 그런데 그는 중국에 대한 연구를 거듭할수록 새로운 제도와 종교의 모델을 점점 더 중국에서 발견한다.

그런데 볼테르는 왜 영국보다 중국에 경도했는가? 볼테르 자신은 그 이유를 설명하는 글을 남기지 않은 것 같다. 아마도 그 이유는 중국이 기독교와 무관한 전통 속에서 정치 종교를 발전시켜 왔기 때문일 것이다. 볼테르는 기독교와 무관한 종교 전통에서 자신의 이상사회를 발견하고 싶었을 것이다. 그가 추구한 이신론은 기독교와 무관한 종교 전통에서도 가능한 종교 사상이며, 또한 그는 기독교 혹은 왕권신수설, 나아가 종교와 무관한 정치를 추구했기에, 영국보다 중국이 그에게 더 나은 모델로 다가왔을 것이다.

III. 볼테르의 종교관과 유교

1. 볼테르의 종교관

볼테르는 18세기에 사상과 표현의 자유를 위해 투쟁한 대표적인 계몽사상가다. 그 투쟁에서 볼테르가 가한 가장 격렬한 비판의 대상은 종교 권력자들이었다. 프랑스 정치철학자인 알렉시스 드 토크빌(Alexis de Tocqueville)이 집필한 『앙시앵 레짐과 프랑스 혁명』에 의하면, 프랑스 혁명이 탄생시킨 열정 가운데 가장 먼저 타올라서 가장 나중에 꺼진 것이 바로 반(反)종교적 열정이다.[1] 정치적 자유에 대한 열광이 식어버린 후에도 사람들은 종교적 권위에 대해 지속적으로 반기를 들었다. 그 결과 프랑스 혁명은 정치혁명인 동시에 종교혁명의 성격을 지니게 되었다고 토크빌은 주장한다.

기독교가 그렇게 격렬한 증오를 불러일으킨 것은 종교적 교의 때문이 아니라 정치제도에서 비롯된다고 토크빌은 지적한다. 그는 앙시앵 레짐 하에서 교회가 세속 정치권력과의 결탁 속에서 지나치게 특권적이고 강력한 위상을 차지하고 있었기에 그러한 저항을 불러왔다고 설명한다.[2] 정치권력과 결탁한 교회는 세속권력을 비판하는 대신에 권력의 악폐를 신성불가침이라고 축성(祝聖)하거나 은폐해주었기에 교회는 정치권력 가운데 으뜸으로 간

1 Alexis de Tocqueville, *L'Ancien Régime et la Révolution*, Michel Lévy Frères, 1856, p. 7.

2 Ibid., p. 9.

주되었고 결국 가장 큰 증오의 대상이 되었으며 적잖은 프랑스 작가들이 가톨릭교회를 공격했다.[3] 볼테르는 앙시앵 레짐 하에서 진행된 가톨릭교회의 부패와 권력남용을 강력히 비판한 작가다. 그런데 그는 한걸음 더 나아가 가톨릭의 종교적 교의와 성경 자체에 대해서도 부정적인 견해를 피력했다.

계몽주의 시기의 프랑스에는 다양한 종교 사상이 발흥하고 있었다. 가톨릭이 지배적 종교로서 정치권력과의 결탁 속에서 여전히 막강한 힘을 지니고 있는 상황 속에서 학자들 사이에 새로운 종교 사상인 이신론(理神論)이 확산되고 있었으며, 멜리에(Jean Meslier) 신부로부터 본격적으로 전개된 무신론(無神論, athéisme) 사상도 백과전서파 학자들을 중심으로 점차 그 세력을 확대해가고 있었다.

볼테르, 루소, 디드로(Denis Diderot), 돌바크(Paul-Henri Dietrich, baron d'Holbach) 등 계몽주의 시대를 주도한 사상가들의 공통점은 이들 중 그 누구도 '정통 기독교'를 신봉하지 않았다는 점이다. 이들 가운데 '정통 기독교'에 가장 가까운 사상가는 루소다. 하지만 그의 종교적 입장 역시 '정통 기독교'가 아니라 '자연종교' 혹은 '범재신론(panenthéisme)'으로 분류된다. 18세기 프랑스의 기독교에 도전을 가한 가장 급진적인 사상은 무신론이다. 멜리에, 라 메트리(Julien Offray de La Mettrie), 돌바크 등 18세기 프랑스의 유물론자들은 무신론적 입장을 견지했다. 이들 유물론자는 종래의 사변적인 형이상학이나 신학을 공격하고, 자연을 초월하여 존재하는 신이나 신에 의한 기적을 부정했다.

3 Ibid., p. 223.

이러한 프랑스의 종교 사상적 상황 가운데서 볼테르가 견지한 종교적 입장은 '이신론'이었다. 그의 이신론은 당대에 양극단의 사상인 광신적인 가톨릭 및 무신론과 씨름하면서 볼테르가 제시하는 종교 사상이다. 그런데 그의 이신론은 중국의 유교와 밀접한 관련을 지닌다. 그는 중국의 유교를 이신론으로 간주했고, 유교를 자신이 추구해온 이신론 입장을 잘 반영하는 종교 사상으로 간주했다. 볼테르는 무신론자가 아님에도 불구하고 당대 기독교(가톨릭)를 맹렬히 비판했고, '기적' 같은 기독교의 초자연적 요소를 비판했다. 가톨릭과 무신론을 동시에 비판하며 18세기 프랑스에서 독자적인 종교 사상을 형성한 볼테르의 종교적 관점을 추적해 보자.

볼테르의 가톨릭 비판

볼테르는 가톨릭교회를 혹독하게 비판했고, 그로 인해 가톨릭교회로부터 '적(敵)그리스도'로 간주될 만큼 미움을 받았다. 그가 가톨릭에 비판적인 것은 일차적으로는 당대 가톨릭의 부패나 불의와 관련이 있다. 『철학사전』의 "신부(abbé)"라는 항목에서 그는 가톨릭 신부들의 부패를 강력히 비난했다. 옛날에는 신부가 "가난한 신도들을 대변하는 빈자(貧者)"였으나 이제는 고액의 연금을 받는 "지배자"가 되었다고 볼테르는 프랑스 신부들을 비판한다.[4] 그리고 볼테르는 신부들이 "무지와 미신과 광란의 풍조를

4 Voltaire, *Dictionnaire philosophique*, Garnier Frères, 1961, p. 1. 필자는 본서에서 볼테르의 *Dictionnaire philosophique*의 서로 다른 두 판본을 참조하였음을 밝힌다.

이용하여 우리의 유산을 빼앗고, 우리를 발밑에 짓밟으며, 불우한 백성의 양식으로 배를 불려왔다"고 비판하면서 "헐벗고 굶주린 가난한 백성이 신부의 대문 앞에서 하늘을 향해 애타게 울부짖고 있다"고 고발한다.[5]

볼테르는 『영국서한』의 "영국 국교에 대하여(Sur la religion anglicane)"라는 항목에서도 프랑스 성직자를 맹렬히 비난한다. "프랑스에서는 방탕하기로 유명한 젊은이가 여인들의 간계(奸計)로 고위 성직자까지 올라가고, 공공연히 연애를 하고, 연가(戀歌)를 지어 즐기고, 매일 오랜 시간 맛있는 만찬을 베푼다. 그러다가 성령의 빛을 청하러 가서는 대담하게도 사도의 후계자로 자처한다."[6] 볼테르는 이 책에서 영국 국교 성직자들이 프랑스 가톨릭 성직자들보다 훨씬 더 절제된 삶을 살고 있음을 지적하며 타락한 프랑스 성직자들을 비판한다. 부패한 당대 가톨릭교회에 대한 볼테르의 비판은 그의 작품 도처에 산재해 있다.

볼테르가 가톨릭을 비판하는 더욱 근본적인 원인은 그가 가톨릭 교리의 토대인 성경 자체에 대해 비판적이기 때문이다. 성경에는 신에 의한 천지창조, 신이 직접 돌판에 새겨 모세에게 내린 십계명, 신의 육화(肉化, Incarnation)인 예수의 탄생, 그리고 죽은 예수의 부활 등 '신의 계시'와 초자연적인 '기적' 이야기가 담겨 있다. 그런데 볼테르는 종교도 '이성의 빛' 아래 조명되어야 한다고 주장한다. 따라서 그는 이성으로 설명되지 않는 신의 계시나 기적을 부정했다.

그는 갈릴리 가나에서 물을 포도주로 변화시킨 예수의 기적

5 Ibid., pp. 1-2.

6 Voltaire, *Lettres anglaises*, In Libro Veritas, 2005, p. 22.

을 '수치스러운 사기(詐欺)'로 간주했다. 복음서에 기록되어 있는 여러 이적(異蹟)에 대해 볼테르는 의혹을 제기한다. 배고픔을 느낀 예수가 길가에서 무화과나무를 보고 그리로 갔으나 잎사귀밖에 아무것도 얻지 못하자 그 나무를 저주하여 무화과나무가 곧 마르게 되었다는 사건이 과연 진실의 기록인지에 대해 볼테르는 의문을 제기한다. 또한 볼테르는 예수를 만난 귀신들이 예수에게 만일 자신들을 귀신들린 사람에게서 쫓아내려면 돼지 떼에 들여보내달라고 간구하여 예수가 그렇게 하라고 하자 귀신들이 나와서 돼지에게로 들어가 결국 온 돼지 떼가 비탈로 내리 달아 바다에 뛰어들어 몰사한 사건에 대해서도 불신한다. 또한 그는 병자를 치유하거나 죽은 자를 살리는 예수의 기적을 불신했으며, 무엇보다도 십자가에서 죽은 그리스도가 부활한 사건은 훨씬 더 의심스러운 것으로 간주했다. 볼테르는 이성을 무기로 하여 성경과 싸웠고, 성경을 공격했으며, 성경을 조롱했다.[7]

폴 아자르가 「계시종교에 반대하여」라는 제목의 글에서 한 다음과 같은 말은 볼테르의 종교 사상을 잘 표현하고 있다. "계시는 기적의 영역에 속하고, 이성은 기적을 인정하지 않는다. 기적은 초자연의 영역에 속하고, 이성은 자연의 진리만을 인정한다. 이성이 계시를 검토하면 이성은 계시에 모순이 있음을 즉시 발견하게 되고 따라서 계시에 거짓이 있음이 드러난다. 종교의 고유한 측면은 단지 미신에 불과하다. 따라서 이성은 이 뿌리 깊은 미신을 공격하여 타파해야 한다."[8]

---

7 Nicholas Cronk, *The Cambridge Companion to Voltaire*, Cambridge University Press, 2009, pp. 201-202.

8 Paul Hazard, *La Pensée européenne au XVIIIe siècle*, Paris: Librairie Arthème Fa-

볼테르는 '정통' 가톨릭의 기본 교리인 '삼위일체'를 부정했다. 그는 예수를 위대한 도덕 교사로는 인정하지만 예수의 신성(神性)을 인정하지는 않는다. 볼테르 연구가 르네 포모가 지적하듯이, 신인 예수가 인간의 몸을 입고 지상에 태어났다는 '성육신(Incarnation)' 사상에 대한 볼테르의 거부는 볼테르가 예수에 대해 말할 때마다 되풀이된다.[9] 『철학사전』에서 그는 예수에 대해 다음과 같이 말한다. "예수는 자신이 신과 동등하다고 말한 적이 없다. 성 바울은 히브리서에서 신은 예수를 천사들보다 열등하게 만들었다고 단호하게 말했다. 그러나 성 바울의 그 모든 말에도 불구하고 니케아 공의회에서 예수는 신으로 인정되었다."[10]

3세기의 기독교 신학자인 아리우스는 삼위일체를 부정하고 예수를 신이 아닌 인간이라고 주장했는데, 이 견해는 알렉산드로스 감독과 그 제자인 아타나시우스에 의해 반박되었고 결국 아리우스의 가르침은 니케아 공의회(325년)에서 이단으로 정죄되었다. 볼테르는 『영국서한』에서 아리우스파가 영국에서 되살아나고 있음을 지적하고, "위대한 뉴턴(Newton)"과 "저명한 클라크(Clarke)"가 아리우스파를 지지하고 있음을 매우 긍정적으로 기술한다.[11]

볼테르에 의하면, 가톨릭에 내재해 있는 비합리적인 요소는 종교가 아닌 '미신'에 불과하다. 『철학사전』의 "미신(superstition)"이라는 항목에서 그는 "지고(至高)의 존재에 대한 경배나 그 신의 영원한 질서에 대해 심정적으로 복종하는 것을 넘어서는 것은 거

yard, 1963, p. 65.

9 René Pomeau, *La Religion de Voltaire*, Paris: Librairie A. G. Nizet, 1995, p. 377.

10 Voltaire, *Dictionnaire philosophique*, Garnier Frères, 1961, p. 407.

11 Voltaire, *Lettres anglaises*, In Libro Veritas, 2005, p. 21.

의 모두가 미신이다"라고 규정한다.[12] 성경에 등장하는 숱한 초자연적인 이적들은 볼테르에게 미신일 뿐이다. 그렇다고 하여 그가 기독교를 전적으로 부인한 것은 아니다. 칸트(Immanuel Kant) 이전에 이미 '이성의 한계 안에서의 종교' 관념을 지니고 있었던 볼테르가 비판한 것은 '이성의 한계를 넘어선 기독교'다.

볼테르의 무신론 비판

볼테르가 '정통' 기독교(가톨릭)를 신봉하지 않았다고 해서 그가 무신론을 옹호한 것은 아니다. 오히려 그는 무신론을 비판하고 유신론을 옹호한다. 그의 무신론 비판과 유신론 옹호는 두 차원에서 진행된다. 두 차원이란 '이성'의 차원과 '필요'의 차원이다.

우선 그는 신의 존재를 인정하는 것이 합리적이라고 판단한다. 볼테르에게 "영원하고, 지고(至高)하고, 지적이며, 절대적인 존재가 있다는 것은 명백하다. 그것은 신앙의 문제가 아니라 이성의 문제다."[13] 우리는 훌륭한 기계를 본다면 그 기계가 뛰어난 지적 능력을 지닌 기술자가 만든 것이라고 인정한다. 그런데 질서정연하게 운행하는 이 우주는 감탄스러울 정도로 훌륭한 기계임이 분명하다. 따라서 볼테르는 이 우주를 창조한 탁월한 지적 능력을 지닌 이가 존재한다고 추론하는 것이 합리적이며, 세상을 창조한 지적 능력을 지닌 이가 존재하지 않는다고 주장하는 것은 비합리적이라고 보았다.

12 Voltaire, *Dictionnaire philosophique*, Garnier Frères, 1961, p. 394.

13 Ibid., p. 203.

또 다른 차원은 '필요'의 차원이다. 『철학사전』의 한 항목인 "무신론자, 무신론(Athée, Athéisme)"에서 볼테르는 다음과 같이 말한다. "개명(開明)한 도시라도 전혀 종교를 가지지 않는 것보다는 좋지 못한 종교라도 가지고 있는 편이 더없이 유익함은 이론의 여지가 없다."[14] 볼테르가 무신론을 비판하고 유신론을 옹호한 것은 다른 한편으로 '신 존재'의 '유용성' 혹은 '필요'에 토대를 두고 있다. 종교의 필요성에 대한 볼테르의 관점은 칸트의 '요청된 신' 관점과 흡사하다.

칸트는 신이 인간의 이론적 이성이 지배하는 영역에 속하지 않기 때문에 인간의 이성으로는 신의 존재를 증명할 수 없다고 보았다. 그런데 칸트에 의하면 인간에게는 이론적 이성(순수이성) 이외에 도덕적 행위와 관련된 실천이성이 있으며, 인간이 진정으로 행복하려면 본성과 도덕법을 일치시키고 나아가 행복과 도덕을 일치시킬 수 있는 존재자인 신의 존재를 전제할 수밖에 없다. 칸트에게 신은 인간의 행복을 위해, 도덕과 행복의 일치를 위해 필연적으로 존재해야 하는 '요청된 신'이다.[15]

볼테르의 종교 역시 도덕적 질서를 유지하기 위해 필요한 '요청된 종교'다. 『관용론』에서 볼테르는 종교의 필요성에 대해 이렇게 지적한다. "인간이 사회를 이루고 사는 곳이면 어디든 종교는 꼭 필요하다. 법이 공개적으로 범죄를 저지르지 못하도록 억제하는 역할을 하는 반면, 종교는 개인이 숨어서 행할지도 모르는 범죄를 막는다."[16]

14 Ibid., p. 42.

15 Otfried Höffe, 『임마누엘 칸트』, 문예출판사, 1997, pp. 298-299.

16 Voltaire, *Traité sur la tolérance*, Flammarion, 1993, p. 179.

종교의 필요성을 강조하는 볼테르의 주장은 무신론 사회의 가능성 문제와 관련되어 있다. 17세기 프랑스 철학자인 피에르 벨(Pierre Bayle)은 '무신론 사회가 존속할 수 있는가(si une société d'athées pourrait subsister)?'라는 질문을 제기한 바 있다.[17] 벨은 우상을 숭배하거나 미신을 믿기보다는 신을 믿지 않는 편이 나으며, 무신론은 도덕과 관계가 없다고 주장했다. 벨에 의하면 도덕은 종교에서 나오는 것이 아니라 '만물의 원인'인 자연으로부터 나온다. 그에게 신은 인간 사회에 개입하지 않기에 지상에는 오로지 자연의 법칙만이 존재할 뿐이다.[18]

벨과는 달리 볼테르는 무신론 윤리란 불가능하다고 보았다. 볼테르에 의하면 "속박을 벗어난 인간은 공동생활을 영위할 수 없고, 법률은 눈을 속이는 죄악에 대해 무기력하므로 인류의 정의(justice)에서 탈락한 악인들을 이 세계 혹은 사후 세계에서 처벌하는 복수의 신(Dieu vengeur)이 필요하다."[19] 볼테르는 거짓 맹세를 해도 벌 받지 않는다고 생각하는 사람보다 거짓 맹세를 하면 벌을 받게 된다고 생각하는 사람의 증언이 더 신뢰할 만하듯이 자신의 비도덕적인 행위가 신에 의해 처벌받는다고 생각하는 사람이 그렇게 생각하지 않는 사람보다 더 윤리적일 가능성이 크다고 보았다.

볼테르는 사회에 윤리가 유지되기 위해서는 인간에게 '지고의 존재(Etre suprême)'라는 관념이 필요하다고 생각한다. 왜냐하면 신에 대한 신앙이 사람들로 하여금 죄를 삼가게 하기 때문이다.

17 Voltaire, *Dictionnaire philosophique*, Garnier Frères, 1961, pp. 40f.

18 김응종, 『관용의 역사. 르네상스에서 계몽주의까지』, 푸른역사, 2014, pp. 286-287.

19 Voltaire, *Dictionnaire philosophique*, Garnier Frères, 1961, p. 40.

이런 맥락에서 그는 "만일 신이 존재하지 않는다면 신을 만들어낼 필요가 있다(si Dieu n'existait pas, il faudrait l'inventer)"라고 말한다.[20]

볼테르는 심지어 '우스꽝스러운' 신일지라도 그러한 신을 숭배하는 편이 무신론에 빠지는 것보다는 더 낫다고 말한다. 그는 『관용론』에서 다음과 같이 말한다. "인간은 참으로 연약하고 뒤틀린 존재이기에 온갖 종류의 미신에 붙잡혀 있는 편이 그 때문에 사람을 죽이는 일만 없다면 신앙 없이 사는 것보다 인간을 위해 더 나은 일임은 분명하다. 인간은 언제나 어떤 구속력을 필요로 해왔다. 또한 반인반수(半人半獸)신이나 숲의 수호신, 물의 요정들에게 제사를 지내는 것이 아무리 우스꽝스럽게 보일지라도 이러한 가공(架空)의 신성한 존재를 숭배하는 것이 무신론에 빠지는 것보다는 한결 온당하고 유용하다."[21]

볼테르는 미신보다 무신론이 더 위험하다고 판단했다. 왜 그런가? 볼테르는 '미신'을 믿는 맹신자도 불길한 재앙을 초래할 수 있지만 그나마 신 앞에서 자신의 행동을 점검하고 행동하는 반면, 그러한 내면의 감찰자가 없는 무신론자는 더 큰 폭력을 초래할 수 있다고 생각하기 때문이다. 볼테르는 만일 자신이 신하라면 신하를 절구로 찧어버리는 데 흥미를 갖는 무신론자 군주와 관여하길 원하지 않고, 반대로 자신이 군주라면 무신론자 신하와는 얽히는 것이 싫다고 말한다. 왜냐하면 신을 믿는 국왕이나 신하에게보다 무신론자 국왕에게 분쇄되거나 무신론자 신하에게 독살당할 위험이 더 많기 때문이라는 것이다. 따라서 볼테르는 군주에게나 민중

20 René Pomeau, *La Religion de Voltaire*, Librairie A. G. Nizet, 1995, p. 206.

21 Voltaire, *Traité sur la tolérance*, Flammarion, 1993, p. 178.

에게나 "창조자이자 통치자이며 상을 주는 존재이자 복수하는 존재인 지고의 존재" 관념이 마음속에 반드시 새겨져 있어야 한다고 주장한다.[22]

이러한 맥락에서 볼테르는 대부분의 무신론자들이 대담하긴 하지만 사리를 잘못 판단한 '길 잃은 학자들(savants égarés)'이라고 주장한다.[23] 인간의 덕성과 사회의 윤리를 유지하기 위해서는 무신론이 치명적인 사상이라 판단하여 이를 비판한 볼테르는 종교 사상에서 당대의 가장 전위적(前衛的)인 사상인 무신론으로부터 거리를 둔다.

유신론을 옹호하고 무신론을 배척했기에 볼테르는 자신을 추종해온 프랑스의 무신론적 유물론자들로부터 비판을 받기도 했다. 계몽주의 시기 프랑스의 대표적인 무신론자인 돌바크는 가명으로 영국에서 출판한 『자연의 체계(*Système de la nature*)』(1770)에서 신의 존재와 영혼 불멸성을 부정하고 세계를 스스로 운동하는 물질로 규정한다. 그는 인간을 "자연의 작품"으로서 "자연 속에 존재하며 자연의 법칙에 예속된 존재"로 규정하고, 인간이 자연의 법칙을 벗어날 수 없다고 주장한다. 그리고 그는 자연 너머에는 아무것도 존재하지 않는다고 단언한다.[24] 그에 의하면 신이란 존재하지 않고 오직 '자연'만 존재하기에 인간은 더 이상 신이라는 허구, 즉 인간의 공포가 만들어낸 허구를 좇을 것이 아니라 자연의

---

22 Voltaire, *Dictionnaire philosophique*, Garnier Frères, 1961, p. 43.

23 Ibid., p. 42.

24 돌바크의 무신론에 대해서는 다음 문헌을 참조할 것. 김응종, 「돌바크의 자연철학과 무신론」, in 김응종 외, 『프랑스의 종교와 세속화의 역사』, 충남대학교출판문화원, 2013, pp. 125-145.

법칙에 따라야 한다. 돌바크에게 종교란 인간이 만들어낸 '사기'이며 종교의 교주는 '사기꾼'이다. 마호메트뿐 아니라 예수도 돌바크에게는 '사기꾼'에 불과하다.[25] 돌바크는 기독교에서만 도덕적인 삶이 가능하다는 전통적인 기독교 도덕론을 거부하고 도덕적인 인간을 위해서는 사회, 교육, 법만으로 충분하다고 주장한다.[26]

종교가 무수한 불행을 야기했다고 주장하는 무신론자 돌바크에게 볼테르는 불행한 지구를 지배하는 것은 종교가 아니라 미신이라고 반박하며 유신론을 옹호하고자 한다. '지고의 존재에 대한 순수한 경배'와 '미신'을 구별하는 볼테르에게는 미신이야말로 이 '순수한 경배'에 대한 가장 잔인한 적이다. 볼테르에 의하면, 우리가 미워해야 할 것은 종교의 목을 조르고 있는 '뱀'인 미신이지, 뱀에게 조임을 당하는 종교 자체가 아니다.[27] 그는 종교에 혐의를 두는 폭력 같은 부정적인 요소들을 미신에 전가시킴으로써 순수한 종교의 가능성을 남겨놓고자 했다.

볼테르는 종교와 미신을 구분했지만 기존의 종교 내에 미신적인 요소가 혼재해 있다고 보았다. 그는 기독교 내에 존재하는 미신의 기원이 이교(paganisme)라고 생각한다. 그에 의하면, 이 미신이 유대교에 의해 수용되었고, 초대교회 시대 이래로 교회는 바로 이 미신에 의해 감염되었다.[28] 볼테르는 모든 교부(敎父)들이 예외 없이 '마술(magie)'의 권능을 신봉했고, 교회는 항상 마술을 정죄했지만, 그럼에도 불구하고 교회는 항상 마술을 신봉해온 모순

25 Ibid., p. 134.

26 Ibid., p. 138.

27 Voltaire, *Dictionnaire philosophique*, Los Gallardos: Patrik Cintas, 2005, p. 812.

28 Voltaire, *Dictionnaire philosophique*, Paris: Garnier Frères, 1961, p. 396.

을 보여왔다고 지적한다.[29]

종교와 미신을 구분한 볼테르가 반대한 것은 종교 아닌 미신이었다. 그리고 그가 무엇보다도 투쟁하고자 했던 대상은 광신(狂信, fanatisme)이다. 광신자는 "자신의 광기를 살육(殺戮)으로 밀고 나가는 자"다.[30] 볼테르는 가장 증오스러운 광신의 사례로 성 바르텔레미(St. Barthélemy) 축일 밤에 개신교 신자들을 대량으로 학살한 파리 부르주아의 폭력을 꼽는다.[31] 볼테르는 자신과 종교적인 견해가 같지 않다는 이유로 사형을 언도하는 재판관들도 광신자의 범주에 분류한다. 볼테르의 견지에서 그들은 '냉정한 광신자(fanatiques de sang-froid)'다.[32]

광신에 대한 볼테르의 극렬한 증오는 유럽의 시대적 상황의 산물이다. 유럽에서 16세기 후반부터 17세기 후반까지 지속된 가톨릭 진영과 개신교 진영 간의 대립은 종교전쟁으로 발전했다. 이 시기에 가장 대표적인 종교전쟁으로는 프랑스의 종교 내전인 '위그노 전쟁'(1562~1598), 네덜란드 개신교인과 개신교 교세 확장을 두려워한 스페인 지배자 사이의 전쟁인 '네덜란드 독립전쟁'(1568~1648), 그리고 가톨릭을 따르는 국가들과 개신교를 따르

---

29 Voltaire, *Essai sur les mœurs et l'esprit des nations vol. I*, Charleston: Nabu Press, 2011, p. 105. : "마술(magie)이란 무엇인가? 마술이란 자연이 할 수 없는 바를 행하는 비법인데 그것은 불가능한 것이다." 볼테르는 'magie'라는 단어의 기원이 mag, magdim으로서 이는 갈데아의 마술사들(mages)을 의미한다고 설명한다.

30 Ibid., p. 196.

31 Ibid., p. 197. '성 바르텔레미 축일의 학살(Massacre de la Saint-Barthélemy)'이란 위그노 전쟁 중이던 1572년 8월 24일부터 프랑스 파리에서 시작하여 지방으로 확산된 사건으로서 몇 주에 걸쳐 가톨릭 세력이 개신교 신자들(Huguenots)에게 행한 대학살이다. 학살이 시작된 8월 24일은 바르텔레미(바르톨로메오) 축일이다.

32 Ibid.

는 국가들 사이에서 벌어진 종교전쟁인 '30년 전쟁'(1618~1648)을 들 수 있다. 특히 1562년 '바시(Wassy)의 학살'[33] 사건에서 시작된 '위그노 전쟁'은 대량학살과 잔혹한 폭력으로 점철된 역사다. 위그노 전쟁 이후에도 프랑스에서 위그노에 대한 탄압은 계속되었다. 프랑스에서는 국가에 의한 공식적인 박해 이외에 민간에서도 대량학살 같은 폭력이 종종 유발되었다.

볼테르는 수많은 사람을 죽음으로 몰아넣은 종교적 박해가 바로 '광신'의 소산이라 생각했다. 광신이 미신과 긴밀히 연결되어 있다고 판단한 그는 미신에 사로잡힌 자는 광신자에 의해 지배되며 결국은 광신자가 되기도 한다고 말하며, "미신이 적을수록 광신도 줄어들며, 광신이 줄어들면 불행도 줄어든다"고 주장한다.[34]

그렇다면 광신과 무신론은 어느 쪽이 더 해로운가? 볼테르는 "광신이 무신론보다 훨씬 더 해롭다"[35]고 말한다. 홉스(Thomas Hobbes)와 스피노자(Baruch Spinoza)는 무신론자로 낙인찍혔으나 학살에 관여하지 않았지만, 동시대의 광신자들은 유럽을 피로 물들였기 때문이다. 초자연적 요소, 즉 미신적인 요소를 지니는 기독교를 비판하는 동시에 무신론을 비판하는 볼테르가 취하는 종교적 관점은 '이신론'이다.

---

33 1562년 3월 광신적이며 비타협적인 기즈(Guise)가(家)의 기즈 공(公)이 장병들과 함께 바시(Vassy)라는 프랑스 도시를 지나면서 우연히 위그노 기도회를 목격하고는 현장을 급습하여 23명을 무자비하게 학살하고 130명에게 부상을 입혔다. 서정복, 『프랑스의 절대왕권 시대』, 푸른 사상, 2012, pp. 213-215.

34 Voltaire, *Dictionnaire philosophique*, Paris: Garnier Frères, 1961, p. 398.

35 Ibid., p. 42.

볼테르의 이신론

이신론은 근대 과학의 발전에 힘입어 그동안 기독교가 사실로 믿었던 것들에 대해 의문을 제기하면서 과학적인 동시에 기독교적일 수 있는 신앙의 가능성을 모색한 결과로 형성된 사상이다. 이신론의 형성 배경에는 베이컨, 갈릴레오, 데카르트에서 출발하여 홉스를 거쳐 로크와 뉴턴에서 그 절정에 이른 근대 철학이 깔려 있는데, 이 종교 사상은 일반적으로 신의 계시에 대한 신앙 대신 인간 이성에 대한 신뢰에 모든 지식의 기초를 두고 있다. 이 과정에서 계시, 기적, 성서 등 정통 기독교를 지탱해온 기본 전제들에 대한 의혹이 제기되었고, 이신론은 이러한 의혹의 요소들을 배제한 채 기독교를 유지하고자 한 종교 사상이었다.[36] 철학사가인 코플스턴(Frederick Copleston)에 의하면 진정한 의미에서 '이신론 학파'라 불릴 수 있는 것은 존재하지 않으며, 이신론자 상호 간에 그 주장들이 서로 일치하는 것도 아니었다.[37] 폴 아자르가 적절하게 표현했듯이 하나의 이신론이 존재한 것이 아니라 서로 다른 이신론, 대립적인 이신론, 심지어는 서로 논쟁을 벌이는 이신론까지 존재했다.[38]

이신론은 주로 로크와 뉴턴의 사상과 함께 발전했기에 영국이 그 중심무대였으며, 볼테르는 영국의 이신론을 수용하여 발전

36 Peter Gay, *Deism: An Anthology* (Princeton: D. Van Nostrand Company, 1968), pp. 19-21.

37 Frederick Copleston, *A History of Philosophy*, vol. 5, London: Burns and Oates, 1961, pp. 162-163. 이신론자들은 영혼불멸, 신의 섭리, 신의 인격성, 계시 등의 문제에서 일치성을 보이진 않았다.

38 Paul Hazard, *La Pensée européenne au XVIIIe siècle*, Paris: Librairie Arthème Fa-

시켰다. 물론 프랑스에도 이신론적인 사상의 맹아는 존재했다. 볼테르의 선배 학자들인 라블레(Rabelais), 몽테뉴(Montaigne), 라 모트 르 베에(La Mothe le Vayer), 그리고 가상디(Pierre Gassendi) 등이 이신론과 유사한 사상을 이미 제시한 바 있기 때문이다.[39] 볼테르의 이신론이 프랑스적인 기원을 지니는 것은 분명하지만 그의 이신론적 사상은 드라이든, 섀프츠베리, 틴덜, 포프, 볼링브로크 등 영국 이신론자들의 작품을 읽으면서 더욱더 강화되었다고 할 수 있다.[40] 한편, 이신론을 도덕성의 동일한 이념에 토대를 두고 지고(至高)의 존재인 신을 경배하는 자연종교로 간주한다면, 그리고 그 신의 율법은 명백한 것으로서 (기독교의 초자연적인 교리와는 무관하게) 모든 인간의 가슴 속에 새겨져 있는 것이라고 이해한다면, 볼테르는 '태생적인 이신론자(deist from birth)'라고 에드몽 소네가 평가한 바 있다.[41]

일반적으로 이신론자들은 자연, 이성, 도덕의 견지에서 '정통 기독교'의 가르침을 부인했다. 그들은 세상을 창조한 신의 존재는 인정하지만 계시나 기적은 인정하지 않는다.[42] 볼테르가 성서와 기

yard, 1963, p. 382.

39 Norman Lewis Torrey, *Voltaire and the English Deists*, New Haven: Yale University Press, 1930, p. 2.

40 Ibid.

41 Edmond Sonet, *Voltaire et l'influence anglaise* (Renne, 1929), p. 158. Norman Lewis Torrey, *Voltaire and the English Deists*, New Haven: Yale University Press, 1930, p. 1에서 재인용.

42 이신론은 두 가지로 나뉘는데, 하나는 신이 이 세계를 창조한 후 더 이상 이 세계에 관여하지 않는다는 입장이고, 다른 하나는 신이 이 세계를 창조한 후 이 세계에 관여하긴 하지만 초자연적인 방법이 아닌 자연적인 방법으로만 관여한다는 입장으로서 이를 '역사적 이신론(historical deism)'이라고 일컫는다. 서양근대철학회 엮

독교에 미신적 요소가 있다고 주장하면서 이를 비판한 것은 바로 이신론의 관점에서다.

볼테르는 가톨릭, 개신교, 마호메트교 등 주요 종교에서도 배타적 광신주의가 있다고 판단한다. 그가 이상적으로 간주하는 종교는 우주의 운행과 인간의 삶에 관여하지 않는 절대자를 숭배하는 종교로서, 이는 미신이나 광신과는 무관한 이성에 토대를 둔 종교다. 볼테르는 『체스터필드 백작의 귀와 구드맨 사제(*Les Oreilles du comte de Chesterfield et le chapelain Goudman*)』라는 제목의 소설에서 등장인물인 사이드락의 입을 빌려 자신의 이신론적인 종교관을 다음과 같이 피력한다.

> 사이드락: 신(神)은 자기 의지, 자기 지혜, 자신이 만든 법칙, 불가피한 자기 본성의 노예입니다. 그는 그것들을 거역할 수 없습니다. 그것은 신이 인간처럼 나약하거나, 무상(無常)하거나, 변덕스러울 수 없기 때문이며, 필연적으로 영원한 절대자가 변덕쟁이(girouette)일 수 없기 때문입니다.
>
> 구드맨: 사이드락 씨, 당신의 그 말씀은 곧바로 무신앙주의(irréligion)에 귀착하게 됩니다. 만약 신이 이 세상의 일들 중 아무것도 바꿀 수 없다면, 신을 찬양하거나 신에게 기도를 드리는 것이 무슨 소용이 있겠습니까?
>
> 사이드락: 도대체 누가 신에게 기도하고 그를 찬양하라고 하나요? 신이 정말로 당신들의 찬양과 간구를 필요로 할까요? 어떤 사람이 허영심 투성이라고 여겨질 때 그에게

음, 『서양 근대 종교철학』, 창비, 2015, p. 275.

> 찬사를 늘어놓는 법이며, 그가 나약하다고 확신할 때 그에게 간구하면서 그의 생각이 바뀌기를 기대하는 것입니다. 신에 대한 우리의 의무를 수행하고, 그분에게 경배하며, 우리 자신이 공정하도록 노력합시다. 그것이야말로 우리의 진정한 찬양이며 진정한 기도입니다.[43]

볼테르의 이신론 관점에서 신은 우주를 창조하고 그 우주의 운행 법칙을 제정한 다음에는 세상사에 개입하지 않고, 세상은 신이 우주 창조 때 만들어놓은 법칙대로만 운행한다. '기적'이란 신이 만든 우주의 운행 법칙에 신이 개입하여 그 법칙에 어긋나는 기이한 일을 행하는 것이다. 볼테르는 세상사에 대한 신의 개입을 믿지 않기에 '기적'을 믿지 않는다. 그의 견지에서 '기적'을 믿는 것은 곧 '미신'을 믿는 것이다.

그렇지만 볼테르는 "권능이 있고 선한 지고의 존재(Etre suprême aussi bon que puissant)"로서의 신을 인정할 뿐 아니라, 그 신이 "죄악을 벌하되 잔혹하지 않게, 덕행에는 후하게 보상하는 분"임을 인정한다.[44] 신이 어떻게 벌을 주며, 어떻게 호의를 베풀고, 어떻게 용서하는지 그 구체적인 내용은 모른다고 고백하지만, 볼테르는 여하튼 신을 '행동하는 분'이자 '정의로운 분'으로 받아들인다.[45]

기적, 다시 말해 신이 지상에서 초자연적으로 개입하는 사건을 부인하면서도 인간의 선악에 대한 신의 심판을 믿는 볼테르는

43 Voltaire, *Romans et contes*, Paris: Gallimard, 1979, p. 586.

44 Voltaire, *Dictionnaire philosophique*, Paris: Garnier Frères, 1961, p. 399.

45 Ibid.

전통적인 기독교와 차별성을 두는 동시에, 자신의 신관(神觀)이 신에 대한 소박한 숭배로서 가장 오래되며 가장 넓게 분포하는 종교임을 주장한다.[46] 볼테르의 종교는 기독교나 성경의 종교가 아닌 지고의 존재인 신, 죄는 벌하고 선행에는 보상을 내리는 신을 믿는 소박한 종교다.

볼테르는 초창기에 자신의 종교적 관점을 '이신론(déisme)'으로 지칭했으나 1751년 이후로는 '유신론(théisme)'이라는 용어로 변경한다. 볼테르는 1751년에 쓴 글에서 "더 이상 이신론이 아니라 유신론(théisme, et non plus déisme)"이라는 용어를 사용하겠다고 말한다. 르네 포모에 의하면, 볼테르는 'théisme'이 'déisme'보다 "더 새롭고 더 고상한 단어"라고 판단한 것으로 보인다.[47] 그리고 실루에트(Etienne de Silhouette)가 1742년에 쓴 글에서, 이신론은 신앙보다는 무신앙으로 간주되며 이신론자는 전혀 종교를 가지지 않거나 자신이 인정하는 신에게 아무런 경배도 드리지 않는 사람으로 간주됨에 따라 실루에트 자신은 신을 신봉하는 종교 예식을 드리는 사람을 '이신론자' 대신에 '유신론자'라는 용어를 사용하겠다고 밝히고 있다.[48] 볼테르의 'théisme'이라는 용어 사용도 이러한 맥락과 관계가 있는 것 같다. 다시 말해 볼테르는 '이신론'이 '무신론'으로 오해받을 여지를 피하고자, '이신론'에 아무런 내용

46 Ibid.

47 René Pomeau, *La Religion de Voltaire*, Paris: Librairie A. G. Nizet, 1995, p. 428. 볼테르는 『철학사전』에서 초기에는 "이신론(Déisme)"이라는 제목으로 글을 실었으나, 이 항목은 이후 "유신론(Théisme)"이라는 제목으로 바뀌었다. 볼테르가 여기서 다루는 '유신론'은 전통적인 '기독교 유신론'이 아닌 자신의 '이신론'을 지칭하기에 오늘날 일반적으로 사용하는 '유신론'과는 구분되어야 한다.

48 Ibid. (note 3)

도 변화시키지 않은 채 자신의 '이신론'에 '유신론'이라는 새로운 명칭을 부여한 것이다.

르네 포모가 지적하듯이 볼테르의 '유신론'은 "원시적이고 단순하며 합리적"인 것인데, 이후 '유신론의 수원지'는 오염되었기에 세상에 존재하는 모든 종교는 오염된 수원지에서 파생한 것이다.[49] 볼테르에 의하면 이 순수한 '유신론'은 인류의 초창기에 한시적으로 존재했다. 왜냐하면 그 이후에는 타락했기 때문이다. 따라서 볼테르의 관점에서 모든 종파는 거짓된 요소를 지니고 있다. 하지만 순수한 '유신론'의 기본적인 요소는 모든 종교의 근저에 깔려 있으며, 바로 이것이 '보편 종교'의 핵심이다. 볼테르의 '유신론자'는 단순히 신을 경배하고 "가난한 자를 돕고 억눌린 자를 보호"[50]하며 살아가는 것만 요구하고, 신에게 신자 자신이 갈망하는 바를 달라고 간구하지 않는다.

볼테르는 이러한 소박한 신앙에 동의하는 이들이 세계 곳곳에 존재하며, 이들은 전 세계 어디에 있더라도 '형제'라고 주장한다. "유신론자는 베이징에서 카옌(Cayenne)[51]에 이르기까지 형제를 가지고 있다. 유신론자는 모든 현자들을 형제로 간주한다."[52] 『관용론』에서도 볼테르는 "우리는 모두 한 아버지의 자식들이며, 동일한 신의 피조물"이라고 말하고, 투르크인, 중국인, 유대인, 시암인, 프랑스인이 모두 서로를 형제로 여길 것을 권고한다.[53] 이 저서

49 René Pomeau, *La Religion de Voltaire*, Paris: Librairie A. G. Nizet, 1995, p. 429.

50 Voltaire, *Dictionnaire philosophique*, Paris: Garnier Frères, 1961, p. 400.

51 중미에 소재한 프랑스령 기아나의 수도이자 대서양의 항구도시

52 Voltaire, *Dictionnaire philosophique*, Paris: Garnier Frères, 1961, p. 399. 여기서 볼테르가 말하는 '유신론자(théistes)' 역시 사실상 '이신론자'를 의미한다.

53 Voltaire, *Traité sur la tolérance*, Paris: Flammarion, 1993, p. 137.

의 한 장(chapitre)을 이루는 "신에게 올리는 기도"라는 제목의 글에서도 볼테르는 인간이 사소한 견해 차이로 인해 서로 증오하고 박해하지 않도록 기원하고, 나아가 "모든 사람들이 서로가 형제라는 사실을 기억하게 해주소서"라는 기원문을 기록하고 있다.[54] 단순히 신을 경배하고 도덕적으로 살아가는 것만 요구하는 볼테르의 이신론은 인간이 종교적 견해의 차이에도 불구하고 서로를 관용하는 삶의 토대가 된다.

54 Ibid., p. 142.

2. 유럽 이신론과 유교

『이신론과 자연종교(*Deism and Natural Religion. A Source Book*)』의 저자인 웨어링(E. Graham Waring)에 의하면, 이신론 논쟁은 계몽주의 시대 동안에 진행된 종교 사상 발전의 주된 요인이다.[55] 이신론은 계시종교(revealed religion)와의 대비 속에서 형성된 개념인 자연종교(natural religion)와 밀접한 관련을 맺고 있다. 영국에서 진행된 이신론 논쟁에서 자연종교는 "모든 종교들이 동의할 수 있다고 간주되는 공통분모"이자, "참으로 정당한 것은 반드시 보편적인 것이라는 가정하에 형성된 규범"을 간직한 종교 개념으로 사용되었다.[56]

웨어링에 의하면, 이신론 논쟁 가운데 자연종교와 관련하여 다음 세 가지 입장이 제기되었다. (1) 자연종교는 계시종교로 인도하며 계시종교를 완성시키고 정화시킨다. (2) 자연종교와 계시종교의 내용은 동일하나 인간이 인식하는 방식과 명료성에서 차이가 있다. (3) 자연종교는 계시종교에서 진리인 모든 것을 간직하고 있는 반면에, 계시종교는 도덕적으로 무의미하거나 미신적이라는 점에서 자연종교와 차이가 있다.[57] 웨어링은 이 가운데 세 번째

---

55 E. Graham Waring, *Deism and Natural Religion. A Source Book*, New York: Frederick Ungar Publishing Co., 1967, p. v.

56 Ibid., p. ix.

57 Ibid., p. ix-x.

입장이 가장 엄밀한 의미의 '이신론'으로 정의될 수 있다고 평가한다.

이신론 연구자들은 일반적으로 이신론을 서구 자체에서 발생하여 전개된 것으로 간주하지만, 어떤 학자들은 유럽 이신론의 기원 혹은 발전이 유교와 관련이 있다고 주장한다. 그들에 따르면 이신론은 예수회 신부들의 유교 고전 번역에 힘입어 형성되었거나 강화되었다. 가령 『유럽과 중국(*Europe and China. A Survey of Their Relations from the Earliest Times to 1800*)』의 저자인 허드슨(G. F. Hudson)은 프랑스 18세기 계몽사상가들이 대개 '이신론자', 즉 기적도 계시도 성사(sacrement)도 없으면서 성직주의(clericalism)나 성직자의 정략(priestcraft)과 무관하게 도덕의 토대를 제공하고자 하는 '자연종교'의 신봉자라고 주장하면서 다음과 같이 말한다. "이신론의 선례는 유럽의 기독교 이전 시대에서 발견할 수 있으며, 그 운동은 스토아학파의 전통에서 많은 영향을 받았다. 하지만 유럽의 이교적인 고대(pagan antiquity)에는 그 어느 곳에서도, 마치 유교가 중국에서 그러했던 것처럼, 이런 유형의 철학이 국가에 의해 공식적으로 채택된 사례가 없었다. 유럽 이신론자들은 바로 중국에서 국가적 신앙으로서 '철학자의 종교'를 보았다고 믿었다."[58]

유럽 이신론자들이 중국의 유교에서 이성에 토대를 둔 이상적인 자연종교를 발견한 것은 예수회 선교사들의 신학적 관점과 중국 종교에 대한 보고에 힘입은 바 크다. 예수회는 하느님의 존재와 도덕적 의무는 이성으로 확인할 수 있다는 신학적 입장을 견지하고 있었으며, 중국의 예수회 선교사들은 유교가 매우 합리적인

58 G. F. Hudson, *Europe and China. A Survey of their Relations from the Earliest Times to 1800*, Boston: Beacon Press, 1951, p. 319.

종교임을 강조했다.[59]

마테오 리치는 『중국견문록(*De Christiana expeditione apud Sinas suscepta ab Societate Jesu*)』에서 "유럽에 알려진 종교 이외의 다른 종교를 가진 민족 가운데 종교문제에 관해 나는 고대 중국인만큼 순수하며 또한 잘못된 관념이 적은 민족을 본 일이 없다"라고 고백하면서, 중국인이 줄곧 최고의 신을 숭상해왔는데 그 신을 그들은 '상제(上帝)' 혹은 '천(天)'이라 불렀다고 지적한다.[60] 이어서 마테오 리치는 다음과 같이 설명한다. "고대 중국인은 무엇을 하든지 최선을 다해 이성이 이끄는 대로 따랐다. 그들은 이성이 하늘이 부여한 것이라 말한다."[61]

그리고 리치 사후에 이 책의 내용을 보완한 트리고(Nicolas Trigault) 신부는 공자의 철학이 자연 법칙을 기초로 하여 발전시킨 종교이며, 바로 이것이 후세 학자들이 채택한 유가 사상이라고 설명한다. 그리고 그는 유가 사상이 가톨릭 교리와 배치되는 점이 매우 적음을 지적한다.[62]

수학자이자 예수회 신부로서 중국 선교사로 사역했던 르 콩트(Louis Daniel Le Comte) 신부는 렝스(Rheims)의 대주교에게 보낸 편지에서 유교 경전에서는 "이성이 언제 어디서나 중요하게 나

59 Ibid.

60 Matteo Ricci, 『중국견문록』, 문사철, 2011, p. 130. 1609년부터 리치는 중국에서의 전도 과정과 중국에 대한 개관을 담은 글을 이탈리아어로 집필하기 시작했다. 리치 사후에 니콜라 트리고(Nicolas Trigault) 신부가 리치의 이 글을 라틴어로 번역하고, 또한 내용을 보완하여 『중국견문록』을 출간함으로써 중국을 유럽에 알리는 데 중요한 역할을 했다.

61 Ibid.

62 Ibid., p. 608.

타남"을 지적하고 있다.[63] 예수회 신부들은 비록 중국인이 종교적인 구원을 위해 필요한 '계시'를 지니지는 못했지만 그들은 이성에 의해 하느님의 존재를 알고 있었으며, 또한 그들은 매우 탁월한 윤리체계를 형성했음을 인정했다.

예수회 신부들과 마찬가지로 라이프니츠 역시 고대 중국 경전의 저자들이 매우 합리적이라고 판단한다.[64] 그는 중국인의 제일원리가 '이(理)'인데, 이것은 이성 혹은 자연의 기초이자 가장 보편적인 이성이며 실체를 뜻한다고 설명한다.[65] 라이프니츠는 『중국인의 자연신학론』에서 다음과 같이 말한다. "(중국인에게) 하늘을 거스르는 것은 이성을 거스르는 행위요, 하늘에 용서를 구하는 것은 그 스스로를 고치는 것입니다. 바로 이 이성의 법칙에 순종해서 (하늘에 구하는 용서를) 말이나 행동으로 나타내는 것이 진실한 회개입니다. 저는 이 모든 것이 대단히 탁월하며 자연신학과 꽤 일치한다고 봅니다."[66]

라이프니츠는 "인간의 한계를 넘어서는 것, 즉 신의 선물인 기독교"를 신봉하는 측면에서 유럽인이 중국인을 능가한다는 점을 제외한다면, 중국인이 유럽인보다 더 우수하다고 주장한다.[67] 이성적인 삶의 방식, 실천철학, 도덕 측면에서 중국인이 유럽인보

63 G. F. Hudson, *Europe and China. A Survey of their Relations from the Earliest Times to 1800*, Boston: Beacon Press, 1951, p. 319.

64 Gottfried Wilhelm Leibniz, 『라이프니츠가 만난 중국』, 이학사, 2003, p. 85.

65 Ibid., p. 90.

66 Ibid., p. 121. 이 글은 원래 라이프니츠가 오를레앙 공작의 수석 고문인 니콜라 드 르몽(Nicholas de Remond)에게 보낸 서한문이다. '중국인의 자연신학론'은 후일 편집인이 붙인 제목이다.

67 Gottfried Wilhelm Leibniz, 『라이프니츠가 만난 중국』, 이학사, 2003, p. 45.

다 앞서 있다고 판단한 라이프니츠는 도덕적으로 타락한 유럽을 위해 중국의 '자연신학'을 배울 것을 희망했다. 그는 서양이 중국에 계시신학을 가르치는 선교사를 파견한 것과 마찬가지로 중국이 서양에 자연신학을 가르칠 선교사를 파견해주기를 원하는 마음을 다음과 같이 피력한다. "우리 유럽이 당면한, 이전과는 비교할 수 없을 정도로 타락한 현실을 바라보면서 나는 우리가 계시신학을 가르쳐줄 사람을 그들에게 보낸 것처럼 중국 측에서도 우리에게 선교사를 파견하여 자연종교의 적용과 실례를 우리에게 가르쳐주었으면 하는 마음이 든다."[68]

라이프니츠가 원했던 중국의 자연종교 선교사는 유럽에 파견되지 않았다. 몇몇 중국인 학자들이 유럽인 선교사들과 함께 유럽에 와서 체류한 적은 있지만 이들이 유럽인에게 자연종교로서의 유교를 본격적으로 가르친 증거는 명확하지 않다. 하지만 유럽인 자신들이 중국의 자연종교를 성찰함으로써 유럽의 종교 혹은 신학의 새로운 길을 모색했을 가능성은 있다.

웨어링은 『이신론과 자연종교』에서 유럽 기독교 사회가 모든 양태의 사유뿐 아니라 정치 및 경제 제도의 발전에 이르기까지 혁명적인 함의를 지니는 이신론이라는 새로운 신앙으로 이행한 원인을 다음과 같이 설명한다.

첫째는 가장 명백한 것으로서 뉴턴과 함께 시작된 '자연에 대한 기계 모델의 발흥'이다. 뉴턴 물리학은 자연과학을 넘어 사상 전반의 변혁을 가져왔다. 뉴턴 물리학은 이성의 방법을 사용하여 우주의 각 부분은 조화롭게 상호 연결되어 있고, 우주의 법칙은

68 Gottfried Wilhelm Leibniz, *Writings on China*, Chicago: Open Court, 1994, p. 51.

보편적이고 객관적이며 단순하다는 우주관을 제시했다.[69] 우주는 동일한 법칙이 지배하는 공간으로서, 우주의 '신비'로 알려져온 것을 이제는 수학 공식과 경험적인 실험과 관찰로 밝혀낼 수 있게 되었다.

웨어링은 기독교 유신론이 이신론으로 이행한 데는 뉴턴 물리학으로 대표되는 과학의 발전 이외에 다음 두 요인이 작용했다고 주장한다. 하나는 종교전쟁과 종교적인 박해에 대한 정서적인 반동이며, 또 다른 하나는 다양한 종교집단의 발흥이다. 웨어링은 과학적인 요인 이외에 가장 중요한 요인은 비유럽 문화 및 종교에 대한 점증하는 인식이 가져온 영향이라고 지적한다. 웨어링에 의하면 그 충격은 두 가지 형태를 지니는데, 인위적인 문명에 물들지 않고 행복하고 의롭게 살아가는 '단순하고 고결한 야만인(simple and noble savage) 이야기들'과 '다른 종교와 문명에 대한 설명들'이 바로 그것이다.[70]

웨어링은 특히 중국에서 활동한 예수회 신부들이 보고한 내용, 즉 중국의 종교와 도덕이 '자연종교'의 가장 순수한 형태로 보인다는 주장이 기독교가 종교적 진리를 독점하고 있다고 자처해온 것에 대해 도전한 것임을 지적한다. 웨어링은 중국 종교와 같은 위대한 비서구 종교에 대처해야 한다는 사실이 기독교에 지적인 충격을 가져온 점이 이신론으로 이행하는 데 매우 중요하고 지속적인 원인이라고 주장한다.[71]

---

69 E. Graham Waring, *Deism and Natural Religion. A Source Book*, New York: Frederick Ungar Publishing Co., 1967, p. vi.

70 Ibid., p. vii.

71 Ibid.

그동안 기독교 세계관의 중심에 놓여 있던 '성스러운 역사(sacred history)'가 전 인류의 보편사를 해명하는 핵심 역할을 해왔다면, 중국이나 인도의 문화 같은 위대한 문화와 조우한 이후에는 보편사가 확대될 수밖에 없고 기존의 '성스러운 역사'가 과연 보편적인 의미를 지니는지의 문제를 더 이상 회피할 수 없게 되었다.[72] 사상가들은 계몽주의 시대에 이성을 중시함에 따라 그동안 당연시해왔던 전통에 대해 의문을 제기했으며, 전통적인 권위를 지탱해온 제도 교회와 가톨릭 신학도 그 영향력이 점차 약화되었다.

사상가들은 이제 신학적인 틀로부터 독립을 선언하기 시작했고, 자연과학자들도 '갈릴레오 사건'에서 볼 수 있듯이 자유를 획득하기 위한 투쟁을 감행했으며, 정치나 경제 등 많은 영역의 학자들이 신학적인 통제로부터 점차적으로 해방을 쟁취하기 시작했다. 사유의 각 영역마다 신학으로부터 결별한 학자들은 '이성'과 '자연'에 정초한 새로운 학문을 추구하게 되었다.[73] 웨어링에 의하면 이신론과 자연신학 논의는 유럽의 이러한 시대적 분위기 속에서 만개할 수 있었다.

유럽 이신론 형성에서 유교가 끼친 영향에 대해서는 좀 더 면밀한 검토가 필요할 것이다. 하지만 분명한 것은 공자의 사상에 관심을 가진 비중 있는 유럽 이신론자들이 중국인을 이신론자로 간주했으며, 중국 사상과 자신들의 이신론 사이에 친연성(親緣性)이 존재한다고 보았다는 사실이다. 흄(David Hume)은 '공자의 제자들'인 문인들(literati)은 실로 "우주에서 유일한 이신론자들의 조직체(the only regular body of deists in the universe)"이며 중국 선비들

72 Ibid., p. viii.

73 Ibid., pp. viii-ix.

에게는 어떠한 사제도, 어떠한 교회조직도 없음을 지적한다.[74]

18세기 영국의 대표적인 이신론자인 틴덜(Matthew Tindal)은 유교의 도덕적 가르침은 기독교의 가르침과 동등하며 계시적 근거보다는 합리적 근거에 토대를 둔다고 주장하면서 다음과 같이 말한다. "나는 공자와 예수 그리스도의 말씀이 다르다고 생각하지 않는다. 공자의 평범하고 단순한 말씀이 예수의 불명료한 말씀을 설명하는 데 도움을 주리라고 생각한다."[75]

틴덜은 독일의 대표적인 중국예찬론자인 라이프니츠와 서신교환을 해왔고, 또한 이 독일 철학자가 제창한 유럽과 중국 간의 문화 교류 계획에 대해 찬동하는 언급을 여러 차례 한 바 있다. 그리고 틴덜은 중국예찬론자들이 저술한 문헌들에 대한 독서를 통해 기독교인이 기독교인이 아닌 나머지 인류보다 더 완벽한 경지에 도달해 있지 않다는 자신의 평소 확신을 그 문헌들이 지지해준다고 판단했다.[76]

로보텀은 틴덜이 기독교의 절대성에 맞서 싸우는 전투를 위해 중국 사상을 활용한 점에서 볼테르의 선구자라고 지적한다.[77] 유럽 이신론과 중국 사상 사이에 직접적인 영향관계를 추출해내기는 쉽지 않다. 두 문화 사이의 유사성을 토대로 양자 간의 직접적인 영향을 추론해내는 것은 신중함이 요구되는 작업이다. 로보텀은 유럽의 자연종교 주창자들이 중국을 '발견'하지 않았더라도

74 David Hume, *Essays Moral, Political*, Literary, London: Murry, 1882, p. 149.

75 Arnold H. Rowbotham, "The Impact of Confucianism in Seventeenth Century Europe", *Far East*. Q. 1945 iv, p. 238.

76 Ibid.

77 Ibid.

유럽에서 자연종교는 전개되었을 것이라고 주장한다.[78] 그러면서도 그는 유교가 유럽 이신론에 영향을 미쳤음을 인정한다. 당대에 전통적인 기독교의 권위를 인정하길 거부한 이신론 사상가들이 자신들의 입장을 지지해주는 외부 사상에 좀 더 우호적이고 수용적이었음은 자연스러운 일이다. 이 과정에서 유럽 이신론을 형성하는 데 가장 큰 역할을 담당한 비서구의 종교 사상이 유교였음은 부인하기 어렵다.

78 Ibid., p. 242.

3. 볼테르와 유교

볼테르가 중국 종교 사상에 특별한 관심을 기울인 것은 당대 유럽 기독교에 내재한 '미신', '광신' 그리고 '종교적 불관용'을 극복하고자 했기 때문이다. 그는 유교가 미신적인 요소나 광신적인 요소가 없는 합리적인 종교이며, 유럽에서 자행된 바와 같은 끔찍한 종교전쟁을 일으키지 않는 등 타종교에 대해 관용적이라고 판단한다. 그는 당대의 유럽이 가톨릭과 개신교로 나뉘어 싸우면서 서로가 상대방이 미신적이라고 주장하는 데 대해 비판한다. 그러면서 그는 중국에서 미신이 없는 종교를 발견할 수 있다고 지적한다.

그는 『철학사전』의 "미신(superstition)"이라는 항목에서 이렇게 말한다. "미신적인 모든 편견들로부터 자유로운 국민이 존재할 수 있을까? 이는 다음과 같은 질문과 동일한 것이다. 철학자들의 국민이 존재할 수 있을까? 사람들의 말에 의하면 중국 관리들에게는 미신이 전혀 없다."[79] 유럽에서는 플라톤 이래로 '철인왕'의 통치에 대한 이상을 지녀왔다. 그 이상이 중국에서 구현되고 있다고 판단한 예수회 신부들은 중국의 관료들을 공자의 가르침을 따르는 철학자로, 중국을 철학자들이 다스리는 나라로 소개했다. 그리고 볼테르는 『철학사전』의 또 다른 항목인 "광신(fanatisme)"에서

79 Voltaire, *Dictionnaire philosophique*, Paris: Garnier Frères, 1961, p. 398.

도 "광신으로 오염되지 않은 종교는 세상에서 단 하나로서, 그것은 중국 문인들의 종교"라고 말하며 유교를 극찬한다.[80]

볼테르는 『철학사전』의 "유신론(théisme)"이라는 항목에서 이신론이야말로 원래 형태의 종교로서 전 세계에 편만해 있으며, 이신론은 중국에서 가장 발달해왔음을 다음과 같이 말한다. "유신론은 모든 종교에 확산되어 있는 종교다. 유신론은 다른 금속들과 혼합되어 있는 하나의 금속으로서 그 광맥은 온 세계의 지하에 펼쳐져 있다. 유신론이라는 금속의 광산은 중국에서 가장 잘 발견되며 가장 많은 작업이 이뤄져왔다."[81] 볼테르는 초창기의 순수한 종교인 이신론이 미신과 만나면서 기독교를 비롯한 다양한 종교(종파)로 형성되었고, 중요하지 않은 작은 차이들에서 자신의 종교(종파)만이 옳다는 편견이 광신을 낳았다고 판단한다.

볼테르는 유럽의 종교적 전통을 중국 사상을 통해 비판적으로 성찰한다. 그는 초월적 계시로 특징지어지는 기독교 사상에 대해 계시 없는 종교, 인간의 이성이나 통찰에 토대를 둔 '자연종교'인 유교에 대해 관심을 가졌다. 볼테르는 예수회 선교사들을 따라 유교도가 이신론자이고 지고의 신에 관한 유교도의 신념은 신앙에 토대를 둔 것이 아니라 이성의 자연권에 토대를 둔 것이라고 파악했다.[82] 그는 중국인의 제례의식에는 성상(聖像)을 숭배하는 미

80 Ibid., p. 198.

81 Voltaire, *Dictionnaire philosophique*, Los Gallardos: Patrik Cintas. 2005, p. 768. 볼테르가 항목의 제목과 그 내용에서 처음에는 '이신론'이라고 표현했다가 이후에 '유신론'으로 수정했음을 기억하자. 따라서 이 인용문의 '유신론'은 실제로 '이신론'을 의미한다.

82 J. J. Clarke, *Oriental Enlightenment. The Encounter between Asian and Western Thought*, NY: Routledge, 2003, p. 45.

신적 행위나 기적을 팔아먹는 장사꾼이 없으며, 절기에 따라 황제가 주관하는 제례의식과 고인들에 대한 존경의 표현이 있을 뿐이라고 말한다.[83]

초월적 계시를 부정하면서도 종교와 도덕이 가능한 새로운 사상, 바로 이것이 이신론자인 볼테르가 추구해온 사상이다. 그는 중국 문인들의 종교가 이적과 같은 이교도의 미신으로부터도 벗어나 있으며, 이와 동시에 기독교 진영 상호 간에 자행된 바와 같은 논쟁과 전란으로 오염되어 있지도 않다고 판단하여 유교를 옹호한다. 볼테르는 유교가 독단(dogma)도 없고 성직자도 없는 관용적인 이신론이며, 중국인은 "하늘의 주재자에 대한 단순한 예배"를 드려왔으며, 유교는 "미신과 야만에서 일체 벗어나 있는 현명하고 엄숙한 종교"로서 "결코 사기로부터 손상되지 않고 제국의 성직자들의 논쟁으로 혼탁해지지도 않았다"고 주장한다.[84]

볼테르와 공자

볼테르의 중국관에서 핵심적인 지위를 차지하는 인물은 바로 공자다. 공자는 볼테르 이전부터 유럽에 널리 알려져 있었다. 유럽에 공자와 『논어(論語)』가 처음 알려진 것은 16세기 말엽 스페인의 멘도사(Juan González de Mendoza)가 편찬한 『중국의 문물과 의례

83 J. J. Clarke, *Oriental Enlightenment. The Encounter between Asian and Western Thought*, NY: Routledge, 2003, p. 45.

84 Arnold H. Rowbotham, "Voltaire, Sinophile," *PMLA*, Vol. 47, No. 4 (Dec., 1932), pp. 1056-1057.

와 견습에 관한 역사(*Historia de las cosas más notables, ritos y costumbres del gran reyno de la China*)』(1586)를 통해서다. 멘도사는 자신이 직접 중국에 가지는 않았으나 중국을 방문한 몇몇 스페인 여행가들의 관찰 내용을 토대로 하여 유럽 최초로 중국에 관한 책을 저술했다. 멘도사의 이 책과 함께 그 당시 유럽에서 가장 많이 알려진 책은 마테오 리치의 『중국견문록』(1615)이다. 이 책에서 리치는 공자를 "중국의 가장 위대한 철학자"[85]라 부르며, 공자가 창시한 유교에 대해 소개하고 있다.

유럽에서 최초로 유교의 주요 문헌을 번역하여 소개한 서적은 『중국의 지혜(*Sapientia Sinica*)』(1662)다. 이는 인토르체타(Intorcetta)와 다 코스타(da Costa)가 유교의 주요 사상을 체계적으로 설명한 경전인 『대학(大學)』과 『논어(論語)』의 일부분(첫 5권)을 라틴어로 번역하고, 또한 이들이 쓴 공자의 전기를 추가한 책이다. 이어서 인토르체타는 다른 선교사들과 공동으로 유교의 또 다른 주요 문헌인 『중용(中庸)』의 라틴어 번역서 『중국의 정치도덕론(*Sinarum Scientia Politico-Moralis*)』(1669)을 출간했다.

16~17세기에 중국에서 활동하던 예수회 선교사들의 중국에 대한 보고서와 저작 가운데 공자 사상 확산에 가장 크게 기여한 저서는 1687년 파리에서 라틴어로 출간된 『중국의 철학자 공자』다. 유럽에서 널리 읽힌 이 책을 통해 공자는 찬사로 가득 찬 평가를 받았는데, 이 책의 서문에서 공자는 다음과 같이 묘사되고 있다. "사람들은 이 철학자의 도덕적 체계가 한없이 숭고하다고 말할 수 있을 것이다. 하지만 공자의 도덕은 동시에 단순하고, 지각

85 Matteo Ricci, 『중국견문록』, 문사철, 2011, p. 54.

이 있으며, 자연 이성의 가장 순수한 원천에서 도출되어 나온 것이다. (……) 신적 계시가 결여되어 있는 이성이 이토록 잘 발전하거나 엄청난 힘을 가지고 나타난 적은 단 한 번도 없었다."[86]

16세기 말부터 중국에서 활동한 예수회 선교사들이 가장 주목한 종교 사상은 유교였다. 이들의 공자에 대한 긍정적인 평가와 유교경전 번역작업에 힘입어 계몽주의 시기의 유럽 사상가들은 일반적으로 공자나 유교에 우호적이었다. 유럽 계몽주의는 이성과 지성을 추구하는 사조였기에 초자연적인 요소를 지닌 불교 경전이나 우화와 아포리즘이 가득한 도교의 문헌보다 유교 경전에 더 많은 관심을 가졌다.

전제군주정에 토대를 둔 사회구조, 신학 혹은 형이상학에 토대를 둔 윤리를 파괴하고자 노력한 계몽주의 시기의 유럽 사상가들은 놀랍게도 2천 년 전 중국에서 공자가 자신들과 동일한 사유를 해왔으며 동일한 전투를 치렀음을 발견했다. 게다가 그들은 공자가 명확한 언어 표현과 명확한 논리적 사유를 옹호했다고 판단했다. 이러한 사실들에 의해 공자는 "18세기 계몽주의의 수호성인(patron saint of eighteenth-century Enlightenment)"으로 인정받았다.[87]

볼테르는 공자를 역사상 위대한 인물로 간주한다. 로보텀이 지적하듯이 공자는 볼테르가 옹호해온 "이신론의 중심이자 대표

86 John M. Hobson, *The Eastern Origins of Western Civilization*, Cambridge: Cambridge University Press, 2004, p. 194.

87 Adolf Reichwein, *China and Europe-Intellectual and Artistic Contacts in the Eighteenth Century*. New York: Alfred A. Knopf, 1925. p. 77.

자"이며, "볼테르가 행한 중국예찬의 영감이자 중심"이었다.[88] 볼테르는 중국이 정치, 도덕, 종교에서 훌륭한 면모를 간직해온 것이 공자의 가르침과 긴밀하게 결부되어 있음을 인식하고 있었다. 공자는 계시종교를 대체하는 종교 사상으로서 볼테르가 추구해온 이신론을 대변하는 가장 이상적인 이신론자다. 볼테르 이신론의 핵심적 요소가 지고의 존재인 신을 숭배하고, 기적 같은 미신을 거부하며, 모든 시대와 모든 민족이 동의할 수 있는 도덕을 실천하는 사상이라면, 공자는 바로 이신론의 대표자다. 볼테르는 공자가 기적을 말하지 않음은 물론이고 공허하고 허황된 것 역시 설교하지 않았으며, 그가 말한 것은 단지 극히 순수한 도덕이라고 판단한다.

볼테르는 『각 민족의 풍속과 정신에 관한 논고』에서 공자에 대해 다음과 같이 말한다. "중국인인 공자는 새로운 견해도, 새로운 전례(rites)도 상상해내지 않았다. 그는 영감 받은 자나 예언자인양 행동하지 않았다. 그는 옛날의 법을 가르치는 현명한 관리였다. 우리가 '공자의 종교'라고 부르는 것은 적절하지 못하다. 그의 종교는 황제와 관리들의 종교였으며, 선현들의 종교였다. 그가 권고한 것은 오직 도덕이었고 그는 그 어떤 신비도 설교하지 않았다."[89] 실제로 공자는 신적 계시의 전달자인 예언자로 자처하지도 않았고, 이성적으로 설명하기 어려운 불가사의한 존재나 현상을 의미하는 '괴력난신(怪力亂神)'을 말하지도 않았다. 죽음에 대해 질

88 Arnold H. Rowbotham, "Voltaire, Sinophile," *PMLA*, Vol. 47, No. 4 (Dec., 1932), p. 1057.

89 Voltaire, *Essai sur les mœurs et l'esprit des nations vol. I*, Charleston: Nabu Press, 2011, p. 58.

문한 제자에게 공자는 "아직 삶도 모르는데 어찌 죽음을 알리요(未知生 焉知死)"라고 말하며 사후의 세계(내세)에 대해 침묵을 지켰다.

볼테르는 공자에게서 '종교의 창시자'로서의 면모보다 '훌륭한 도덕 교사'의 면모를 부각시키고자 했다. 공자를 위대한 인물로 추앙했던 볼테르는 공자의 가르침이 준수되던 시대를 인류의 황금기로 보았다. "공자의 제자들은 서로 친밀했는데 이는 마치 손과 발 같았다. 세계 역사상 가장 존경할 만한 시대가 있었다면 그것은 바로 공자의 율법을 받든 시대였을 것이다."[90]

볼테르는 『철학사전』의 "중국에 관하여(De la Chine)"라는 항목의 글에서 자신이 아는 어떤 철학자는 서재에 공자의 초상화만 걸어두었는데, 그 초상화 아랫부분에는 다음과 같은 사행시가 실려 있다고 증언한다.[91]

이성만을 유효하게 사용하여 진리를 해석했고
세상 사람들을 현혹하는 일 없이 사람들의 정신을 계발하고
다만 현자로서 이야기할 뿐 예언자 같은 말은 전혀 하지 않네
그럼에도 그는 자국 사람들로부터 신뢰를 받누나

De la seule raison salutaire interprète,
Sans éblouir le monde, éclairant les esprits,

90 Ibid.

91 Voltaire, *Dictionnaire philosophique*, Los Gallardos: Patrik Cintas, 2005, p. 610.

Il ne parla qu'en sage, et jamais en prophète;

Cependant on le crut, et même en son pays.

사실 볼테르가 소개하는 그 '철학자'는 바로 볼테르 자신이다. 그는 이 시에서 암묵적으로 공자를 예수나 마호메트 같은 새로운 종교 창시자와 비교하며, 공자에 대한 자신의 견해를 압축적으로 표현하고 있다. 이성과 계시, 현자와 예언자, 자국인에게 버림받은 이와 자국인에게 신뢰받는 이의 대비를 통해 그는 신적 계시와 무관한 순수 도덕만을 가르친 공자를 높이 평가하고 있다.

볼테르는 종교가 도덕에 의해 판단을 받아야 한다고 생각했다. 만일 어떤 종교가 도덕의 기준을 해한다면 그 종교는 거짓 종교다. 종교와 도덕의 관계에 대해 볼테르는 「50인의 설교(Sermon des Cinquante)」(1762)에서 다음과 같이 말한다. "종교는 도덕에 부합해야 하며, 또한 도덕과 마찬가지로 보편적이어야 한다. 따라서 어떤 종교의 교리가 도덕에 위배된다면 그 종교는 분명히 거짓된 종교다."[92] 볼테르는 기독교 『성경』의 언술도 '도덕'이라는 기준으로 검토해야 한다고 주장한다. 『성경』에는 '선민'이라 자칭하는 이스라엘 민족의 관점에서 그들과 적대적인 이집트나 블레셋(팔레스타인) 민족들을 무참히 살해하는 숱한 사건들이 기록되어 있으며, 선지자 엘리사에게 "대머리여 올라가라"라고 놀린 아이들을 엘리사가 저주하자 곧 수풀에서 암곰이 나와 42명의 아이들을 찢어 죽였다는 사건도 기록되어 있다. 볼테르는 이러한 기록들은 '도덕'에 부합되지 않는 거짓된 기록이라 판단한다.

92 Voltaire, "Sermon des Cinquante" in *Mélanges*, Paris: Gallimard, 1961, p. 254.

그리고 볼테르는 종교 교리와 종교 의례의 절대성을 부인한다. 그는 성모 마리아가 죄가 있는 상태에서 이 세상에 왔는지 죄가 없는 상태에서 왔는지, 세례 받지 않은 아이가 죽으면 지옥에 가는지 그렇지 않은지 등의 문제에 대한 기독교의 교리적 주장은 무의미하다고 생각한다. 볼테르는 예수의 가르침의 핵심을 "하느님과 당신들의 이웃을 사랑하라"라고 요약한다. 따라서 볼테르는 설교자들에게 도덕만 설교하고 그 이상을 설교하지 말며, 또한 도덕만 준수하라고 권한다.[93]

볼테르는 도덕이 기독교 이외에도 성립 가능하다고 주장한다. 18세기 프랑스 역사학자인 르보(Charles Le Beau)가 『동로마제국(*Histoire du Bas-Empire*)』에서 "기독교인에게는 도덕이 있지만, 이방인에게는 도덕이 전혀 없다"는 말을 한 데 대해 볼테르는 『철학사전』의 "도덕(Morale)"이라는 제목의 글에서 르보가 "어리석은 말(sottise)"을 하고 있다고 조롱한다.[94] 볼테르는 '이교도'인 소크라테스, 키케로, 에픽테투스가 도덕을 지니고 있었듯이 공자도 도덕을 지니고 있었다고 주장한다.

볼테르는 사람들이 기하학을 배우면 그 기하학에 모두가 동의하듯이 도덕도 마찬가지라고 생각한다. 농부나 수공업자나 예술가가 도덕 강의를 듣지 않았을지라도, 그들이 아리스토텔레스의 『윤리학』이나 키케로의 『피니부스(*Finibus*)』를 읽지 않았을지라도 그들은 올바름과 그름에 대한 관념을 지니고 있다고 볼테르는 지적한다. 바로 이러한 맥락에서 볼테르는 "사람들이 물리학 체계를 구축한 것과 같은 방식으로 공자가 도덕체계를 발명한 것은 아

93 Voltaire, *Dictionnaire philosophique*, Los Gallardos: Patrik Cintas, 2005, p. 1609.

94 Ibid.

니다. 공자는 모든 사람의 마음속에서 도덕체계를 발견했다"고 말한다.[95] 이는 마치 고대 그리스-로마 철학자들이 자연법, 다시 말해 모든 시대와 모든 나라에서 유효한 보편적이고 불변적인 법칙을 자연 속에서 유추할 수 있다고 생각했던 것과 유사하다. 볼테르는 도덕이란 미신이나 종교의례나 교리와는 무관한 것으로서 이성을 사용하는 모든 사람에게 동일한 것이고, 빛이 신에게서 발원하듯이 도덕도 신에게서 발원하며, 미신이란 어둠에 불과하다고 지적한다.[96]

볼테르는 북유럽 사람들이 문자를 사용할 줄도 모르던 시기에, 그리고 그리스인이 이제 겨우 지혜를 사용하기 시작할 즈음에 사람들에게 행복하게 사는 법을 이미 가르친 허영도 기만도 없는 소박한 현자가 극동에 존재했다고 주장한다.[97] 그 현자는 바로 공자로서, 볼테르에 의하면 그는 인간을 결코 속이려 하지 않았던 입법자다. 볼테르는 "온 세계를 통틀어 공자 이래로 공자가 제시한 행동 규범보다 더 훌륭한 행동 규범을 제시한 적이 있었을까?"라고 질문을 던진다.[98] 볼테르는 『철학사전』에서 공자가 가르친 행동 규범 몇 가지를 소개하고 있다.

> "가정을 다스리듯이 나라를 다스리라. 사람은 스스로 모범을 보여야만 가정을 잘 다스릴 수 있다."
>
> "덕은 농부에게나 왕에게나 공통된 것이어야 한다."

95 Ibid.

96 Ibid.

97 Voltaire, *Dictionnaire philosophique*, Paris: Garnier Frères, 1961, p. 343.

98 Ibid.

"범죄를 처벌하는 수고를 줄이기 위해서는 범죄를 예방하는 데 힘을 기울이라."

"성군인 요순(堯舜) 치하에서는 중국 백성도 선했으나, 폭군인 걸주(桀紂) 치하에서는 중국 백성도 악했다."

"너 자신에게 행하듯이 남에게도 행하라."

"모든 사람을 사랑하되, 선인(善人)들을 더욱더 사랑하라. 남이 범한 허물은 잊어버리고 남이 베푼 좋은 일은 결코 잊지 마라."

"나는 학문을 할 능력이 없는 사람은 보았으나, 덕을 행할 수 없는 사람은 본 적이 없다."[99]

볼테르는 당대의 프랑스와 유럽의 도덕이 타락했다고 판단한다. 반면에 그는 중국에서는 공자가 가르친 도덕이 여전히 유효하기에 도덕면에서 중국이 유럽보다 우월하다고 평가한다. 이러한 맥락에서 그는 유럽이 공자의 도덕을 받아들여야 한다고 주장한다. 그는 공자의 도덕을 유럽인에게 구체적으로 보여주기 위해 『중국 고아(*L'Orphelin de la Chine*)』(1755)라는 문학 작품을 창작한다.

99 Ibid.

4. 볼테르의 『중국 고아』

볼테르의 공자와 유교에 대한 예찬은 『중국 고아』라는 희곡 작품에서 잘 드러난다. 이는 볼테르의 작품 가운데 온전히 중국만을 주제로 다룬 유일한 단행본으로서 원(元)대의 작가 기군상(紀君祥)이 쓴 『조씨 고아(趙氏孤兒)』를 토대로 재창작한 희곡이다. 여기에는 볼테르의 중국에 대한 긍정적인 관점, 특히 공자가 가르친 도덕의 '우수성'이 잘 드러나 있다. 우선 이 희곡의 원작이 어떤 작품인지, 그 원작이 유럽에서 어떻게 수용되었으며, 볼테르가 원작의 내용을 어떻게 변화시켰는지, 그리고 변화시킨 이유가 무엇인지를 고찰해보자.

유럽에서의 『조씨 고아』 수용과 볼테르의 『중국 고아』

볼테르의 『중국 고아』는 중국의 기군상이 쓴 『조씨 고아』를 개작한 희곡 작품이다. 기군상에 대해서는 그가 6편의 희곡 작품을 쓴 작가라는 것 이외에는 거의 알려진 바 없다. 그의 생몰연대조차 정확히 알려져 있지 않다.[100] 『조씨 고아』 이외에 그는 다섯 작품을 더 썼다고 알려져 있지만, 이들 작품은 소실되어 현재 전하지

100 Wu-Chi Liu, "The Original Orphan of China," *Comparative Literature*, Vol. 5, No. 3, Summer, 1953, p. 193.

않는다. 『조씨 고아』는 역사류(歷史類)에 속하는 『춘추(春秋)』, 『좌전(左傳)』, 『국어(國語)』, 『공양전(公羊傳)』, 『사기(史記)』와 잡기류(雜記類)에 속하는 『설원(說怨)』, 『신서(新序)』, 『몽구(蒙求)』에서 전래되어온 고사들을 토대로 원대의 기군상이 창작한 작품이다.[101] 이 고사를 담고 있는 가장 이른 문헌은 『춘추』이며, 이 작품의 가장 직접적인 연원이 되는 문헌은 사마천(司馬遷)의 『사기(史記)』다. 그런데 기군상은 원래의 고사에 없는 내용을 첨가하기도 하고, 고사 내용을 변화시키기도 하며, 삭제하기도 하는 등 창작에서 자유로운 취사선택을 했다.

역사적 사실을 토대로 창작한 역사극인 『조씨 고아』[102]의 시대 배경은 춘추시대 진(晉) 영공(靈公)에서 탁공(卓公)까지 20년간이다. 이 작품은 간신 도안고(屠岸賈)와 충신 조순(趙盾) 가문 사이의 암투와 고아를 둘러싼 비극적 이야기를 다루고 있다. 도안고는 정치적인 라이벌인 조순과 그 일가 300명을 모두 죽이고 유일하게 살아남은 혈족(조순의 손자이자 공주의 아들)마저 찾아 죽이려 한다. 조순의 가신(家臣)인 정영(程嬰)은 조씨 고아를 살리기 위해 자신의 친아들을 대신 희생시키고자 한다. 이러한 시도에 감동받은 도안고의 수비대장 한궐(韓厥)과 은퇴한 관료 공손저구(公孫杵臼)가 죽음을 각오하고서 정영의 시도를 돕는다. 이들의 헌신적인 도

101 『조씨 고아』의 기원이 되는 문헌과 그 문학적 변형에 대해서는 다음 문헌을 참조할 것. 이상우, 「『趙氏孤兒』 故事의 變遷 考察」, 『중국희곡』 제2권 제1호, 1994, pp. 41-49; 이상우, 「戲劇 『中國孤兒』 考察」, 『中國語文學誌』 제9권 제1호, 2001, pp. 157-158; Wu-Chi Liu, "The Original Orphan of China," *Comparative Literature*, Vol. 5, No. 3, Summer, 1953, pp. 200-201.

102 이 작품은 한글로 번역되어 있다. 기군상(紀君祥), 『趙氏孤兒』, 지식을만드는지식, 2011.

움으로 목숨을 부지한 조씨 고아는 후일 성년이 되어 도안고를 죽임으로써 원수를 갚는다.

『조씨 고아』는 흔히 '중국의 『햄릿』'으로 불린다. 중국의 희곡 연구가인 왕국유(王國維)는 『송원희곡사(宋元戲曲史)』에서 이 극이 비극성이 매우 강한 작품으로서, "세계적인 비극에 나열하여도 손색이 없다"[103]고 평가했다. 그리고 이 작품은 원대 이후 전기(傳奇) 『팔의기(八義記)』, 경극(京劇) 『수고구고(搜孤救孤)』로 개편되어 오늘날까지 상연되고 있다.[104]

기군상의 『조씨 고아』는 현대에도 계속적으로 개작될 뿐 아니라, 이는 중국 희곡으로서 서양에서 개작이 이뤄진 최초의 사례로 판단되는 작품이다.[105] 이 작품은 18세기에 이미 영어, 이탈리아어, 프랑스어 등 여러 언어로 개작되었다. 『조씨 고아』는 예수회 선교사인 조제프 앙리 프레마르(Joseph Henri Prémare)에 의해 서양에 알려지게 되었다. 프레마르 신부는 프랑스 출신 예수회 선교사로 복음전파를 위해 중국에 갔으나 중국의 언어와 문학에 매료되어 중국 문법과 문헌학 연구에 심혈을 기울인 중국학자로서, 유럽 최초의 중국 문법서 가운데 하나인 『중국어 지식(*Notitia Linguae Sini-*

103 왕국유(王國維), 『송원희곡사(宋元戲曲史)』, 학고방, 2007, p. 386.

104 이상우, 「『趙氏孤兒』 故事의 變遷 考察」, 『중국희곡』 제2권 제1호, 1994, p. 40. 최근에도 이 작품은 첸 카이거 감독의 영화 「천하영웅(Sacrifice)」(2010)으로 개작되었고, '중화 TV'에서는 2013년 7월부터 9월까지 총 41회에 걸쳐 드라마 「조씨 고아」를 방영했다. 한국에서도 '극단 미추'가 2006년에 창단 20주년 기념공연으로 『조씨 고아』(각색/연출 티엔친신(田沁鑫)를 선보이기도 했다. 그 후 '국립극단'은 연극 『조씨 고아, 복수의 씨앗』(고선웅 연출)을 제작하여 2015년에 명동예술극장에서 초연한 이래 이듬해에는 중국에서 상연하기도 했다.

105 Henri Cordier, *La Chine en France au XVIIIe siècle*, Paris: Henri Laurens, 1910, p. 115.

cae)』를 편찬하기도 하고, 다른 중국학자인 에르비외(Hervieu) 신부와 함께 라틴어-중국어 사전을 편찬하기도 했다. 이러한 언어학적 작업을 수행하던 프레마르는 중국에서 1731년에 『조씨 고아』를 프랑스어로 번역하여 '조씨 집안의 고아(L'Orphelin de la Maison de Tchao)'라는 제목을 붙여 원고를 유럽으로 보냈다.[106] 프랑스에서 이 원고를 입수한 장 바티스트 뒤알드 신부는 이를 자신이 편찬한 방대한 저서 『중화제국전지』 제3권(1735년)에 삽입했다.

사실 프레마르의 『조씨 고아』는 온전한 번역은 아니다. 다른 모든 원대의 희곡 작품과 마찬가지로 『조씨 고아』도 대화[白]와 가창[曲]으로 구성되어 있다.[107] 그리고 이 가창은 주요 등장인물들이 불렀다.[108] 뒤알드는 『조씨 고아』의 '머릿말(Avertissement)'에서 "희곡의 가창은 서구인에게 알려지지 않은 사물에 대한 인유와 난해한 비유로 가득 차 있기에 이해하기 힘들다"고 밝히고 있는데, 아마 이러한 이유 때문에 번역자 프레마르가 '가창'에 대한 번역을 생략한 것으로 보인다.[109]

중국 시를 충분히 연구하지 않았던 프레마르는 이 희곡의 절반을 차지하는 운문들을 번역하지 않고서 각각의 '가창[曲]'에 대

106 Wu-Chi Liu, "The Original Orphan of China," *Comparative Literature*, Vol. 5, No. 3, Summer, 1953, p. 201.

107 원잡극(元雜劇)은 동작, 언어, 가창을 합해서 이뤄진다. 동작을 기록한 것을 과(科)라 하고, 말을 기록한 것을 빈(賓) 혹은 백(白)이라고 하며, 가창을 기록한 것을 곡(曲)이라고 한다. 원잡극의 가사는 대체로 곡과 백이 교차하는 형식으로 되어 있다. 왕국유(王國維), 『송원희곡사(宋元戲曲史)』, 학고방, 2007, pp. 368-371.

108 Ibid., pp. 368-371; Wu-Chi Liu, "The Original Orphan of China," *Comparative Literature*, Vol. 5, No. 3, Summer, 1953, 195.

109 Wu-Chi Liu, "The Original Orphan of China," *Comparative Literature*, Vol. 5, No. 3, Summer, 1953, p. 203.

해 단지 "그는 노래한다(il chante)"라는 말로 대체했다.[110] '가창'은 스토리 전개를 도와주기도 하고, 극의 행동을 추가해주기도 하면서 극적인 템포를 고양시키고 연극에 서정적인 특성을 제공하는 감정의 자연스러운 분출을 인도해준다.[111] 이러한 '가창'의 생략이 유감스러운 것은 '가창'이야말로 원대 희곡에서 독특하면서도 탁월한 부분이기 때문이다.[112] 서양에서 『조씨 고아』에 대한 온전한 번역, 즉 가창이 포함된 번역은 프레마르에 의해 번역된 지 100여 년이 지난 1834년에 가서야 프랑스의 중국학자인 스타니슬라스 쥘리앵(Stanislas Julien)에 의해 이뤄졌다.[113]

가창을 생략한 프레마르의 번역은 축약번역임에도 불구하고 18세기 유럽에서 널리 수용되었다. 18세기 중엽 유럽에서는 '중국풍'이 전성기에 이르러 있었기에 프레마르가 번역한 『조씨 고아』는 유럽 작가들에게 새로운 자극제로 작용했다. 그리고 프랑스어 번역본 『조씨 고아』는 다른 유럽 언어로 재번역되기도 하고, 또한 1740년대와 1750년대에 주요 유럽어로 이 작품의 개작이 이뤄지기도 했다.

총 4권으로 구성된 뒤알드의 『중화제국전지』가 1736년과

110 Stanislas Julien, "Avant-propos." in Ki-kiun-tsiang, *Tchao-chikou-eul, ou l'Orphelin de la Chine*, Traduit par Stanislas Julien, Paris: Moutardier, 1834, pp. 5-6.

111 Wu-Chi Liu, "The Original Orphan of China," *Comparative Literature*, Vol. 5, No. 3, Summer, 1953, p. 195.

112 Ibid., pp. 202-203. "중국 희곡은 그리스 희곡과 마찬가지로 본질적으로 시적이다. 따라서 중국 희곡을 그 가창을 생략하고 번역하는 것은 코러스 없는 그리스 연극과 마찬가지로 불완전한 것이다. 원대 희곡의 아름다움은 시에 있기에 시 없는 희곡은 드라마가 아니다." Ibid., pp. 195-196.

113 Ki-kiun-tsiang, *Tchao-chikou-eul, ou l'Orphelin de la Chine*, Traduit par Stanislas Julien, Paris: Moutardier, 1834.

1741년에 두 명의 영역자(英譯者)에 의해 서로 다른 출판사에서 출판됨으로써 『조씨 고아』는 영어권에서도 알려졌다. 이어서 이 희곡 작품은 1762년에 또 다른 영역자에 의해 재번역되었다. 그런데 이들 영어 번역자들은 프랑스어 번역에만 의존했기에 프레마르 번역의 오류들을 되풀이했을 뿐 아니라 프레마르가 생략한 원작의 '가창'을 여전히 누락시켰다.

유럽에 알려진 『조씨 고아』에 대한 최초의 개작 사례는 영국인 윌리엄 해쳇(William Hatchett)이 1741년에 창작한 희곡 작품인 『중국 고아(*The Chinese Orphan: An Historical Tragedy*)』다. 이 희곡 작품은 런던에서 출간되기는 했으나 연극으로 상연되지는 못했다.

한편, 비엔나에서는 이탈리아의 궁정시인이자 극작가인 메타스타시오(Pierto Metastasio)가 『조씨 고아』에 관심을 가지고 있었다. 당시 오스트리아의 여제(女帝)인 마리아 테레지아는 그에게 새로운 드라마를 만들어 궁정에서 공연하도록 요청했다.[114] 그리스-로마 고전에 토대를 둔 작품들을 많이 창작했던 메타스타시오는 서구의 전통에서 창조성이 고갈됨을 느끼던 터에 동양적인 주제에서 새로운 영감의 원천을 발견한다. 메타스타시오는 뒤알드가 편찬한 책에서 읽었던 『조씨 고아』를 토대로 1752년에 오페라 대본 『중국 영웅(*L'Eroe cinese*)』을 창작했고, 이 대본의 서문에서 그는 뒤알드가 편찬한 책이 자신의 대본의 원천임을 고백한다.[115] 이 작품은 상당한 성공을 거뒀고, 그의 오페라는 이후 30년간 여러 작곡가들에 의해 약 20편이나 재창조될 정도로 많은 관심을 불러일

114 Ibid., p. 205.

115 Ibid., p. 206.

으켰다.[116]

『조씨 고아』를 토대로 한 다양한 개작 가운데 유럽에서 가장 큰 성공을 거둔 작품은 볼테르의 『중국 고아』다. 이 희곡 작품은 1755년 8월에 파리의 테아트르 프랑세(Théâtre Français)에서 초연되면서 흥행에 성공하여 후일 프랑스 궁정을 퐁텐블로로 옮길 때까지 그 극장에서 상연했으며, 궁정을 옮긴 이후에는 퐁텐블로 궁정에서 계속 상연했다.[117] 이어 볼테르의 『중국 고아』는 비엔나에서 1755년 12월에 상연되어 큰 성공을 거뒀으며, 마리아 테레지아 여제(女帝)가 그 다음날 재상연을 요청할 정도였다고 한다. 볼테르의 이 희곡 작품은 1757년에 제네바에서 상연되었고, 1767년 2월에 프랑스 극단에 의해 코펜하겐의 덴마크 왕립극장에서, 그리고 1781년에는 스웨덴의 스톡홀름 스텐보리 극장에서 상연되었다.

볼테르의 『중국 고아』는 영국에서도 성공적으로 상연되어 이 희곡은 "*The Orphan of China, A Tragedy Translated from the French of M. de Voltaire. First Acted at Paris, on the 20th of August 1755*"라는 제목으로 1756년에 영역본으로도 출간되었으며, 이후 1761년까지 다섯 차례의 개정판이 출간되었다. 아일랜드 출신 영국 작가 아서 머피(Arthur Murphy)는 볼테르의 이 작품을 토대로 재창작한 『중국 고아(*The Orphan of China*)』(1756)를 출간했다. 머피는 볼테르의 작품에서 "거친 정복자가 온순한 프랑스식 기사로 변한 것"은 받아들일 수 없다고 지적하며 자신이 재창작한 주된 동기를 설명한다.[118]

116 Don Nevill, "Eroe cinese," The Grobe Music Online.

117 Wu-Chi Liu, "The Original Orphan of China," *Comparative Literature*, Vol. 5, No. 3, Summer, 1953, p. 208.

118 머피의 개작에 대해서는 다음을 참조할 것. Wu-Chi Liu, "The Original Orphan of

또한 이탈리아 작곡가인 비안키(Francesco Bianchi)는 볼테르의 희곡을 토대로 오페라 『중국 고아(*L'Orfano cinese*)』(1787)를 작곡하기도 했다.

위의 사례들에서 보듯 중국의 희곡 작품 『조씨 고아』는 프랑스어로 번역된 후 유럽에 수용되어 동일한 장르 내에서 개작이 이뤄지기도 했고, 장르를 달리하여 오페라로 개작이 이뤄지기도 했을 뿐 아니라, 개작된 작품인 볼테르의 『중국 고아』를 토대로 하여 새로운 재창작이 이뤄지기도 하는 등 다양한 교섭과 변용이 이뤄졌다.

볼테르의 『중국 고아』와 개작의 주요 요소

볼테르의 희곡 작품 『중국 고아』는 『조씨 고아』의 번역을 수록한 뒤알드의 저서가 출간된 지 20년 만인 1755년에 출간되었다. 볼테르는 『중국 고아』의 앞부분에 삽입한 "리슐리외 공작에게 바치는 헌사"에서 뒤알드 신부가 편찬한 저서 속에 담겨 있는 프레마르의 번역본을 읽은 후 영감을 얻었음을 밝히며 이 작품에 대해 다음과 같이 소개하고 있다. "이 중국 희곡은 칭기즈칸 왕조 기간인 14세기에 창작된 것입니다. 이는 타타르인 정복자들이 정복당한 나라의 풍속을 변화시키지 못했다는 증거를 제공해줍니다. 그 정복자들은 중국에 정착해 있던 모든 문화를 보호해주었으며 중국의 모든 법률을 채택했습니다."[119] 볼테르는 이 헌사에서 중국인

China," *Comparative Literature*, Vol. 5, No. 3, Summer, 1953, pp. 209-211.

119 Voltaire, *L'Orphelin de la Chine*, Londres: Jean Nourse, 1756, p. vii.

과 타타르인(몽골인)을 대조시키며, '이성과 천재성'이 '맹목적이고 야만적인 힘'에 대해 우월함을 보여주는 위대한 사례라고 주장한다.

볼테르는 17세기에 들어와서도 타타르인(만주인)이 한 차례 더 중국을 침략하여 정복했으나 오히려 정복당한 이들의 지혜에 정복되어 마침내 두 민족이 하나의 나라를 이룩했으며, 세상에서 가장 오래된 법률에 의해 통치된 역사를 놀라운 사건으로 인식하고 바로 이 점을 드러내는 일이 『중국 고아』의 첫째 목표임을 지적하고 있다. 볼테르는 『조씨 고아』야말로 중국에 관한 그 어떠한 문헌보다 중국인의 정신을 가장 잘 알려주는 귀중한 '기념비'라고 주장한다. 그리고 그는 이 중국 희곡 작품을 유럽의 작품과 비교한다. 그는 『조씨 고아』가 볼테르 당대 유럽의 훌륭한 작품들과 비교한다면 '야만적(barbare)'인 희곡이지만, 그 작품이 창작된 시대인 14세기의 유럽 작품들과 비교한다면 이는 '걸작(chef-d'œuvre)'이라고 평가한다.[120]

볼테르가 『조씨 고아』를 '야만적'이라 본 주된 이유는 '삼일치 법칙'을 준수하지 않았기 때문이다. 삼일치 법칙(règles des trois unités)은 프랑스 고전주의 극작가 사이에 유행한 규칙으로서, 이는 아리스토텔레스의 이론을 발전시켜 17세기에 프랑스에서 이론적으로 확립한 것이다. 아리스토텔레스는 그의 『시학(詩學)』에서 희곡의 줄거리는 일관되고 단일한 것이어야 한다는 행위의 통일을 강조했는데, 아리스토텔레스를 이어 받아 부알로(Boileau)는 그의 『시학(*L'Art poétique*)』(1674)에서 희곡은 "한 곳에서, 하루에, 단

120 Ibid., p. vii.

하나의 사건이 완결되도록(Qu'en un lieu, qu'en un jour, un seul fait accompli)" 하라는 규칙을 제시했다.[121]

볼테르는 이 '삼일치 법칙'을 매우 중시했다. 시간·장소·행동의 일치를 주장하는 '삼일치 법칙'은 17세기 프랑스 고전주의 연극 작가들이 일반적으로 준수해온 관례였으나, 그 자체로 절대적인 규칙은 아니다. 실제로 셰익스피어를 비롯한 많은 작가들이 이 규칙을 준수하지 않았다. 그런데 볼테르는 이 규칙을 준수하지 않은 셰익스피어의 비극을 '끔찍한 익살극(farces monstreuses)'[122]이라고 간주했다. 사실 볼테르는 셰익스피어가 아직 프랑스에 잘 알려져 있지 않던 시절에 이미 그의 작품을 높이 평가했으며, 또한 볼테르 자신이 그의 영향을 많이 받았다. 그럼에도 불구하고 볼테르는 셰익스피어가 그 규칙을 준수하지 않은 것을 비판할 만큼 '삼일치 법칙'을 강력히 옹호한 작가다.

기군상의 『조씨 고아』는 조씨 고아가 탄생하기 전부터 그가 성인이 되어 원수를 갚을 때까지 약 20년의 시간이 설정되어 있고, 이뿐 아니라 다양한 장소에서 다양한 행동이 전개되는 등 삼일치

121 Nicolas Boileau, *L'Art Poétique* (chant 3, vers 45-46). 삼일치 법칙은 한동안 프랑스 연극을 지배했으나, 낭만주의 시기에 와서 빅토르 위고의 『에르나니(*Hernani*)』(1830) 공연과 함께 무너졌다. 위고는 고전주의에 대항한 낭만주의 연극이론의 선언서에 해당하는 『크롬웰 서문(*La Préface de Cromwell*)』에서 이것이 불합리한 구속이라고 비판했다. 위고는 시간의 단일규칙과 장소의 단일규칙을 고집하는 것은 사람이나 사물을 절단하는 일이며, 이러한 "단일규칙이라는 새장은 해골밖에 담지 못한다"고 비판한다. 반면에 그는 행동의 단일성은 필요하다고 주장한다. 위고가 삼일치 법칙을 대폭 위반한 『에르나니』라는 작품을 발표한 후 프랑스 연극계에서는 '에르나니 논쟁'이 일어났고, 결국 위고를 옹호한 낭만주의자들이 승리를 거둠으로써 프랑스 문단에서 낭만주의가 주류를 차지하게 되었다.

122 Voltaire, *L'Orphelin de la Chine*, Londres: Jean Nourse, 1756, p. iv.

법칙과는 무관한 희곡이다. 이를 개작하여 볼테르는 『중국 고아』에서 삼일치 법칙에 맞춤으로써 서구, 특히 프랑스 연극 전통에 충실하고자 했다. 볼테르는 『중국 고아』에서 북경의 황궁이라는 공간에서 하루 동안에 일어난 사건, 즉 칭기즈칸의 침략이라는 사건을 다룸으로써 삼일치 법칙을 충족시켰다. 이렇듯 서양 연극에서 중시하는 삼일치 법칙에 어긋난 중국 희곡을 삼일치 법칙에 맞게 재창작한 점이 개작의 주요 요소 가운데 하나다.

개작의 둘째 요소는 시대적인 배경과 등장인물의 변화다. 우선 볼테르는 원작의 시대적 배경인 춘추시대 진(晉)대를 13세기 송원(宋元) 교체기로 변화시킨다. 가문이 멸절 위기에 놓인 재상인 조씨 가문 대신에 송나라 말기 최후의 황제 일족을, 조씨 집안의 정적 도안고 대신에 중국을 침략한 칭기즈칸을 등장시킨다. 그리고 영공과 그 아내 대신에 잠티(Zamti)나 이다메(Idamé) 같은 가공의 중국 인물을 창조한다. 이로써 볼테르는 원작의 '고아를 둘러싼 투쟁'이라는 주제는 이어받되, 중국인 사이의 권력다툼이 아니라 중국인과 침략자 몽골인의 대결로 바꿨다.

볼테르가 창작한 『중국 고아』의 기본적인 줄거리는 다음과 같다. 칭기즈칸이 이끄는 타타르(몽골)군이 북경을 침략하여 많은 황족들이 타타르군에 의해 죽을 때, 황제는 죽기 직전에 자신의 막내아들을 충신 잠티에게 맡긴다. 잠티는 황태자를 구하기 위해 자신의 아들을 황태자라고 속여 대신 희생시키고자 한다. 타타르군이 '황태자'의 목을 베려고 하는 순간, 잠티의 아내 이다메는 그 아이가 황태자가 아닌 자신의 아들임을 실토하고서 아들을 살려달라고 간청한다. 한편 확인하기 위해 소환된 잠티는 그 아이가 황태자라고 주장한다.

이다메를 직접 만난 칭기즈칸은 이 여인을 보고서 매우 놀란다. 왜냐하면 이전 방랑자 시절에 도망자로 도움을 청하러 중국에 왔던 칭기즈칸(테무친)은 이다메를 사랑하여 구혼한 적이 있었으나, 그가 야만인이라는 이유로 그녀의 부모에 의해 거절당한 적이 있었기 때문이다. 잠티와 이다메를 직접 만난 칭기즈칸은 황태자와 관련한 진실을 고할 것을 명령한다. 이다메는 중국 황제에게 충성스러운 남편이 신하 된 도리로 황태자를 보호하고자 아들을 내놓았지만, 자신은 어미로서 제 자식을 죽게 버려둘 수 없었음을 고백한다. 그리고 남편과 황태자를 모두 배신한 자신에게만 벌을 내려달라고 칭기즈칸에게 간청한다. 그리고 만일 남편이 죽으면 자신도 따라 죽겠다고 말한다. 이후 잠티와 이다메는 황태자를 고려왕에게 인도하기로 약속하고, 고려 장수가 은밀히 뚫어놓은 무덤 속 비밀통로를 통해 황태자를 중국인 의병들에게 데려가려 했으나 결국 발각되어 실패하고 만다.

이다메에게 여전히 연정을 품고 있던 칭기즈칸은 남편과 이혼하고 자신의 아내가 되면 남편, 아들, 황태자 모두를 사면하겠다고 제안한다. 그러나 부부가 된 것이 천명(天命)이기에 이를 어길 수 없다고 생각하는 이다메는 그 제안을 거절한다. 남편과의 이혼이냐 아니면 남편의 죽음이냐 양자 가운데 택일해야 하는 상황에서 불명예스럽게 살아남는 대신에 그녀는 남편과 함께 자살하기로 결심한다. 부부가 서로 자신을 먼저 죽여달라고 요청하는 애절한 장면을 지켜보던 칭기즈칸은 이들의 정신에 감복하고서 모두를 석방한다. 그리고 앞으로 자신이 중국의 법을 존중할 것을 언약한다.

볼테르가 『조씨 고아』의 줄거리를 변경하여 『중국 고아』를 창작한 이유는 무엇일까? 볼테르는 『중국 고아』에서 공자가 가르친 도덕과 중국문화의 위대성을 드러내고자 했다. 그런데 원작인 『조씨 고아』에 나타난 중국인 사이의 분쟁을 주제로 다뤄서는 그 위대성을 드러내기 어렵다. 따라서 볼테르는 중국인 대 몽골인의 대결구조를 설정함으로써 위대한 도덕의식을 지닌 중국인의 이미지를 부각시킨다. 이를 위해 그는 중국인에게 '정복당한 정복자(conquérant conquéré)'라는 영예를 부여한다. 13세기에 송나라를 멸망시킨 정복자인 몽골군은 점령 기간 동안에 오히려 중국 문명에 정복당했으며, 이후 17세기에 만주군도 명나라를 멸망시키고 청나라를 건국했지만 만주족 역시 중국 문명에 정복된 역사에서 볼테르는 매우 큰 인상을 받았다.

『보편사론(*Essai sur l'histoire générale et sur les mœurs et l'esprit des nations*)』의 제1장 「중국 편(De la Chine, de son antiquité, de ses forces, de ses lois)」에서 볼테르는 이렇게 말한다. "정복자의 나라는 정복당한 국가의 일부가 되었다. 만주의 타타르인 역시 오늘날은 중국의 지배자가 되었지만 자신들이 침략한 나라의 법률에 복종한다."[123] 『철학사전』의 "중국에 관해"라는 항목에서 볼테르는 만주인의 중국 정복과 로마 제국 몰락을 비교하며, 중국의 정체(constitution)야말로 정복자로 하여금 피정복자의 법률에 복속하게 한 유

123 Voltaire. *Essai sur l'histoire générale et sur les mœurs et l'esprit des nations*. Chapitre 1. (http://www.mediterranee-antique.info/Fichiers_PdF/TUV/Voltaire/Moeurs.pdf)

일한 정체임을 강조한다. 그는 게르만족의 침입을 받은 유럽의 경우를 이민족의 침략을 받은 중국과 대조시킨다. 볼테르에 의하면, 정복당한 유럽인은 정복자인 부르군트인, 프랑크인, 고트인의 관습을 따랐을 뿐 이들 게르만족 정복자들을 감복시키지 못했다.[124] 유럽의 사례와는 다른 중국의 이 같은 역사적 선례에 자극받은 볼테르는 『중국 고아』에서 중국인 관리 부부로부터 감화를 받는 칭기즈칸을 등장시켜 야만적인 정복자를 교화하고, 정복자를 결국 정신적으로 정복하는 중국문화를 찬양하고 있다.

중국이 군사적으로 몽골에게 정복되었지만, 도덕과 문화 측면에서는 정복자인 몽골이 오히려 중국에 정복되었다는 볼테르의 생각은 라틴 시인으로 아테네에 유학하여 고대 그리스 철학과 문학을 공부한 바 있는 호라티우스의 다음과 같은 문장을 연상시킨다. "그리스는 정치적으로 로마에 정복되었으나, 문화적으로는 정복자인 로마를 정복했다(Graecia capta ferum victorem cepit et artes intulit agresti Latio)."[125] 볼테르는 그리스문화가 로마에 의해 정복되었음에도 불구하고 로마에서 계승되었듯이, 공자의 도덕이 이민족의 정복에도 불구하고 계승되는 유비적 관계에 독자가 주목하도록 만든다. 그런데 볼테르가 이 작품에서 '정복당한 정복자'를 강조하는 이유 가운데 중요한 요인은 문명과 중국에 대한 루소의 관점과 관련된다.

루소는 『학문예술론』에서 당대 프랑스의 풍속이 퇴폐해 있었

124 Voltaire, *Dictionnaire philosophique*, Garnier Frères, 1961, p. 108.

125 Horace, *Satires, Epistles, and Ars Poetica*, edited and translated by H. R. Fairclough, Cambridge: Loeb Classical Libraryp/Harvard University Press. 1929, p. 408.

다고 진단했고, 그러한 퇴폐의 원인은 학문과 예술의 진보와 관련이 있다고 주장한다. 그는 학문과 예술이 발전을 거듭함에 따라 인간의 영혼은 오히려 타락하며 덕성(vertu)이 사라진다고 판단한다. 그런데 루소는 이것이 그 시대 프랑스만의 현상이 아니라 시대와 장소를 불문하고 똑같은 현상이 관찰된다고 주장한다.[126] 루소는 이집트, 그리스, 로마의 경우를 차례로 나열하며 학문과 예술이 발전한 뒤에는 풍속이 퇴폐해지고 결국 타민족에 의해 점령당하는 과정으로 이어졌음을 보여주고 있다. 이어서 루소는 그러한 현상을 당대의 중국에서도 발견할 수 있다고 특기한다.

루소는 중국의 학문이 매우 발달해 있다는 사실을 인정한다. 루소가 제기하는 문제는 다음과 같다. 만일 학문이 풍속을 순화시키고, 조국을 위해 희생하는 법을 가르치고, 용기를 북돋아준다면, 중국인은 현명하고 자유로우며 아무도 정복할 수 없는 민족일 것이다. 왜냐하면 중국인은 학문이 매우 발달한 민족이기 때문이다. 그런데 현실은 그렇지 않다. 과거(科擧) 제도를 실시하는 중국의 경우, 학문이 고관대작의 등용문 역할을 할 만큼 중요한 역할을 해왔지만 결국 이 나라는 타타르에 의해 지배되었으며 또한 중국에는 노예와 악인들이 득실대게 되었다고 루소는 주장한다.[127]

사람이 학문에 몰두하면 도덕적으로나 시민적 삶에서 선행을 행할 시간을 빼앗기게 되기에 결국에는 무용한 시민, 해로운 인간이 되며, 이뿐 아니라 학문과 예술은 사치와 긴밀히 연관되어 있

126 Jean-Jacques Rousseau, *Discours sur les sciences et les arts. Discours sur l'origine et les fondements de l'inégalité parmi les hommes*, Paris: GF, 1971, p. 41.

127 Ibid., p. 42.

다.[128] 루소는 『학문예술론』에서 당대에 학문과 예술을 찬양한 대표적인 작가인 볼테르에게 다음과 같이 말한다. "저명한 아루에(Arouet)여, 당신이 우리의 거짓된 섬세함을 위해 얼마나 많은 강한 남성적 아름다움을 희생시켰는지, 또 그토록 사소한 것들에 몰두하는 한량의 정신이 얼마나 많은 위대한 것들을 희생시켰는지 우리에게 말해주시오."[129] 『중국 고아』는 결국 루소의 『학문예술론』에 대한 볼테르의 답변이다. 볼테르는 비록 군사적으로 이민족의 침입하에 있지만 정신적으로는 정복자를 정복한 중국을 내세움으로써 중국문화의 우수성을 항변하는 동시에 학문과 예술이 덕성을 고양함을 강조하고 있다.

유교와 중국인의 덕성

볼테르가 『조씨 고아』를 『중국 고아』로 개작하면서 궁극적으로 겨냥하는 바는 주제의 변화다. 그리고 이는 가장 중요한 변화다. 『조씨 고아』에서 두드러지는 테마는 의리 혹은 충절이다. 자신의 아들을 희생하면서까지 공주의 아들이자 조씨 가문의 마지막 남은 핏줄인 고아를 살리고자 애쓰는 정영의 마음, 이 숭고한 희생정신에 감복하여 조씨 고아의 존재를 신고하여 영달을 구하기보다 오히려 자신을 희생하는 편을 선택한 수비대장 한궐과 은퇴한 관리 공손저구에게서 우리는 유교의 덕목인 의리와 충절을 발견한다.

128 Ibid., p. 49.
129 Ibid., p. 51.

그런데 『조씨 고아』에는 동시에 '복수'의 테마도 드러난다. 300명에 달하는 조씨 가문을 멸절시킨 도안고에 대해 조씨 고아 대신 자신의 아들을 희생시킨 정영과 조씨 고아의 부모는 원수를 갚기를 갈구했다. 후일 이 모든 사실을 알게 된 조씨 고아는 실제로 자신이 그 원수를 갚았다. 원잡극(元雜劇)에서는 극본 마지막에 제목(題目)과 정명(正名)이라는 간략한(각각 2구, 4구, 8구) 시로써 극 전체 내용을 마무리하는 구성요소를 지니는데, 『조씨 고아』를 요약하는 마지막 정명 부분에서 작가는 "조씨 고아는 원수를 크게 갚다(趙氏孤兒大報仇)"[130]라는 문장으로 마무리한다. 그런데 볼테르는 『중국 고아』에서 유교가 가르치는 도덕의 위대성을 보여주기 위해 『조씨 고아』의 '의리와 충절'은 그대로 살리되, '복수'는 버리고 그 대신에 도덕적 감화를 선택했다.

볼테르는 자신이 창작한 『중국 고아』가 중국의 『조씨 고아』와는 많이 다른 작품이라고 주장한다. 그는 칭기즈칸 시대를 배경으로 하여 타타르인과 중국인의 품성을 묘사하고자 했다. 볼테르는 희곡에서 가장 흥미로운 사건은 품성을 묘사할 때라고 주장했는데, 그는 품성 묘사야말로 예술의 위대한 비밀 가운데 하나라고 말한다. 그런데 품성 묘사에서 볼테르가 가장 중요하게 생각하는 것은 그 묘사가 덕성을 고취할 경우다.[131] 볼테르는 중국인의 덕성을 이 작품에서 가장 중요하게 다루겠다는 의도를 보여주었다. 그는 덕성이 그리스도인이나 서구인에게만 있는 것으로 보지 않았

130 기군상(紀君祥), 『趙氏孤兒』, 지식을만드는지식, 2011, pp. 126-127. 기군상의 이 희곡 작품의 원래 제목은 『趙氏孤兒大報仇』이며, 『趙氏孤兒』는 이를 간략하게 부른 제목이다.

131 Voltaire, *L'Orphelin de la Chine*, Londres: Jean Nourse, 1756, p. x.

다. 그는 기독교에서 '이교도'라고 부르는 사람에게도 덕성이 있음을 인정했고 『중국 고아』에서 그 예시를 제공한다.

'중국의 학식 있는 관리 잠티의 지혜와 그 아내 이다메의 덕성'에 감동한 정복자 칭기즈칸은 연극의 마지막 부분에서 잠티 부부에게 다음과 같이 말한다.

> "당신들은 나를 충분히 정당하게 대해주었소.
>
> 이제는 내가 돌려줄 차례요. 난 당신들 모두에게 탄복하고 있소.
>
> 당신들이 나를 복속시켰소. 중국의 왕좌에 앉아 있기 부끄러울 지경이오.
>
> 나보다 훨씬 나은 당신들 같은 사람들이 있기에 그러하오.
>
> 나는 영광스런 위업으로 많은 나라들에서 명성을 얻고자 노력했으나 다 부질없는 짓이었소.
>
> 당신들이 나를 겸허하게 해주었소.
>
> 나도 당신들처럼 되고 싶소.
>
> 나는 인간이 자신의 주인이 될 수 있음을 미처 몰랐소.
>
> 그 위대한 영광을 나는 당신들에게서 배웠소.
>
> 나는 이제 과거의 내가 아니오.
>
> 이 놀라운 변화는 당신들 덕분이오.
>
> (……) 이전에 나는 정복자였으나 당신들로 인해 나는 왕이 되었소."[132]

---

132 Ibid., p. 65.

칭기즈칸은 이어서 잠티에게 다음과 같이 말한다.

"이제 법의 최고 해석자가 되어주시오.
당신들이 그러했듯이 법이 성스럽게 집행될 수 있도록 해주시오.
이성과 정의와 품성을 가르쳐주시오.
정복당한 이들이 정복자들을 다스리게 해주시오.
지혜가 통치하게 하고 지혜가 용기를 주관하게 해주시오.
신중함이 완력을 이기게 해주시오. 내가 모범을 보이겠소.
당신들을 정복한 왕은 이제부터 당신들의 법에 순종하겠소."[133]

『중국 고아』에서 볼테르가 초점을 맞추고자 한 바는 공자가 가르친 도덕이다. 바로 그러하기에 그는 루이 르 그랑 학교의 동창생으로서 후일 외무장관이 된 다르장송(d'Argenson) 후작에게 보낸 편지에서 자신의 『중국 고아』가 "5막으로 된 공자의 도덕(la morale de Confucius en cinq actes)"[134]이라고 요약한 것이다. 원작에 대해 볼테르가 수행한 개작의 핵심은 중국의 정신, 그 가운데서도 공자가 가르친 도덕의 위대함을 드러내고자 한 점이다. 볼테르의 공자는 기적이나 초자연적 요소를 가르치는 종교 지도자가 아

133 Ibid.

134 Pierre Martino, *L'Orient dans la littérature française au XVIIe et au XVIIIe siècle*, Paris: Hachette, 1906, p. 223에서 재인용.

닌, 순수한 도덕을 가르치는 현자(賢者)다.

볼테르는 『각 민족의 풍속과 정신에 관한 논고』에서 다음과 같이 말한다. "나는 공자의 서적들을 주의 깊게 읽고 필기를 하곤 했다. 그가 말한 바는 극히 순수한 도덕뿐임을 느꼈다. 그는 기적을 설교하지 않음은 물론 허황된 이야기도 말하지 않았으며, 오로지 덕성에만 호소했다."[135] 구약성경을 대표하는 인물인 모세는 십계명을 비롯한 율법을 가르쳤다. 그런데 그가 가르친 율법의 토대는 신적 계시로서 이는 초자연적인 것이다. 그리고 그의 가르침에는 홍해의 물이 갈라져 바다가 마른 땅이 된 사건 같은 숱한 기적들을 포함하고 있다. 볼테르는 공자의 가르침에는 그러한 '기적'이나 '허황된 이야기'가 포함되어 있지 않기에 이를 '순수한 도덕'으로 보았다. 중국인에게는 그러한 공자의 가르침이 여전히 살아있기에 볼테르는 중국인이 여전히 높은 도덕의식을 지니고 있다고 판단했다. 볼테르의 『중국 고아』는 도덕 문제에 관한 한 유럽인이 중국인의 제자가 되어야 한다고 주장한 자신의 관점의 예시이기도 하다.

135 Adolf Reichwein, *China And Europe- Intellectual And Artistic Contacts In the Eighteenth Century*, New York: Alfred A. Knopf, 1925, p. 89에서 재인용.

IV. 볼테르의 사회·정치·역사 사상과 중국

1. 중국 전례 논쟁과 볼테르

볼테르의 중국관과 유교관은 '중국 전례논쟁'에 대한 그의 입장을 통해서도 잘 드러난다. 그는 중국과 유럽에서 전개된 전례논쟁(la querelle des rites)에 대해 잘 알고 있었다. 볼테르는 이 논쟁이 "유럽에서 트로이 전쟁보다 더 잘 알려져 있다"고 말한다.[1] 그의 생애는 전례논쟁이 한창 진행되던 시기와 겹친다. 이 논쟁에 대한 볼테르의 입장을 고찰하기 전에 우선 '중국 전례논쟁' 그 자체에 대해 소묘하는 작업이 필요하다.

이른바 '신대륙의 발견'으로 인해 유럽인은 자신들이 전혀 알지 못했던 '타자'와의 만남을 시작하던 초창기에 '신대륙'에서 만난 '인디언'이 '영혼'을 지닌 인간인지를 의심했으며, 이들의 정체가 과연 무엇인지 확인하기 위해 조사관을 파견하기도 했다.[2] 그런데 17세기 이후에 유럽인이 본격적으로 대면한 타자인 중국인의 경우는 그 만남의 성격이 사뭇 달랐다. 중국 선교 초창기에 중국과 중국인에 대해 보고한 예수회 신부들은 중국이 훌륭한 통치가 이뤄지고 있는 나라이며, 중국인은 사상과 도덕에서 매우 앞서 있는 민족이라고 판단했다.

유럽인이 '인디언'과 중국인을 대하는 태도에서 왜 그런 차이

1 Arnold H. Rowbotham, "Voltaire, Sinophile," *PMLA*, Vol. 47, No. 4 (Dec., 1932), p. 1063.

2 Claude Lévi-Strauss, *Tristes Tropiques*, Paris: Plon, 1984, p. 79.

가 있었을까? 물론 중국의 높은 문명 자체가 그러한 평가를 가능하게 했을 것이다. 그러나 그것만은 아니다. '인디언'이 과연 동물과 흡사한 생활을 했기에 유럽인은 그들을 인간과는 다른 종(種)일지 모른다고 생각했을까? 잉카 문명과 아스텍 문명의 '인디언'은 당시 상당한 수준의 문명을 구가하고 있었다. 타자 그 자체가 어떠한 존재인가도 중요했지만, 유럽인의 판단에서 더 중요하게 작용한 것은 타자를 대하는 유럽인 자신의 태도였다. 마테오 리치를 비롯해 초창기 예수회 신부들이 중국인을 대하는 태도를 '적응주의(accommodationism)'라고 명명하는데, 이 적응주의야말로 타자인 중국인을 존중하는 자세로 바라보게 한 주된 요인이었다.

마테오 리치는 적응주의를 중국 선교 현장에서 적용한 대표적인 선교사이지만, 그가 적응주의를 창시한 것은 아니다. 적응주의 방식은 예수회 창시자인 이냐시오 데 로욜라(Ignacio de Loyola, 1491~1556)로부터 시작되었다. 이냐시오는 영성과 사역의 근본 목표를 "이 세상 모든 것에 역사하시는 하느님을 발견하는 것"으로 삼았다.[3] 그는 선교 현지의 토착문화를 거부하거나 백안시하지 않았고, 오히려 이를 하느님의 주권(主權)이 역사하는 활동무대로서 하느님의 현존을 발견할 수 있는 '선교의 접촉점'으로 보았다.[4]

이냐시오의 적응주의 관점은 호세 데 아코스타(José de Acosta)의 라틴아메리카 선교에서나 로베르토 데 노빌리(Roberto de Nobili)로 대표되는 인도 선교에서 구현되었고, 마테오 리치는 이러한 관점의 연장선상에서 기독교와 유교의 만남을 추구하는 입장의 기독교 선교를 시도한 것이다. 바로 이 적응주의 토대 위에서

3 김상근, 『동서문화의 교류와 예수회 선교역사』, 한들출판사, 2006, p. 15.

4 Ibid., pp. 16, 28, 30, 36-37.

16세기 중반부터 라틴아메리카와 아시아에서 활발한 선교활동을 펼쳤던 예수회 선교사들은 선교지의 토착문화와 종교를 무조건 죄악시하지 않았고, 오히려 타민족과 타종교를 우호적인 입장에서 대면했다.

이냐시오의 적응주의와 아울러 초창기 예수회 신학자들이 수용한 신학인 '제2 토미즘'도 현지인의 문화를 존중하게 하는 데 기여했다. 인간에게는 완벽하게 하느님의 본질을 이해할 수 있는 궁극적인 지식은 주어져 있지 않지만, 이성과 자연 계시를 통해 하느님에 대한 지식이 어느 정도 인간에 의해 이해될 수 있다고 본 토마스 아퀴나스의 신학을 계승한 제2 토미즘 주창자들은 비유럽의 원주민도 하느님을 아는 지식을 소유하고 있다고 주장한다.[5] 이러한 제2 토미즘 사상은 예수회의 신학 속에 흡수되었다.

초창기 중국 선교의 대표자인 마테오 리치는 중국의 전통 유교문화와 기독교 사이에 유비적 관계가 존재한다고 보았고, 이 유비적 관계를 선교의 접촉점으로 간주했다.[6] 이러한 관점은 그의 저술인 『천주실의(天主實義)』에 잘 반영되어 있다. 마테오 리치는 유학자들이 공자를 종교적 의례의 대상으로 존경했다는 것을 부정하고, 제사나 제천(祭天) 의례, 그리고 공자 공경 의례인 석전제(釋奠祭) 같은 중국 의례를 모두 허용하는 입장을 견지했다. 그는 유교에서 이야기하는 '상제(上帝)'가 기독교의 하느님과 같은 것이라고 판단하여[7] 기독교가 기본적으로 유교를 인정하고 유교가 모르

5 Ibid., pp. 58-59.

6 Ibid., p. 34.

7 Matteo Ricci, 『천주실의』, 서울대학교출판문화원, 2010, pp. 99-100: "우리[서양]의 천주는 바로 [중국의] 옛 경전에서 말하는 '하느님[上帝]'입니다."

는 것을 더 가르쳐주어 보충하자는 입장, 즉 보유론(補儒論)을 견지했다.

그런데 예수회 선교사로서 리치의 후임자인 롱고바르디(Nicolo Longobardi)는 리치의 입장에 동의하지 않았다. 롱고바르디는 중국인은 비물질적 존재에 대한 관념이 없기에 신이나 천사, 영혼을 모르며, 또한 이들이 상제라 부르는 실체는 기독교인이 신이라 부르는 것과 같지 않다고 주장한다.[8] 따라서 기독교의 하느님을 '천(天)'이나 '상제'와 일치시키는 것은 매우 위험하며 이러한 용어 대신에 '천주(天主)'라는 용어를 사용해야 한다고 역설한다. 그리고 그는 조상에 대한 제사와 공자에 대한 석전제가 우상숭배이기에 이를 금지해야 한다고 주장했다.

예수회 내부에서 이 문제로 내분을 겪고 있는 사이에 도미니크 수도회와 프란체스코 수도회가 중국에 들어오면서 '중국 전례 논쟁'은 본격적으로 전개된다. 이 두 수도회 진영은 예수회의 적응주의 선교방식을 매우 부정적으로 평가했다. 1643년 도미니크 수도회의 모랄레스(J. B. de Morales)가 중국 의례에 대한 부정적인 질의서를 교황청에 제출하자, 1645년 교황청은 조상 제사와 공자 공경 의식을 금하는 훈령을 내렸다. 이에 예수회는 1651년에 중국 선교사 마르티니(Martino Martini)를 로마로 불러 모랄레스의 견해가 잘못되었음을 지적하게 하고 예수회의 입장을 교황청에 설명하도록 했다. 마르티니의 설명을 자세히 검토한 교황은 1656년 조상 제사와 공자 공경 의례에 대한 예수회의 적응주의 선교 방침을

8 Gottfried Wilhelm Leibniz, *Writings on China*, Chicago: Open Court, 1994, p. 67.

허용하는 훈령을 내렸다.[9]

교황청의 이러한 관용적 태도에 불만을 품은 도미니크 수도회는 다시 이의를 제기하여 1656년의 결정이 1645년의 금지 명령을 무효화시키는지를 질문했다. 이에 교황청은 1669년 훈령을 통해 앞선 훈령이 나중 훈령에 의해 무효화된 것이 아니라 둘 다 각각 제기된 문제점과 환경에 따라 지켜져야 하고 훈령에 언급된 모든 것은 다 지켜져야 한다고 명함으로써 일단락이 나는 듯했다.[10]

그런데 1684년에 파리외방전교회가 중국으로 진출하면서 전례논쟁은 재개되었다. 이 전교회의 중국 책임자인 메그로(Charles Maigrot)가 1693년 자신의 관할 구역에 있는 사제들에게 '천'이나 '상제'의 호칭 사용을 금하고 공자와 선조들에게 드리는 제사 의식을 금하는 명령을 내리면서 중국 선교사들은 이 문제에 대한 확실한 결정을 교황청에 요구하고 나섰다.

교황청의 답을 기다리는 동안 예수회도 유럽의 학계에 호소하는 한편 강희제(康熙帝)에게 중국 의례의 근본적인 의미에 대해 명확한 유권해석을 내려줄 것을 요청했다. 이 중국 황제가 공적인 해석을 내려 1700년에 그 해석을 담은 문서를 로마 교황에게 발송함으로써 전례논쟁은 중국과 유럽(교황청)의 외교문제로까지 발전한다.[11] 예수회 선교사들이 강희제에게 "조상에 대한 제사와 공자에 대한 존경 의례에 종교적 성격이 있는가?"라고 자문을 구하자, 강희제는 "일종의 숭경된 예절로 조상의 과거 선행을 기념하

9 김혜경, 『예수회의 적응주의 선교』, 서강대학교출판부, 2012, p. 279.

10 Ibid., p. 281.

11 Ibid., pp. 281-282; 김승혜, 『동아시아 종교 전통과 그리스도교의 만남』, 영성생활, 1999, pp. 113-117.

는 것이지 종교적 성격은 결코 아니다"라는 대답으로 예수회 입장을 지지한다.[12] 그러자 예수회를 공격하던 선교사들은 교황이 아닌 중국 황제에게 자문을 구하는 것이 도리에 어긋난 일이라고 예수회를 다시 공격했다.[13]

마테오 리치의 『천주실의』를 6개월 동안 옆에 놓고 읽은 강희제는 이 이탈리아 선교사가 가르친 대로 기독교란 '유교를 완성하는 종교'로 이해했기에 기독교 선교에 매우 관대했다. 그리고 중국과 러시아가 네르친스크 조약을 맺을 때 예수회 선교사들이 참여하여 청나라 조정에 유리한 외교상의 성과를 올린 업적을 감안한 강희제는 1692년에 기독교의 선교활동을 폭넓게 허가하는 칙령을 선포했다.[14] 그의 치세 동안에 중국 기독교인은 30만 명에 달했다고 한다. 그러나 예수회, 도미니크 수도회, 그리고 프란체스코 수도회 사이에 반복되는 갈등과 반목을 접하면서 강희제는 점차 기독교에 대해 부정적으로 생각하게 된다. 그리고 중국 내에서 기독교에 대한 부정적인 여론이 높아졌다.

중국에 있던 가톨릭 선교사들 사이에 벌어진 이 전례논쟁은 유럽으로 번져 유럽 내의 신학자들 사이에도 논쟁이 일어나게 되었다. 이 논쟁은 1700년 파리의 소르본 심의에서 절정을 이뤘다. 유럽에서 이 논쟁은 신의 은총에 대해 얀센주의와 예수회 그리고 새롭게 부상하는 반(反)예수회주의라는 정치적 조류가 각각 견지

12 신승하, 『근대 중국: 개혁과 혁명』, 대명출판사, 2004, p. 47.

13 Ibid., p. 48.

14 David E. Mungello, 『진기한 나라 중국. 예수회 적응주의와 중국학의 기원』, 나남, 2009, pp. 550-551; 히라카와 스케히로, 『마테오 리치. 동서문명교류의 인문학 서사시』, 동아시아, 2002, pp. 684-685.

하고 있던 상이한 신학적 입장과 얽히게 되었다.[15]

전례논쟁에서 가장 큰 논란이 된 저서는 르콩트(Louis-Daniel le Comte)의 『중국의 현재 상황에 대한 새로운 회고(*Nouveaux mémoires sur l'état présent de la Chine*)』(1696)였다. 이 책은 17세기 말에 전례논쟁이 가열됨에 따라 예수회의 적응주의 입장을 강화하려는 목적에 맞추어 집필되었으며, 여기에는 중국 사회와 중국문화에 대한 존경과 경탄의 감정이 배여 있었다.[16] 예수회 선교사로서 중국에 3년 반 동안 체류한 경험이 있는 르콩트는 대중의 취향에 맞추어 당대에 유행한 스타일인 저명한 인물에게 띄우는 장문의 편지글 형식의 저서를 집필하여 여기에 중국의 기후나 지리, 정부, 역사, 문화, 언어 및 종교, 중국 선교회 등을 다뤘다.[17]

대중적인 성공을 거둔 이 책에서 르콩트는 중국 적응주의 선교를 긍정적으로 다뤘으며, 또한 중국의 전례문제를 포함한 복잡한 신학적인 논점들을 여과 없이 다뤘기에 예수회 반대 진영에서는 이 책을 예수회에 대한 공격무기로 삼았다.[18] 르콩트는 비록 하느님에 대한 중국인의 지식이 원래의 순수성을 서서히 잃긴 했지만, 유럽과 세계의 거의 모든 지역이 잘못된 믿음과 타락에 빠져 있을 동안 진정한 신에 대한 지식을 간직하고 도덕률을 실천한 곳은 오히려 중국이었다고 지적했다.[19] 이 예수회 신부에 의하면, 예수가 태어나기 전 2천 년 동안 중국인은 진정한 하느님에 대한 지

15 David E. Mungello, 『진기한 나라 중국. 예수회 적응주의와 중국학의 기원』, 나남, 2009, p. 18.

16 Ibid., p. 566.

17 Ibid., p. 530.

18 Ibid., p. 533.

19 Ibid., p. 540.

식을 간직해왔으며 기독교인에게조차 모범이 될 정도로 하느님을 숭배해왔다.

이러한 주장은 유럽인에게 커다란 충격이었다. 1700년 소르본 논쟁 당시에 르콩트의 시각이 충격을 준 까닭은 중국인이 진정한 신에 대한 지식을 가지고 있었다는 주장 때문이 아니라 중국인의 이와 같은 지식이 유럽인에게 모범이 될 정도였다는 주장 때문이었다.[20] 유럽의 기독교인은 유대인이 예수를 구세주로 반아들이길 거부한 이후에 자신들이 신과 새로운 성약(聖約)을 맺은 선민(選民)이라고 생각했다. 이러한 유럽 기독교인에게 중국인의 세속적 업적을 찬미하는 것은 특별한 문제가 되지는 않으나, 이교도인 중국인이 종교 영역에서 유럽의 선민에게 본보기가 될 정도로 위대했다는 생각은 많은 유럽인에게 지나친 거짓말로서 규탄받아 마땅하다고 여겨졌다.[21]

소르본 심의에서는 주로 르콩트의 저술에서 요약 발췌한 다섯 명제가 고발되었다. 중국인이 하느님에 대한 지식을 가지고 있었을 뿐 아니라 기독교인에게조차 모범이 될 만큼 하느님을 숭배해왔고, 하느님의 영이 2천 년 이상 동안 중국인의 마음속에 간직되어 있었으며, 중국인의 고대 종교는 기독교인의 하느님과 동일한 하느님을 믿는다는 내용을 담은 이 명제들에 대해 소르본은 두 달 이상의 심의를 통해 모든 명제가 견책 대상임을 선언했다.[22]

20 Ibid., p. 541.

21 Ibid., p. 541.

22 Ibid., p. 534-535. 소르본 심의회는 다섯 명제(proposition)에 대해 각각 '준엄한 비판(censure)'을 내리고 있다. 다섯 명제 모두에 대한 공통적인 비판은 "거짓되고 경솔하다(fausse et téméraire)"는 점이다. 각 명제와 그에 대한 소르본 심의회의 비판에 대해서는 다음을 참조할 것. René Etiemble, *Les Jésuites en Chine. La*

예수회를 반대하는 움직임이 1700년 소르본 대학에서 성공하자, 다른 곳에서도 예수회의 적응주의에 대한 공격이 일어났다. 이러한 공격이 설득력을 얻자 로마 교황청은 조상 제사 금지에 대한 회칙을 마련하고 조상 제사를 절대로 해서는 안 된다는 칙령을 반포했다. 이로써 중국 전례에 대한 예수회의 회칙은 거부되었다.[23]

이 전례논쟁은 마침내 교황청과 중국 황실 사이의 외교문제로까지 비화된다. 강희제와 그의 아들인 옹정제(雍正帝) 치하에서 전례논쟁과 관련하여 세 차례에 걸쳐 교황 사절이 왔다. 1705년의 1차 교황 사절은 투르농(Charles de Tournon)으로서, 그는 1704년의 훈령을 강희제에게 전달했다. 교황 클레멘스 11세는 이 훈령을 통해 죽은 이의 이름을 쓰는 것은 허락했으나 공자와 선조에게 드리는 제사와 죽은 이의 신위(神位)는 금했다.[24] 강희제는 이를 수락하지 않고서 몇 달 동안 황제 측과 갈등을 일으킨 투르농을 마카오로 추방했다. 강희제는 1706년에 칙령을 내려 중국 의례에 관한한 마테오 리치가 제시한 관용 방침을 따르겠다고 서약하는 선교사에게만 중국 거주를 허락하고, 그 외의 선교사에게는 모두 추방을 명했다.[25]

강희제는 1704년의 제사 금지 명령을 교황이 철회하고 전례문제를 해결할 것을 촉구하기 위해 1711년에 교황에게 사절을 보냈다. 그러나 교황은 1715년에 또다시 '상제'와 '천'이라는 용어 사

Querelle des rites, Paris: René Julliard, 1966, pp. 54-57.

23 David E. Mungello, 『진기한 나라 중국. 예수회 적응주의와 중국학의 기원』, 나남, 2009, p. 569.

24 김혜경, 『예수회의 적응주의 선교』, 서강대학교출판부, 2012, p. 292.

25 Ibid., p. 283; 김승혜, 『동아시아 종교 전통과 그리스도교의 만남』, 영성생활, 1999, pp. 119-120.

용을 금하고, 그 대신에 '천주'라는 용어만 사용할 것을 명했으며, 제사와 공자 공경 의례 등 중국 의례에 대해 강경한 금지 명령을 내린다. 교황은 중국의 모든 선교사들에게 이 칙서를 준수할 것을 맹세하게 했고 이에 불응하는 선교사는 파문할 것이며, 중국에서 선교 활동을 할 수 없게 하겠노라고 선언했다.[26] 교황의 이러한 강경한 명령을 알게 된 강희제는 몹시 노하여 1717년에 기독교 선교를 금하는 칙령을 내린다. 그리고 일부 지방에서는 기독교에 대해 적대적인 감정을 가지고 있던 많은 관리들이 기독교인을 박해하기 시작한다.

1720년 2차 교황사절단으로 교황청은 메자바르바(Carlo Ambrogio Mezzabarba) 주교를 중국에 파견했다. 이 사절 역시 중국 전례를 허용할 수 없다는 교황청의 문서를 가지고 왔다. 화가 난 강희제는 다음해에 중국 내 기독교 금지령을 내렸다.[27] 한편 강희제는 또다시 예수회 선교사를 교황청에 밀사로 파견했으나 교황은 예수회 입장에 대한 더 강화된 공격으로 반응했다.[28]

3차 교황사절은 강희제가 죽고 난 다음 황제인 옹정제가 다스리던 1725년에 왔다. 라마(Lama)교를 숭배하고 있던 옹정제는 기독교가 만주 출신 관리들의 라마교 신앙심을 약화시키지 않을까 우려하여 적극적으로 기독교를 박해했다.[29] 교황의 사절이 베이징에 와서 황제의 즉위를 축하하는 동시에 기독교 금령을 완화

26 김혜경, 『예수회의 적응주의 선교』, 서강대학교출판부, 2012, pp. 283, 285-286. 강희제와 교황 사절 투르농의 만남에 대해서는 다음 문헌 참조할 것: Jonathan D. Spence, 『강희제』, 이산, 1989, pp. 33, 140-147.

27 김승혜, 『동아시아 종교 전통과 그리스도교의 만남』, 영성생활, 1999, pp. 120-121.

28 J. K. Fairbank 외, 『동양문화사 下』, 을유문화사, 2009, pp. 140-150.

29 신승하, 『근대 중국: 개혁과 혁명』, 대명출판사, 2004, pp. 49-50.

시켜줄 것을 요청했으나, 강희제가 교황에게 파견했던 예수회 선교사들도 이즈음에 귀국하여 교황의 태도가 바뀌지 않았음을 확인해주었기에 옹정제는 금교 조치를 더욱 강화시켰다. 그는 베이징이 필요로 하는 선교사를 제외하고는 모든 선교사를 마카오로 쫓아냈고 교회 건물도 몰수했다. 그다음 황제인 건륭제(乾隆帝) 역시 1736년에 기독교 신앙철폐 칙령을 발표하는 등 가톨릭 선교활동을 축소시키고 박해를 계속했다.[30]

1742년에 교황 베네딕트 14세는 교서(敎書)[31]를 반포해 중국 전례를 행하는 사람들은 파문한다는 강경한 입장을 천명했으며, 중국에 있는 모든 선교사들에게 교황의 칙령에 복종하게 하는 서약 문서를 작성하도록 했다. 동양과 서양, 유럽과 아시아의 지식 교섭에서 가장 중요한 사건인 이 전례논쟁은 한 세기 동안(1640~1742) 지속된 끝에 결국 교황 측의 중국 전례에 대한 엄금으로 마무리된다. 이로써 기독교와 유교 사이의 상호문화적인 만남은 더 풍요로운 열매를 맺지 못한 채 안타깝게 시들고 만다.

전례논쟁과 볼테르

볼테르는 「중국전례에 관한 논쟁. 이 논쟁이 중국에서 기독교를 금지시키는 데 어떤 역할을 했는가」라는 제목의 글에서 마테오 리치가 중국에 도착한 이후의 중국 선교 상황, 예수회와 도미니크

30 Ibid., p. 50.

31 「각 경우에 따라서(Ex Quo Singulari)」의 구체적인 내용에 대해서는 다음을 참조할 것. 김혜경, 『예수회의 적응주의 선교』, 서강대학교출판부, 2012, pp. 401-437.

회 사이의 분쟁과 분열, 그에 이은 소르본 심의, 그리고 로마 교황청과 강희제 사이의 사절단 파견 등 일련의 사건들을 요약한 뒤에 중국 전례논쟁이 '활발'하게 진행되긴 했지만 '유치'한 것이었다고 평가한다.[32]

전례논쟁 당시 르콩트 같은 적응주의자는 다른 민족들이 우상숭배에 함몰되어 있을 때 중국인은 참된 신(le véritable Dieu)을 알고 있었으며, 그 신에게 제사를 드렸다고 주장했다. 그런데 반대 진영에서는 중국인의 '천'이나 '상제'는 인격적인 존재가 아닌 물질적인 하늘에 불과하다고 주장하며 중국인을 무신론자로 규정했다. 그리고 이들은 중국인이 조상 제사에서나 공자 공경 의례에서 절하는 것을 우상숭배로 규정했다.

볼테르는 적응주의 입장을 취한 예수회 선교사들의 견해에 대체적으로 동의했으며, 중국인이 무신론자이며 우상숭배자라고 판단한 견해에 대해서는 비판했다. 유럽에서 진행된 중국 전례논쟁에 대해 볼테르가 핵심적인 논점이라고 파악한 것은 다음 두 가지다. 첫째, 중국인은 우상숭배자다. 둘째, 중국인은 무신론자다. 볼테르는 이 두 논점들에 대해 각각 비판한다.

우선 중국인의 소위 '우상숭배'에 대한 볼테르의 입장을 고찰해보자. 볼테르는 중국의 법률과 안정성은 '자식의 부모에 대한 공경'이라는 '자연적이면서도 성스러운 권리'에 토대를 두고 있다고 지적한다. 이 공경과 아울러 볼테르는 중국인이 초창기의 도덕 스승들, 특히 덕을 가르친 공자를 공경함을 지적한다. 볼테르는 중

32 Voltaire, "Disputes sur les cérémonies chinoises. Comment ces querelles contribuèrent à faire proscrire le chiristianisme à la Chine" in *Le Siècle de Louis XIV vol. II*, Paris: Garnier-Flammarion, 1966, p. 150.

국인의 제사 풍습을 다음과 같이 소개한다. 중국인은 특별한 날에 가족들이 함께 모여 조상에게 경배하고(honorer), 중국의 문인들은 공적으로 공자에게 경배한다. 제사 의식을 행할 때 중국인은 연장자나 상관에 대해 행하듯이 그들의 관례에 따라 무릎을 꿇고 절한다. 그리고 그들은 제사에서 초와 향을 피운다. 관리들은 1년에 두 차례 공자를 경배하는 방 근처에서 동물을 희생시켜 제사를 드리고 제사가 끝난 다음에 그 고기를 나누어 먹는다.[33] 볼테르는 이 제사가 우상숭배인지, 아니면 순수하게 예절과 관련된 것인지에 대해 문제를 제기한다.

볼테르는 우선 '중국식 절'에 대한 유럽중심주의적 관점에 대해 지적한다. 볼테르는 중국인이 무릎 꿇고 하는 절을 예배로 간주하는 것은 유럽인의 기준으로 중국인의 관습을 판단하는 것이라고 비판한다. "우리는 저 방대한 제국의 정부를 무신론으로 비난하는 바로 그 행위와 함께 중국인을 우상숭배자로 비난할 만큼 경박했다. 이것은 자체 모순이다. 중국인의 전례에 대한 커다란 오해는 우리 자신의 관습을 기준으로 그들의 관습을 판단함으로써 야기되었다. 우리는 편견과 언쟁하기 좋아하는 정신을 가지고서 극동에까지 갔다. 중국인 사이에 일상적인 인사인 무릎 꿇고 하는 절(génuflexion)을 우리는 경배 행위(acte d'adoration)로 간주한다."[34]

볼테르는 여기서 중국인을 무신론자라고 비판하는 동시에 그들이 우상숭배를 한다고 말하는 것은 '자체 모순'임을 지적한

33 Voltaire, *Le Siècle de Louis XIV vol. II*, Paris: Garnier-Flammarion, 1966, p. 148.

34 Voltaire, *Essai sur les mœurs et l'esprit des nations vol. I*, Charleston: Nabu Press, 2011., p. 186.

다. 볼테르는 중국인이 조상이나 공자를 신(dieu)으로 간주하고 예배를 드리는 것이 아님을 역설한다. 그리고 볼테르는 제사 음식 차리는 풍습을 유대-기독교 전통의 제단(autel)이라기보다 식탁(table)에 가깝다고 주장한다. 중국인의 제사를 신에 대한 종교적 경배 행위로 보지 않는다는 점에서 볼테르는 마테오 리치의 관점을 잇는다.

마테오 리치는 『중국견문록』에서 중국의 문인학자들이 공자에게 제사를 드릴 때 공자를 신으로 생각하지 않으며, 또한 그에게 은혜를 베풀어달라고 요구하지 않으므로 석전제를 정식 '제사'라고 볼 수 없다고 말한다.[35] 이 선교사는 중국의 황제로부터 평민에 이르기까지 유교에서 진행되는 가장 성대한 행사가 매년 특정한 계절에 죽은 조상에게 고기, 과일, 향, 옷감을 바치는 일임을 지적하고, 이 제사 행위를 효도의 표현이라고 소개한다. 마테오 리치는 중국인이 제사를 드리는 것은 자신들의 죽은 조상이 제사 음식을 먹거나 제사 때 바치는 물품을 필요로 한다고 믿어서가 아니라, 조상에 대한 애정과 은혜에 보답하는 마음을 표하는 것이라고 말한다.[36] 또한 중국인은 죽은 조상을 신(神)이라고 여기지도 않으며, 죽은 조상에게 무언가를 바라거나 구하지 않는다고 말한다. 따라서 중국인의 '제사'는 효도의 표현일 뿐 '우상숭배'와는 무관한 것이라고 주장한다.[37]

볼테르는 전례논쟁 당시 죽은 자를 기리는 유교의 전례를 우

35 이때 '정식 제사'란 신에게 올리는 제사를 의미한다. Matteo Ricci, 『천주실의』, 서울대학교출판문화원, 2010, p. 54.

36 Ibid., p. 136.

37 Ibid.

상숭배로 규정한 메그로 주교의 중국 사정에 대한 무지를 다음과 같은 구체적인 일화를 소개하면서 비판한다. 당시 교황은 메그로를 푸젠(福建, Fokien)의 한 지역(Conon)의 주교로 임명하여 중국 선교를 책임지도록 했다. 메그로는 망자(亡子)에 대한 제사가 미신적이고 우상숭배라고 규정했을 뿐 아니라 중국 문인들을 무신론자라고 선언했다.[38] 볼테르는 메그로의 중국에 대한 무지를 드러내는 일화를 소개함으로써 메그로의 선언이 정확한 중국 현실 인식에 토대를 둔 것이 아님을 간접적으로 지적한다. 강희제는 제사를 우상숭배로, 중국 황제와 문인들을 물질적인 하늘만을 인정하는 무신론자로 규정하는 데 대해 설명하도록, 아울러 기독교에 대해 설명하도록 메그로를 궁정으로 불렀다.[39] 강희제는 이 주교에게 옥좌 위에 금으로 채색된 네 글자를 설명하도록 요구했다. 그런데 한자(漢字)를 잘 알지 못했던 메그로는 이 가운데 두 글자밖에 읽지 못했다. 그러면서도 메그로는 중국 황제가 서판에 쓴 '경천(敬天, king-tien)'이라는 단어가 "천주를 공경하라(Adorez le Seigneur du ciel)"라는 의미가 아니라고 주장했다. 황제는 통역관을 통해 메그로에게 '경천'이 바로 그 의미라고 끈기 있게 설명했다. 그런데도 메그로는 굽히지 않았다. 강희제는 메그로를 사형에 처할 수도 있었으나 그를 추방하는 것으로 만족했다. 그리고 중국 황제는 앞으로 중국에 머물고자 하는 유럽인은 국왕의 공문서를 소지하고서 시험을 치르도록 명령했다.[40]

중국 문인들이 무신론자라는 견해는 예수회에 대한 반대자인

38 Voltaire, *Le Siècle de Louis XIV vol. II*, Paris: Garnier-Flammarion, 1966, p. 249.

39 Ibid., p. 151.

40 Ibid.

도미니크파 선교사 나바레트(Navarette)에 의해 주창된 이래로 17세기에 널리 수용되었다. 이 견해는 피에르 벨도 수용했고, 볼테르도 초기에는 이를 수용한 것으로 보인다.[41] 하지만 예수회의 저작들을 읽으면서 볼테르는 견해를 바꾸어 당대 유럽의 이신론과 본질적으로 별로 다르지 않은 유일신론(唯一神論)—이는 고대로부터 전승되어왔으나 이후에는 퇴색했다—이 대다수 중국인의 심성 속에 우세하다는 확신을 갖게 된다.[42]

볼테르는 많은 중국 문인들이 유물론(matérialisme)에 빠져 있다는 사실을 지적한다. 그렇지만 그들의 도덕은 전혀 바뀌지 않았다고 덧붙인다.[43] 그리고 그는 모든 중국 유물론자들이 무신론자인 것은 아니라고 말하고, 유물론자라고 해서 반드시 무신론자와 동일시될 수 없음을 지적한다. 예를 들어 그리스도교 교부(敎父) 가운데 어떤 이들은 하느님과 천사들도 육체를 지닌 존재라고 믿었다는 것이다. 그는 당대 서구인이 '물질'과 '비물질'이 과연 무엇인지 정확히 알지 못하듯이 중국인도 마찬가지라고 말한다. 그리고 그는 중국 문인들에게는 지고(至高)의 존재를 숭배하는 것으로 충분하고, 중국 문인들이 지고의 존재를 숭배한 것은 의심의 여지가 없다고 역설한다.[44]

볼테르에게 중국 유교가 무신론이냐 유신론이냐는 매우 중요하다. 도덕이 유지되는 무신론 사회가 가능하다고 믿은 피에르

41 Arnold H. Rowbotham, "The Impact of Confucianism in Seventeenth Century Europe," *Far East*. Q. 1945 iv, p. 237.

42 Ibid.

43 Voltaire, *Essai sur les mœurs et l'esprit des nations vol. I*, Charleston: Nabu Press, 2011, p. 188.

44 Ibid.

벨은 중국이 무신론에 토대를 두고 있다고 믿었지만, 도덕이 유지되는 무신론 사회의 가능성을 부정한 볼테르는 중국 유교가 무신론이 아님을 강변한다. 그는 "예수회 신부로서 중국에서 25년간 선교사로 지냈다가 예수회의 적이 된 푸케(Fouquet) 신부"가 자신에게 중국에는 무신론 철학자들이 거의 없다고 여러 차례 말해주었음을 지적한다.[45]

볼테르는 중국인이 물질로서의 하늘만 공경한 것이 아님을 구체적 사례를 들어 설명하고 있다. 『철학사전』의 "중국에 관하여"라는 제목의 항목에서 볼테르는 소르본 심의에 대해 언급하며 그 심의를 다음과 같이 비판한다.

> 1700년 10월 소르본 신학대학은 중국 황제와 관리들이 신을 믿는다고 주장하는 모든 명제를 이단적이라고 선언했다. 소르본 측에서는 방대한 저작들을 통해 신학적인 논증 방식대로 중국인이 물질적 하늘만 경배한다는 것을 논증했다. (……) 1700년에 중국인의 물질적 하늘에 관해 많은 소란을 피우던 가련한 사람들은 1689년에 중국인이 두 제국을 나누는 네르친스크에서 러시아인과 화해하면서 그해 9월 8일 중국어와 라틴어로 다음과 같은 기념할 만한 말들이 새겨진 기념비를 세운 것을 몰랐다. "누군가가 전쟁의 불꽃을 다시 일으킬 생각을 품는다면, 마음을 아시는 만물의 주권적인 주재자(主宰者)가 그 배신자를 벌하시길 기도한다."[46]

45 Ibid.

46 Voltaire, *Dictionnaire philosophique*, Los Gallardos: Patrik Cintas. 2005, p. 612.

그리고 볼테르는 논문과 대화록이 혼합된 형식의 글인 「중국에서의 예수회 선교사 추방에 관한 진술(Relation du bannissement des Jésuites de la Chine)」에서 강희제와 옹정제의 사례를 들어 중국인이 단순히 물질적인 하늘을 숭배한 것이 아님을 설명한다.[47] 볼테르는 강희제가 "상제(上帝, Chang-ti)는 시작도 끝도 없는 분이다. 그분은 만물을 창조하셨고 만물을 통치하시고, 그분은 선하시며 무한히 공의로우시다"라는 글을 써서 자신의 사당(祠堂) 정면에 새기게 했다고 소개한다. 이어서 볼테르는 강희제의 아들이자 후계자인 옹정제가 "하늘(天, Tien)과 인간 사이에는 보상과 징벌을 위한 확고하고 어김없는 교감이 존재한다"라는 말로 시작하는 칙령을 온 제국에 반포했다고 말한다. 이러한 사례들에 비춰 볼테르는 중국인의 천이나 상제가 신(神)의 다른 명칭이며, 중국인은 물질적인 하늘만이 아닌 신을 경배해왔다고 판단한다.

중국 유교가 무신론인지 아닌지의 문제 역시 단순한 문제가 아니다. 원시 유교에는 인격적인 신을 믿는 경향이 더 강했다면 신유학으로 내려오면서 인격적인 신에 대한 신앙의 성격은 상당히 약화된다. 그러하기에 마테오 리치는 원시 유교에서 기독교 신관과의 유사성을 포착한 반면에, 인격적 신이 약화된 신유학을 원시 유교의 타락으로 본 것이다. 볼테르 자신도 신유학, 즉 성리학이 명확한 신 개념을 지니지 않음을 알고 있었다. 그는 "중국인 가운데 문인들은 불멸의 신에 대한 명확한 관념을 지니고 있지 않은 것으로 생각되지만, 그로부터 그들이 무신론자라는 결론을 도출해

47 Voltaire, *Dialogues et anecdotes philosophiques*, Paris: Garnier Frères, 1966, p. 218.

내는 것은 온당하지 않다"라고 말한다.[48]

볼테르가 유교는 무신론이 아니라고 항변한 것은 전례논쟁 당시 유교의 입장이 유럽, 특히 교황청에서 일방적으로 매도당하는 데 대한 비판의 성격도 있지만, 이와 아울러 볼테르 자신이 무신론에 부정적이기 때문에 그러하기도 하다. 그는 자신이 이상적으로 생각하는 종교인 유교를 자신이 부정적으로 간주하는 무신론으로 규정하고 싶어 하지 않았을 것이다.

48 Voltaire, *Essai sur les mœurs et l'esprit des nations vol. I*, Charleston: Nabu Press, 2011., p. 185.

2. 볼테르의 관용 사상과 중국

오늘날 사상과 종교의 자유는 당연한 권리로 인정된다. 그리고 이러한 자유의 토대가 되는 관용 정신은 대다수가 공감하는 가치다. 하지만 볼테르 당대까지만 해도 프랑스에서 '사상과 종교의 자유'는 당연한 권리가 아니었고, 불관용으로 인해 수많은 사람이 구금되거나 희생되었다. 18세기에 이르기까지 프랑스 절대왕정에 도전하는 정치사상이나 가톨릭교회의 교리에 반하는 종교 사상을 담은 책은 금서로 지정되고 그 저자에게는 체포령이 내리는 등 사상에 대한 철저한 통제가 이뤄지고 있었다.

볼테르 자신도 젊은 시절 당대 실권자인 섭정 오를레앙 공을 비판하는 글을 쓴 혐의를 받아 바스티유 감옥에 투옥되었고, 『영국서한』이 출간된 이후에는 저자에 대한 체포 영장이 발부되었기에 도피생활을 해야 했음은 앞에서 언급한 바 있다. 한편 디드로는 『맹인에 관한 서한(*Lettre sur les aveugles à l'usage de ceux qui voient*)』을 출간한 뒤 '무신론자' 혐의를 받아 뱅센 성에 감금되었다. 루소 역시 필화를 겪었는데, 『에밀(*Émile*)』이 출간된 후 이 책이 소르본에 의해 고발되고 고등법원에서 유죄 선고를 내렸으며 저자에게 구속영장이 발부되었다. 사전에 그 사실을 인지한 그는 프랑스를 떠나 스위스를 비롯해 숱한 망명지를 전전해야 했다.

'투사 철학자'인 볼테르의 가장 중요한 투쟁은 '관용'을 획득하기 위한 투쟁이다. 18세기 프랑스에서 자행된 가장 심각한 박해는 종교적 박해였다. 당시는 (오늘날 역사학자들의 규정에 의한) '중세'가 이미 끝난 시점이지만, 프랑스에서 가톨릭 이외의 신앙을 신봉하는 이들은 '이단자'로 간주되어 여전히 박해를 받고 있었다. '관용'은 볼테르 사상의 핵심적 요소 가운데 하나로서, 초창기 저작인 『영국서한』에서부터 후기 저작인 『관용론』과 『철학사전』에 이르기까지 볼테르가 일관되게 강조하는 중심 주제다.

종교적 불관용에 대한 볼테르의 비판과 투쟁

볼테르는 망명지 영국에서 귀국한 직후에 집필한 『영국서한』을 통해 프랑스의 종교와 정치 현실을 직간접적으로 비판했다. 볼테르의 이 책은 모두 스무 개의 편지로 구성되어 있는데, 그 가운데 앞부분의 일곱 개 편지가 종교에 관한 것이다. 편지 1에서 편지 4까지는 "퀘이커 신자에 관하여"라는 동일한 제목으로, 편지 5는 "영국 국교에 관하여", 편지 6은 "장로교 신자에 관하여", 편지 7은 "소치니파, 아리우스파, 반삼위일체파에 관하여"[49]라는 제목으로 구성되어 있다. 볼테르는 이 책에서 영국에는 다양한 기독교 교파가 공존함을 보여준다. 그는 영국에 국교가 존재하기는 하지만, 국교인 '성공회(l'église anglicane)'가 미치는 세력 범위는 잉글랜드와 아일랜드이고, 스코틀랜드에서는 장로교가 지배적인 종교라고 보고한다.

49 소치니파와 아리우스파는 모두가 예수의 신성(神性)을 부정하고 예수가 하느님에 의해 피조된 존재라고 주장함으로써 '정통 교리'로 인정되어온 삼위일체설을 부인한다.

볼테르가 이 책에서 강조하는 바는 무엇보다도 영국에는 종교의 자유가 있으며, 또한 영국 국교는 관용적이라는 사실이다. 볼테르에 의하면, "영국은 다양한 종파가 분립되어 있는 나라다. 영국인은 자기가 원하는 길을 통해 자유롭게 천국으로 간다(C'est ici le pays des sectes. Un Anglais, comme homme libre, va au Ciel par le chemin qui lui plaît)."[50] 볼테르는 퀘이커교와 아리우스파가 비록 소수 종파일지도 각기 훌륭한 점을 지니고 있음을 보여준다. 볼테르는 특히 퀘이커교 신자들이 견지하는 평등주의, 반전(反戰) 사상, 반성직주의 등을 매우 긍정적으로 묘사하고 있다. 한편 '삼위일체론[하느님과 예수, 성신(聖神)이 단일 신성 안에서 하나라는 주장]'과 '그리스도의 신성'을 부정하는 아리우스파는 영국의 탁월한 학자들인 뉴턴과 새뮤얼 클라크(Samuel Clarke), 로크 등의 지지를 얻는 종파임을 볼테르는 지적하고 있다.

물론 볼테르는 당대 영국의 종교 제도와 정책이 완벽한 것이 아님을 인정한다. 영국인이 영국 국교가 아닌 다른 종파를 믿을 자유는 있지만, 잉글랜드나 아일랜드에서는 영국 국교회 신자가 아니면 공직을 맡을 수 없다. 그로 인해 비국교회파가 점차 줄어드는 현실을 통해 영국 종교에도 한계가 있음을 지적한다.[51] 그리고 그는 영국 기독교 종파들 사이에 '미움'이 존재함을 부인하지 않는다.[52] 그럼에도 불구하고 영국에는 프랑스와는 달리 주류 종파 이외의 타 종파에 대한 심각한 박해는 없다는 점에서, 그리고 종파들 간에 상당한 정도의 공존과 화해가 구현된다는 점에서 볼테르

50 Voltaire, *Lettres anglaises*, Cergy: In Libro Veritas, 2005.

51 Ibid., p. 58.

52 Ibid., p. 63.

는 영국을 프랑스보다 우월한 국가로 간주했다.

볼테르는 『영국서한』에서 다음과 같이 말한다. "런던의 증권 거래소에 한 번 들어가 보라. 여기는 허다한 궁정들보다 존경할 만한 장소다. 거기에서 인류의 이익을 위해 모든 나라의 대표들이 모여 있음을 볼 수 있을 것이다. 거래소에서는 유대교인, 마호메트교인, 기독교인이 마치 동일한 종교를 믿는 것처럼 서로 거래하며, 이교도라는 명칭은 파산 따위를 하는 사람들에게만 주어진다. 거기서 장로교인은 재세례파 교인을 신용하며, 영국 국교회 신자는 퀘이커교 신자의 약속어음을 받는다."[53] 볼테르는 다양한 종파가 공존하는 영국의 현실이 종교적 관용과 종파 상호 간의 평화로운 공존에 유리한 토양이라고 판단한다. "만일 영국에 종교가 하나밖에 없다면 그 전제(專制)를 두려워해야 할 것이다. 만일 종교가 두 개라면 서로 목을 자르려 할 것이다. 그러나 영국에는 30개의 종교가 있으므로 서로 평화롭고 행복하게 살고 있다."[54] 그는 종교와 사상이 다르다는 이유로 국가 기관이나 민간인이 개개인에 대해 폭력을 행사하고 자유를 제한하는 불관용에 대해 비판했고 사상과 표현의 자유를 위해 투쟁했다.

볼테르가 관용 사상을 본격적으로 논의한 책은 『관용론(*Traité sur la tolérance*)』이다. 그는 가톨릭이 주류 종교이던 당대 프랑스에 개신교 신자들이 심각한 박해를 받는 상황에서 종교적 관용이 매우 절실하다고 판단하고서 "더 큰 자비와 관용을 일깨우고자 하는 일념"[55]으로 『관용론』을 집필했다. 이 책을 집필한 직접적인 계

53 Ibid., p. 74.

54 Ibid., p. 64.

55 Voltaire, *Traité sur la tolérance*, Paris: Flammarion, 1993, p. 215.

기가 된 것은 '장 칼라스 사건(L'affaire Jean Calas)'이다. 1762년에 프랑스 툴루즈 시의 재판정은 장 칼라스라는 한 개신교 신자를 거열형(車裂刑: 수레바퀴에 매달아 사지를 찢어 죽이는 형벌)에 처하고, 그가 죽은 다음에는 시신을 불속에 던지는 잔혹한 사형을 집행했다. 장 칼라스는 '개신교 신자인 아들이 가톨릭으로 개종하는 것을 저지하고자 아들을 살해했다'는 혐의를 받은 후, 재판정에서 그 혐의가 사실이 아님을 항변했으나 아무런 소용이 없었다.

사실 이 아들은 변호사가 되고자 했지만, 당시 프랑스에는 가톨릭 교인이 아니면 변호사가 될 수 없었기에 낙망한 끝에 자살한 것이다. 아들의 죽음을 목도한 부모가 비탄에 잠겨 오열하고 있을 때 툴루즈 시민이 장 칼라스의 집 주위로 몰려들었고 군중 가운데 한 명이 장 칼라스가 아들을 목매달아 죽였다고 외쳤다. 가톨릭을 증오한 아버지가 가톨릭으로 개종하려 한 아들을 죽였다는 소문이 꼬리에 꼬리를 물고 퍼져나갔다. 유죄를 입증할 아무런 증거가 없었음에도 불구하고 결국 장 칼라스는 사형에 처해졌고, 그 아내는 재산을 몰수당하고 먹을 것도 없이 방치되었으며, 아들들은 추방되었고 딸들은 수도원에 유폐되었다.

가장을 잃고 박해받던 칼라스 가족들은 볼테르가 거주하던 페르네(Ferney)로 와서 그에게 도움을 요청했다. "중세적 박해 이야기를 듣고 경악한" 볼테르는 편지, 팸플릿, 판화 등 다양한 매체를 활용하여 이 사건을 프랑스와 유럽 다른 나라들에 적극적으로 알렸고, 칼라스 가족이 파리에 있는 변호사들의 도움을 받을 수 있도록 주선하는 등의 노력을 기울였다. 볼테르는 『관용론』을 집필하여 '장 칼라스 사건'을 사회에 고발하고 여론을 환기시키는 동시에 재심에서 무죄 판결을 이끌어내는 데 혼신의 힘을 다하기도 했다.

프랑스의 개신교 박해와 그에 대항한 볼테르의 투쟁

'장 칼라스 사건'은 종교개혁 운동 이후 전개된 프랑스 종교사의 맥락 속에서 이해되어야 한다. 16세기 중엽에 제네바를 거점으로 삼아 활동했던 프랑스 출신의 종교개혁자 장 칼뱅(Jean Calvin)의 사상이 프랑스에도 널리 수용되어 교양과 재산을 지닌 중산층뿐 아니라 수많은 귀족이 개신교로 개종함에 따라 불안을 느낀 국왕은 '위그노(Huguenots)'라 불리던 개신교 신자들을 탄압하게 된다. 이로써 가톨릭과 개신교 사이의 적개심이 누적되고, 마침내 양 진영 간에 잔인한 종교전쟁이 일어난다.[56] 종교전쟁 기간 중인 1572년 8월 24일, '성 바르텔레미 축일'에 위그노 지도자들에 대한 대량살육이 이뤄진다. 이때 파리에서만 3~4천 명의 위그노가 학살되었고, 이후 여러 개의 주요 도시에서 비슷한 학살 사건이 재개되었다.[57]

숱한 혼란을 겪은 끝에 가톨릭과 개신교를 화해시키고자 노력한 앙리 4세가 1589년에 프랑스 국왕으로 추대되었다. 이 왕은 원래 위그노의 수장으로서 당시 프랑스 내에서 가톨릭에 대항한 수많은 종교전쟁을 지휘했던 인물이다. 그는 개신교 신자임에도 불구하고 가톨릭으로의 개종을 공식적으로 선언함으로써 자신을 국왕으로 인정하기를 거부하던 로마 가톨릭교회 연맹과 파리 시민의 인정을 받게 된다. 1594년에 샤르트르의 노트르담 대성당에서 정식으로 대관식을 치른 그는 파리에 무혈입성하게 된다. 4년 후인 1598년 앙리 4세는 '낭트 칙령(Édit de Nantes)'을 반포하여 개

56 서정복, 『프랑스의 절대왕정 시대』, 푸른사상, 2012, p. 210.

57 Jean Carpantier et als., 『프랑스인의 역사』, 소나무, 1991, p. 191.

신교의 자유를 인정한다.[58]

그러나 가톨릭과 개신교 간의 화해를 시도했던 앙리 4세가 가톨릭 광신자에 의해 살해되고, 그 후 프랑스에는 위그노에 대한 박해가 재개된다. 잇단 박해로 인해 17세기에 이르러 프랑스 총 인구 1,600만 명 가운데 200만 명에 달했던 위그노가 17세기 말에는 총인구 2천 만 명 가운데 80만 명으로 줄어들었다. 마침내 루이 14세는 1685년에 '퐁텐블로 칙령(Édit de Fontainebleau)'을 반포함으로써 낭트 칙령을 폐지하고 가톨릭을 프랑스의 유일한 종교로 공포했다. 이로 인해 개신교는 불법으로 간주되고 개신교 교회 파괴, 개신교 예배 금지, 개신교 성직자 추방 등이 이어졌다.[59]

종교적 박해를 피해 수십만 명의 위그노가 프랑스의 경쟁국이던 독일, 영국, 네덜란드, 스위스 등지로 망명함으로써 프랑스는 막대한 인력과 재산을 잃게 된다. 그들 중 많은 사람이 전문직 종사자이거나 숙련 노동자이었던 만큼 프랑스의 희생은 더 컸다. 그럼에도 불구하고 18세기 초반에 이르기까지 위그노에 대한 프랑스 정부의 탄압은 계속된다. 위그노는 공직에서 추방되고, 가톨릭으로 개종하거나 아니면 타국으로 이민을 가야 했다. 프랑스 대혁명 직전인 1787년에 루이 16세가 '관용 칙령(Édit de Tolérance)'을 반포하기까지 위그노에 대한 박해는 계속되었다.

'장 칼라스 사건'은 이러한 종교적 불관용 시대의 소산물이다. 이 사건이 일어나기 200년 전에 툴루즈 시민은 4천 명의 개신교 신

58 낭트 칙령은 개신교에 대한 완전한 종교 자유를 보장한 것은 아니었다. 위그노 예배는 특정 지역에서만 인정되었고 파리에서는 인정되지 않았다.

59 서정복, 『프랑스의 절대왕정 시대』, 푸른사상, 2012, p. 238; Colin Jones, 『케임브리지 프랑스사』, 시공사, 2013, pp. 173-175.

자들을 학살한 적이 있었고, 이후 해마다 그날이 돌아오면 이 도시에서는 위그노 학살을 기념하는 성대한 축제가 열렸다.

볼테르가 칼라스 사건을 위해 투쟁하던 시기(1762년)에 랑그도크 지방의 마자메라는 작은 도시에서 '시르방 사건'이 일어났다. 개신교 신자인 시르방(Pierre-Paul Sirven)의 둘째딸이 정신질환을 앓고 있다가 실종된 후 그 시신이 우물 속에서 발견되었다. 사람들은 시르방의 딸이 가톨릭으로 개종하려 하자 그 아버지가 우물 속에 밀어넣어 죽였다는 소문을 퍼뜨렸다. 딸을 죽인 혐의로 시르방과 그 아내에게 체포 명령이 내려졌지만, 다행히 그들은 이미 스위스로 탈출한 상태였다. 피고인 부재 상태에서 사형선고를 받은 시르방 부부는 볼테르를 만나 자신들의 무죄를 호소했다. 이들 부부와 볼테르의 9년에 걸친 노력 끝에 툴루즈 고등법정은 이 사건 역시 판결을 번복하여 무죄를 선고했다.[60]

이러한 헌신적인 노력으로 인해 볼테르는 "불관용에 맞선 운동을 이끈 가장 열성적이며 유력한 지도자"로 인정받았으며, 1787년에 그가 오랜 망명생활을 마감하고 파리를 방문했을 때 군중은 그를 "칼라스와 시르방의 옹호자"라 부르면서 환호했다.[61]

볼테르가 "파렴치한을 타도하라!(Ecrasez l'infâme!)"[62]라는 모

60 김응종, 『관용의 역사』, 푸른역사, 2014, pp. 379-380; John H. Bury, 『사상과 자유의 역사』, 바오, 2006, p. 130; 박홍규, 「칼라스 재판과 볼테르」 in 『영남법학』 제6권 제1·2호, 2002. pp. 78-79.

61 John H. Bury, 『사상과 자유의 역사』, 바오, 2006, pp. 130-131.

62 René Pomeau, *Politique de Voltire*, Paris: Armand Colin, 1963, p. 24: 볼테르가 "파렴치한을 타도하라!(Ecrasez l'infâme!)"라고 말할 때 볼테르의 적(敵)인 '파렴치한'은 성 바르텔레미 축일 학살 사건과 칼라스나 라 바르 등의 학살에 책임이 있는 억압적인 종교다.

토를 자신이 보내는 모든 편지의 결구에 사용하면서 프랑스 교회에 대항하기 시작한 것은 바로 칼라스 사건과 시르방 사건을 인지하고부터다. 그는 친구들과 추종자들에게 격문을 보냈다. "오라, 용감한 디드로여, 대담한 달랑베르여, 단결하라. (……) 광신자와 악한을 쓰러뜨리고 (……) 무수한 부조리들을 파괴하라. 지각 있는 자를 지각 없는 자에게 복종시키지 않도록 하라. 그리하면 우리 다음 세대들은 자신들이 누리는 이성과 자유로 인해 우리에게 감사할 것이다."[63] 강렬한 투쟁을 선동하는 볼테르에게 교회는 화해를 위해 추기경 직을 제안했지만 볼테르는 이를 거절했다.

볼테르는 불관용에서 비롯되는 종교적 박해가 '칼라스 사건'과 '시르방 사건' 이후에도 여전히 진행됨을 목도한다. 1765년에 소년인 슈발리에 드 라 바르(Chevalier de la Barre)와 두 친구는 십자가를 훼손했다는 혐의로 처형되었다. 사실 이들의 잘못이란 성체(聖體) 행렬 때 모자를 벗지 않았고 불경건한 노래를 불렀을 뿐이라는 점이 입증되었는데도 그들은 고문 끝에 참수형을 당하고 이어서 그 시신들은 화형을 당했다.[64] 이미 참수당한 라 바르를 화형하면서 집행인들은 그의 손에 볼테르의 책 『철학사전』을 두었다. 당시 금서였던 이 책은 라 바르의 조그마한 책꽂이에서 찾아낸 것이다.[65] 20세도 채 되지 않은 그들에게 가벼운 형벌 대신에 잔혹한 사형에 처한 것이 정의로운 재판이 아니라고 판단한 볼테르는

63 Voltaire, *Correspondance*, 11 Nov. 1765; Will Durant, *The Story of Philosophy*, New York: Gardon City Publishing Co., 1926, pp. 258-259에서 재인용.

64 Voltaire, *Dictionnaire philosophique*, Paris: Garnier Frères, 1961, p. 410.

65 Voltaire, *L'Affaire du Chevalier de la Barre*, Paris: Gallimard, 2016, p. 42. (Note introductive par Jacques van den Heuvel)

1766년에 『슈발리에 드 라 바르의 죽음에 관한 보고(*Relation de la mort du Chevalier de la Barre*)』를 작성하여 이 '라 바르 사건'을 고발한다. 볼테르는 왕과 귀족 등 사회에 영향력 있는 인사들에게 이 사건을 알리고 정의를 호소하는 편지들을 보냈으며, 여러 번에 걸쳐 소송장도 직접 작성하는 등의 노력을 기울였다.[66] 라 바르와 친구들의 명예회복은 볼테르 생전에 이뤄지지는 않았으나 대혁명 발발 후인 1793년에 이뤄졌는데, 당시 국민공회는 라 바르를 "미신과 무지의 희생자"라고 명명했다.[67]

종교적 불관용과 '광신'

볼테르는 『관용론』에서 종교개혁이 시작되던 시기에 교황 레오 10세가 자신의 향락 비용을 충당하기 위해 면죄부를 만들어 마치 시장에서 상품을 매매하듯이 팔아넘기는 등의 "거듭되는 파렴치한 행위를 항의"한 종교개혁자들이 "도덕적으로 아무런 잘못이 없음"에도 불구하고 가톨릭교회는 개신교를 잔혹하게 박해왔다고 비판한다. 그리고 볼테르는 아일랜드의 가톨릭 교인들이 개신교 신자들을 "산 채로 파묻고, 교수대에 어머니를 매달고 그 어머니의 목에 다시 딸을 매달아 함께 숨이 끊어지는 모습을 보고, 임신한 여인의 배를 갈라 채 자라지도 않은 태아를 끄집어내어 개의 먹이로 던져주고, 죄수를 꽁꽁 묶어 손에 칼을 쥐어놓고는 그들의

66 위에 언급한 볼테르의 책 *L'Affaire du Chevalier de la Barre*에는 볼테르가 보낸 11통의 편지와 볼테르의 소송장이 수록되어 있다.

67 박홍규, 「칼라스 재판과 볼테르」 in 『영남법학』 제6권 제1·2호, 2002. p. 80.

아내, 아버지와 어머니, 딸들의 가슴 위로 포박된 손을 끌어당겨 가족끼리 서로 죽이게끔 하는" 만행을 저질렀음을 고발한다.[68] 또한 볼테르는 프랑스에서 가톨릭 교인들이 개신교 신자들을 박해하는 행렬을 벌이고 왕이 그 박해의 선두에서 행진하며, 처형될 개신교 신자들을 매달아 아래쪽에 큰 장작불을 피워놓고 사형수를 아래위로 내리고 올리면서 길고도 끔찍한 단말마의 고통 속에서 숨을 거두게 하는 잔혹한 처형이 있었음을 지적하고 이를 비판한다.[69]

그런데 볼테르가 개신교에 대한 가톨릭교회의 박해를 비판하고 '칼라스 사건', '시르방 사건', 그리고 '라 바르 사건'을 위해 투쟁한 것은 가톨릭을 비판하고 개신교를 옹호하기 위해서가 아니다. 그가 투쟁한 것은 '불관용' 그 자체다. 그는 개신교의 불관용도 동일하게 비판했으며, 개신교의 불관용에 맞서 싸운 세바스티앵 카스텔리옹(Sébastien Castellion, 1515~1563)을 옹호했다. 카스텔리옹은 스페인의 의학자이자 신학자인 세르베투스(Miguel Servet)가 제네바에서 개신교인에 의해 화형을 당하자, 자신의 책 『이단론(*Traité des hérétiques*)』에서 사람을 이단으로 정죄하고 화형에 처하는 것의 부당함을 호소했다. '이단'의 가르침에 동의하지 않는다고 해서 이단을 처형해서는 안 된다는 주장을 담은 카스텔리옹의 이 책은 "근대 초 유럽에서 종교적 관용을 주장한 최초의 중요한 글"로 평가받는다.[70]

68 Ibid., pp. 46-47.

69 Ibid., p. 38.

70 Benjamin J. Kaplan, 『유럽은 어떻게 관용사회가 되었나. 근대 유럽의 종교 갈등과 관용 실천』, 푸른역사, 2015, p. 43.

세르베투스는 1530년에 출간한 책 『삼위일체의 오류에 대하여(*De Trinitatis Erroribus*)』에서 삼위일체를 부정했다. 칼뱅이 『기독교 강요(*Institutio Christianae Religionis*)』를 발표하자, 세르베투스는 1553년에 이에 대한 반론서인 『기독교 재건(*Restitutio Christianismi*)』을 출간했다. 가톨릭교회와 개혁교회를 모두 반대한 그는 이 책에서 가톨릭과 개신교의 공통 교리인 '삼위일체론'과 개신교 교리인 '믿음에 의한 구원'을 공격했다.

볼테르는 『각 민족의 풍속과 정신에 관한 논고』 제134장 "칼뱅과 세르베투스에 관해(De Calvin et de Servet)"에서 세르베투스 사건을 비교적 소상하게 소개한다. '이단자'로 비판받은 세르베투스는 프랑스 비엔(Vienne)의 감옥에서 탈출하여 "불행하게도 제네바를 통과한다".[71] 칼뱅이 막강한 영향력을 행사하던 제네바에 들어온 세르베투스를 체포한 제네바 시의회는 이 스페인 신학자에게 '화형(火刑)'을 집행했다.[72]

카스텔리옹은 세르베투스 화형 사건을 강력히 비판했다. "이

71 Voltaire, *Essai sur les mœurs et l'esprit des nations vol. II*, Charleston: Nabu Press, 2011, p. 669.

72 칼뱅 옹호 진영에서는 이때 칼뱅이 의회 쪽에 감형을 요청하면서 적어도 고통 없이 죽을 수 있는 참수형으로 바꿔달라고 요구했으나, 시의원들은 이 제안을 거절했다고 주장한다. Jean Cadier, *Calvin, Sa vie, son œuvre*, Paris: PUF, 1967, p. 27. 반면에 칼뱅 반대 진영에서는 칼뱅의 그러한 노력이 의회 기록에 언급되어 있지 않다고 주장한다. Stefan Zweig, 『다른 의견을 가질 권리』, 바오, 2010, p. 168. 결국 세르베투스는 칼뱅 생전에 제네바에서 종교적인 이유로 사형을 당한 유일한 사람이 되었다. 카스텔리옹은 이단을 화형시키는 것이 그리스도의 가르침과 다르고, 신앙 문제로 처형을 언도하는 것은 자비를 실천해야 할 그리스도인의 자세가 아니며, 죄인이라고 해도 항상 자비의 마음으로 대해야 한다고 주장한다. '칼뱅과 세르베투스 사건'에 대해서는 다음의 문헌을 참조할 것. Voltaire, *Essai sur les mœurs et l'esprit des nations vol. II*, Charleston: Nabu Press, 2011, pp. 668-674.

단자가 무엇인가 하는 문제를 생각해보면, 나는 우리의 의견과 일치하지 않는 생각을 가진 모든 사람을 우리가 이단자라 부른다는 사실을 발견하게 된다"라고 말하는 카스텔리옹은 이단이 절대적이 아닌 상대적인 개념임을 주장한다.[73] 그는 자신의 종교만 옳다고 여기는 광신적인 우월감을 비판한다. 그는 신학적 견해가 다르다는 이유로 '이단자'를 "물에 빠뜨려 죽이고, 창자가 튀어나오도록 꼬챙이로 쑤시고, 소금으로 문지르고, 칼로 찢고, 불에 그을려 죽이고, 죽음에 이르기까지 가능한 한 천천히 온갖 방법으로 고통"을 주며, "가죽을 벗기고 절단 내는 살상을 저지르는" 사람들은 진정한 그리스도의 종이 아니며, 그리스도가 그러한 잔인한 일을 명령한다고 주장하는 것이야말로 신성모독이라고 역설한다.[74]

카스텔리옹은 사람들이 자기 자신의 생각에 대해 너무나도 뚜렷한 확신을 가지면 오만하게 다른 사람을 멸시하게 되고, 이러한 오만에서 결국 잔인함과 박해가 나온다고 지적한다. '칼뱅의 도성(Cité de Calvin)'인 제네바에서 쫓겨나 '영원한 막일꾼'으로 살았던 카스텔리옹은 오직 '관용'만이 이러한 야만성에서 인류를 구원할 수 있다고 보았다.[75]

카스텔리옹에게 가한 칼뱅의 박해를 신랄하게 비판한 볼테르는 세르베투스 처형이 개신교에서 일어난 최초의 '종교적 살인'이며, "개신교 본래의 이념을 분명하게 부정한 사건"이라고 규정했다.[76] 칼뱅은 자신의 최초 저서인 『세네카의 관용론 주석』(1532)

73 Stefan Zweig, 『다른 의견을 가질 권리』, 바오, 2010, p. 119.

74 Ibid., pp. 203-204.

75 Ibid., pp. 119-120.

76 Ibid., p. 178.

에서 당시의 프랑스 국왕 프랑수아 1세에게 종교개혁 정신을 가진 이들에게 관용을 베풀 것을 권면했다.[77] 이어서 칼뱅은 자신의 대표작이자 개신교 역사상 가장 중요한 고전인 『기독교 강요』에서 "프랑스 왕 프랑수와 1세에게 드리는 헌사"를 통해 자신이 속한 교회가 "잔인한 학살로 인해 초토화되거나 추방당하고 있음"을 알리고, 왕이 가톨릭교회의 "근거 없는 비방에 동요"되지 말 것을 요청한다. 그리고 그는 『기독교 강요』의 초판에서 "이단자를 죽이는 것은 범죄행위다. 쇠와 불로 그들을 파멸시키는 것은 인문주의의 모든 원칙을 부인하는 행동이다"라고 말한다. 하지만 자신이 권력을 갖게 되자 『기독교 강요』의 재판에서 이 부분을 삭제했고, 자신의 신학을 반대한 자들에게는 이전에 요청했던 관용의 정신을 발휘하지 않았다.[78] 볼테르는 "칼뱅이 자신이 필요할 때는 프랑스 국왕에게 관용을 요청하고서 제네바에서는 불관용으로 무장했다"고 비판한다.[79]

볼테르는 종교가 다르다고 해서 서로가 서로를 박해하는 법률은 어리석고 잔인한 것이라고 비판한다. 볼테르에 의하면, 자신의 견해에 동의하지 않는다고 이웃을 미워할 것을 가르치고 나아가 집단적인 학살에 이르게 하는 것은 진정한 신앙이 아닌 '광신'의 소산이다. 그리고 그는 자신과 다른 신앙을 지녔다고 타인을 박해하는 것은 그리스도의 정신에 어긋난 것임을 지적한다. 박해자들에 의해 죽은 예수는 생전에 오직 온유와 인내만을 가르쳤기

77 이양호, 「칼빈의 「세네카의 관용론 주석」 연구」, 『신학논단』 제19집, 1991, p. 120.

78 Stefan Zweig, 『다른 의견을 가질 권리』, 바오, 2010, p. 224.

79 Voltaire, *Essai sur les mœurs et l'esprit des nations Tome. II*, Charleston: Nabu Press, 2011, p. 670.

에 다른 믿음을 지닌 자를 박해함으로써 기독교를 수호하고자 하는 것은 옳지 않다고 주장한다.[80]

이러한 광신에 대한 처방은 무엇인가? 볼테르가 제시하는 치료제는 바로 '이성(raison)'이다. "광신도들의 수를 감소시킬 묘안이 있다면 그것은 광신이라는 정신의 질병에 이성의 빛을 쬐는 방법일 것이다. 이성이라는 요법은 인간을 계몽하는 데 효과는 느리지만 결코 실패하지 않는 처방이다. 이성은 온화하고 인정미가 있다. 이성은 미덕을 확고히 하며, 기꺼운 마음으로 법에 복종하도록 함으로써 더 이상 강제력으로 법을 유지할 필요가 없게 한다."[81]

볼테르는 자신의 종교만이 옳다고 주장하며 타종교를 배척하는 태도를 비판한다. 그는 종교가 '계시'에 토대를 둘 때, 그리고 각 종교가 자신이 받은 '계시'만을 인정할 때 타종교에 대해 배타적일 수밖에 없다고 보았다. 이 배타성이야말로 종교전쟁을 비롯한 종교적 불관용의 씨앗이다. 그는 종교의 토대를 계시가 아닌 이성이어야 한다고 판단했고, 바로 이러한 이유로 그는 이신론을 옹호한 것이다. 볼테르는 각 종교가 이성에 토대를 둔다면 불필요한 분쟁을 넘어 합의에 이를 수 있음을 주장한다.

철학 콩트에 나타난 관용

볼테르는 시, 희곡, 소설, 역사서, 철학서 등 매우 다양한 종류의 글쓰기를 시도한 작가다. 이 가운데서 오늘날까지 독자의 사랑

80 Voltaire, *Traité sur la tolérance*, Paris: Flammarion, 1993, p. 118.

81 Ibid., p. 61.

을 가장 많이 받는 작품들은 '철학 콩트(conte philosophique)'로 분류되는 작품들이다. 그는 총 26편의 '철학 콩트'를 창작했는데, 이는 대개 중세의 파블리오(fabliaux) 전통을 계승한 작품들이다. 파블리오란 익살과 풍자로써 인생을 희화(戱畵)하는 문학 형식이다. 철학 콩트는 철학적 내용을 농담과 해학, 상상력과 소설적 허구를 동시에 혼합함으로써 작가의 철학적 사유를 대중에게 쉽고도 재미있게 전달하기 위해 볼테르가 창안한 문학 형식이다.

볼테르는 철학 콩트 가운데 하나인 「자디그(Zadig)」에서 이집트인, 인도인, 그리스인, 켈트인, 중국인 등 각기 다른 나라에서 온 사람들이 자신의 종교만이 옳다고 주장하면서 다른 종교를 배척하는 독선에 대해 비판한다. 종교를 둘러싸고 여러 나라에서 온 사람들 사이에 입씨름이 심각하게 진행된 상황에서 그동안 침묵을 지키고 있던 주인공 자디그는 흥분한 사람들을 진정시킨 후 그들에게 서로 다툴 필요가 없다고 말한다. 그는 그들이 숭배하는 대상은 각각 다를지라도 그들 모두가 최초의 근원, 지고의 존재를 인정한다는 데 대해 모두의 동의를 이끌어낸 후 그들의 견해가 결국은 서로 일치함을 주장한다.

> "친구들이여, 여러분은 공연히 다투실 뻔했습니다. 왜냐하면 여러분의 견해가 결국은 같기 때문입니다."
>
> 그 말에 모두 감탄하며 환호했다. 그가 다시 켈트인에게 물었다.
>
> "당신이 숭배하는 것은 사실 이 겨우살이가 아니라, 겨우살이와 떡갈나무를 만드신 분이 아닙니까?"
>
> "물론 그렇소!" 켈트인이 대답했다.

"그리고 이집트 양반, 당신 또한 특정 황소를 통해 당신들에게 소들을 준 그분에게 경배하는 것 아닙니까?

"그렇소." 이집트인이 대답했다.

"물고기 오하네스 또한, 바다와 온갖 물고기들을 만든 이에게 복종해야 하지 않겠습니까?" 자디그가 질문을 계속했다.

"동감이오!" 갈데아인의 대답이었다.

자디그가 다시 덧붙여 말했다.

"인도에서 오신 분과 카타이(중국)에서 오신 분 역시 당신들처럼 최초의 근원을 인정하십니다. 물론 저는 그리스 양반이 말씀하신 그 경탄할 만한 내용들을 정확히 이해하지는 못했습니다만, 그분 역시 형상과 질료를 주관하는 지고의 존재를 인정하시리라 확신합니다."

사람들의 찬탄을 받던 그리스인은 자디그가 자기의 생각을 정확히 이해했다고 말했다. 자디그가 그 말을 받아 다시 한마디 했다.

"결국 여러분의 견해는 모두 일치하며, 따라서 다투실 필요가 전혀 없습니다."[82]

볼테르는 「바빌론 공주(La Princesse de Babylone)」라는 제목의 철학 콩트에서 모든 민족을 형제로 생각할 것을 강조하고, 관용 정신을 세계 모든 국민과의 연대의식과 연결시킨다. 로보텀에 의하면, 영국 이신론자들이 다소간 '현실에서 유리된(in vacuo)' 신

82 Voltaire, *Romans et contes*, Paris: Gallimard, 1979, p. 90.

학적 교의에 대한 논쟁에 치중했다면 프랑스 이신론자들은 세계시민주의(cosmopolitanism)에 관심을 가졌다.[83] 볼테르 역시 지고의 존재인 신을 믿는 단순한 신앙과 그에 토대를 둔 도덕의 실천이라는 공통분모 위에 세계의 모든 국민이 유대할 수 있음을 강조한다.

> "이 광대한 나라는 모든 자오선이 지나가니까 다양한 자오선에 사는 온갖 민족과 조화롭게 살아야 한다고 생각하신 겁니다. 여제(女帝)가 만드신 법률 가운데 가장 중요한 것은 모든 종교에 대한 관용과 모든 잘못에 대한 측은지심이었습니다. 종교는 다를지언정 도덕은 어느 종교나 같다는 사실을 여제가 깨달으신 거지요. 그 이치에 따라 그분은 자국민을 세계 모든 국민과 유대하게 하셨습니다. 그래서 키메르인은 이윽고 스칸디나비아인이나 중국인을 자기의 형제라고 생각하게 되었지요. 여제는 그 이상의 것도 하셨습니다. 인간의 가장 중요한 유대감인 이 귀중한 관용 정신이 이웃 나라들에도 뿌리내리기를 바라셨던 거지요." [84]

83 Arnold H. Rowbotham, "The Impact of Confucianism in Seventeenth Century Europe," *Far East. Q.* 1945 iv, p. 238.

84 Voltaire, *Romans et contes*, Paris: Gallimard, 1979, pp. 384-385. 볼테르는 『관용론』에서 그리스도인이 서로에게 관용을 베풀어야 할 뿐 아니라, 여기서 한 걸음 더 나아가 모든 사람을 형제로 여겨야 한다고 주장한다. 또한 유럽인은 투르크인, 중국인, 유대인, 시암인 등 모든 민족을 한 아버지의 자식이며 동일한 신의 피조물로 대해야 함을 역설한다. Voltaire, *Traité sur la tolérance*, Paris: Flammarion, 1993, p. 195.

볼테르는 철학 콩트를 통해 유럽 선교사 상호 간의 분란도 비판하고 있다. 이 가운데 「스카르멘타도의 여행기」라는 철학 콩트는 1600년에 유럽에서 태어나 로마에서 공부한 뒤 프랑스, 영국, 네덜란드, 스페인 등 유럽 일주 여행을 하고 이어서 터키, 페르시아, 중국, 인도, 아프리카를 여행한 주인공 스카르멘타도를 통해 종교적 불관용의 정신 속에서 하찮은 주제로 상호 분쟁하며 상대방에 대한 광기어린 박해를 일삼는 행위의 어리석음에 대해 다룬 작품이다. 이 소설에서 주인공은 선교지인 중국에서 진행되는 선교사 상호 간의 분쟁에 다음과 같이 조롱한다.

> 나는 통역인을 대동하고 중국에까지 가보았다. [……] 중국에 도착해보니 [……] 한편에는 존귀한 예수회 사제들이, 또 다른 한편에는 도미니크파 사제들이 아무도 모르는 사이에 하느님을 위해 영혼들을 거두어들이고 있었다. 그들처럼 열성적으로 개종사업에 뛰어든 사람은 아마 없었을 것이다. 그들은 기회가 있을 때마다 서로를 박해했고, 여러 권에 달하는 비난의 글을 로마로 보냈다. 또한 한 영혼이라도 더 쟁취하기 위해 상대 사제들을 불신자 혹은 독직자(瀆職者)라고 서로 헐뜯었다. 특히 경의를 표하는 방법을 놓고 그들 사이에 끔찍한 다툼이 벌어졌다. 예수회 사제들은 중국인이 부모에게 예를 표할 때 중국의 방식을 따라야 한다고 했다. 그러나 도미니크파 사제들은 중국인도 로마의 방식을 따라야 한다고 주장했다.[85]

85 Voltaire, *Romans et contes*, Paris: Gallimard, 1979, p. 140.

관용과 중국

볼테르가 중국 종교 사상에 특별한 관심을 기울인 것은 당대 유럽 기독교의 '미신', '광신' 그리고 '종교적 불관용'을 극복하고자 했기 때문이다. 그는 유교가 미신적인 요소나 광신적인 요소가 없는 합리적인 종교이며, 종교전쟁을 일으키지 않는 관용적인 종교라고 판단하여 유교에 대해 매우 우호적이다. 당대의 유럽이 가톨릭과 개신교로 나뉘어 싸우면서 서로가 상대방이 미신적이라고 주장하는 데 대해 볼테르는 강력히 비판한다. 그러면서 그는 미신이나 광신이 없는 종교를 중국에서 발견할 수 있다고 지적한다.

『철학사전』의 "미신"이라는 항목에서 볼테르는 이렇게 말한다. "미신적인 편견으로부터 자유로운 국민이 존재할 수 있을까? 다시 말해, 철학자들의 통치를 받는 국민이 존재할 수 있을까? 중국의 관리들에게는 미신적인 요소가 없다고 한다."[86] 볼테르에게 철학자(philosophe)는 지혜(sagesse), 즉 진리(vérité)를 사랑하는 자로서 선지자로 자처하지 않으며 자신이 신들로부터 영감을 받았다고 말하지 않는 자다.[87] 그리고 그는 『철학사전』의 "광신(fanatisme)"이라는 항목에서 "광신으로 오염되지 않았던 종교는 세상에서 단 하나로서, 그것은 중국 문인들의 종교"[88]라고 말하며 유교를 극찬한다.

볼테르는 유럽의 종교적 전통을 중국 사상을 통해 비판적으로 성찰한다. 초월적 계시로 특징지어지는 기독교 사상에 대해 그

86 Voltaire, *Dictionnaire philosophique*, Paris: Garnier Frères, 1961, p. 398.

87 Ibid., p. 342.

88 Ibid., p. 198.

는 '자연종교', 즉 계시 없는 종교인 유교에 대해 관심을 가졌다. 볼테르는 유교도가 이신론자이며, 최고의 신성에 관한 그들의 신념은 신앙에 토대를 둔 것이 아니라 이성의 자연권에 토대를 둔 것이라고 주장했다. 또한 당대 서구의 종교와 관련한 중요 이슈였던 종교적 관용 문제에서 중국이야말로 종교적 관용이 살아있는 모델이라 보았다.

『관용론』에서 볼테르는 다음과 같이 말한다. "중국의 통치자들은 우리가 알고 있는 대로 4천 년보다도 더 오랜 세월 동안 유일신(唯一神)에 대한 단순한 경배를 근간으로 하는 단 하나의 종교만을 채택해왔다. 그렇지만 중국의 통치자들은 한편으로 백성이 부처를 믿는 것도, 수많은 불교 승려들도 용인했다. 승려들이란 법적 장치를 통해 줄곧 억제하지 않으면 자칫 위험한 존재가 되는 집단이었음에도 그러하다."[89] 볼테르는 중국에서는 주류 종교인 유교와 함께 도교나 불교가 공존해왔을 뿐 아니라, 명나라와 청나라의 황제가 기독교 선교를 허용한 사실을 통해 유교가 기독교보다 관용적이라 판단했다.

만일 중국이 진정으로 타종교에 관용적이라면 중국의 가톨릭 신부 추방은 어떻게 설명할 것인가? 옹정제는 1724년에 베이징이 필요로 하는 선교사를 제외하고는 모두 마카오로 보냈고 교회 건물도 몰수했다. 그다음 황제인 건륭제 역시 1736년에 기독교 신앙 철폐 칙령을 발표하는 등 가톨릭 선교활동을 축소시키고 박해를 계속했다. 볼테르는 이들 중국 황제가 기독교를 박해한 것이 그 박해에 앞서 교황청이 중국 종교가 무신론이며 우상숭배라고 간

89 Voltaire, *Traité sur la tolérance*, Paris: Flammarion, 1993, pp. 31-32.

주하고서 중국의 전통 전례를 허용할 수 없다고 결정한 사건과 관련되어 있음을 잘 알고 있었다.

볼테르는 서양 선교사들의 중국 종교에 대한 불관용을 비판하고, 그들을 추방시킨 중국 황제가 오히려 더 관용적이었다고 주장한다. 비록 옹정제가 외국 선교사들을 추방하긴 했지만 그들이 편안히 귀국할 수 있도록, 그리고 도중에 성난 백성에게 봉변을 당하지 않도록 자상한 배려를 아끼지 않았기에 중국 황제가 선교사들을 추방하면서 보여준 태도는 관용과 인류애의 본보기가 되었다고 주장한다.

볼테르는 철학 콩트 「바빌론 공주」에서 "세상에서 가장 예의 바르고 가장 지혜로운 군주"인 중국 황제는 서양에서 온 신부들을 추방하면서 다음과 같이 말한다. "당신들은 세상에서 가장 관용적인 나라에 불관용적인 교리를 설교하러 왔소. 나는 당신들이 벌을 받지 않도록 하려고 당신들을 돌려보내는 것이오. 당신들은 명예롭게 우리나라 국경으로 인도될 것이오. 우리는 당신들이 떠나온 반구(半球)의 그 경계점들로 돌아가도록 모든 편의를 제공할 것이오."[90]

『관용론』 제19장인 "중국에서 벌어졌던 논쟁에 대한 보고(Relation d'une dispute de controverse à la Chine)"라는 제목의 해학적인 글에서도 볼테르는 선교사들 간의 다툼을 익살스럽게 비판한다. 강희제 치세에 중국에서 덴마크 상사(商社)의 부속신부, 바타비아(자카르타)에서 온 신부, 그리고 예수회 신부가 서로 험한 욕설을 주고받으며 요란스럽게 싸우자 중국 판관(判官)이 화해에 나

90 Ibid., p. 167.

서며 다음과 같이 말한다. "중국인이 당신들의 가르침을 용인하기 원하신다면 먼저 당신들 자신이 상대방의 의견을 용인하고 상대방으로 하여금 당신을 용인할 수 있도록 하시오." 그러나 이 판관의 충고는 아무런 소용이 없었다. 중국 관리의 화해로 싸움판에서 막 벗어나오던 예수회 선교사는 길에서 도미니크파 선교사를 만나 서로 머리를 쥐어뜯으며 싸웠다. 중국 판관이 이 얘기를 듣고서 두 사람 모두 감옥에 넣어버렸다. 판관의 부하가 물었다. "나리께서는 이 두 사람을 얼마 동안 가둬두실 생각이십니까?" "그들이 서로의 견해에 동의할 때까지 감금할 계획이다"라고 판관이 대답했다. "아! 그렇다면 그들은 평생 동안 감옥에서 지내야 되겠군요" 하고 부하가 말했다. "그렇다면 두 사람이 서로 용서할 때까지로 바꿔야겠구나." 그러자 부하가 말했다. "그들은 결코 서로 용서하지 않을 겁니다. 제가 그들을 잘 알거든요." "그렇다면 그들이 서로 용서하는 시늉을 낼 때까지로 정하자."[91]

볼테르는 중국에서 서양 선교사를 추방한 진정한 원인이 선교사들과 선교회들 상호 간의 분란 때문임을 여러 글을 통해 밝히고 있다. 볼테르의 「중국에서의 예수회 선교사 추방에 관한 진술」에서 중국의 옹정제는 리골레 수사(Frère Rigolet)에게 다음과 같이 말한다. "나는 관용적이오. 그런데도 당신들을 모두 추방하는 것은 당신들이 비관용적이기 때문이오. 내가 당신들을 추방하는 것은 당신들이 서로 나뉘어 서로를 미워하고, 당신들이 당신들을 삼킨 독으로 내 백성을 물들게 하려 하기 때문이오."[92]

---

91 Ibid., pp. 152-153.

92 Voltaire, *Dialogues et anecdotes philosophiques*, Paris: Garnier Frères, 1966, pp. 232-233.

볼테르는 유럽보다 중국에 더 많은 종교적 자유와 관용이 존재함을 주장한다. 루이 14세가 개신교 신자들에게 어느 정도 신앙의 자유를 보장했던 '낭트 칙령'을 철회(1685년)하던 시기에 강희제는 중국에서 기독교 관용 칙령을 반포(1692년)했다. 이 칙령 반포에 대해 프랑스의 중국학 연구가인 르네 에티앙블(René Etiemble)이 행한 평가 역시 볼테르 관점의 연상선상에 있다. 에티앙블은 기독교 관용 칙령 반포를 강희제가 유럽에 관용의 교훈을 보여준 사건으로 평가하고 있다.[93]

프로이센의 할레(Halle) 대학 교수였던 크리스티안 볼프(Christian Wolff)는 1721년에 행한 할레 대학 부총장 이임식 강연에서 중국 철학과 공자를 찬양하는 "중국의 실천철학에 대한 강연"을 한 것으로 국왕의 노여움을 사서 프로이센에서 추방되었다. 볼프는 이 강연에서 고대 중국인은 종교적 진리를 알지 못한 채 오로지 자연의 힘만으로 덕의 실천을 독려했음을 주장했다.[94] 그리고 그는 고대 중국의 지혜 원리가 자신의 철학 원리 및 원칙과 일치하며, 이 원칙을 자신을 인도하는 별로 삼았다고 고백했다.[95] 국왕은 만일 볼프가 48시간 내에 프로이센을 떠나지 않으면 교수형에 처하겠다고 위협했다. 이러한 실례에서 보듯 당시 유럽에는 종교적 관용 정신이 결여되어 있었다. 특히 프랑스에는 1572년의 '성 바르텔레미 축일의 학살(Massacre de la Saint-Barthélemy)' 이후로 숱한 종교박해와 크고 작은 학살들이 계속 이어지고 있었다. 볼

93 René Etiemble, *Connaissons-nous la Chine?*, Paris: Gallimard, 1664, p. 50.

94 Christian Wolff, 『중국의 실천철학에 대한 강연』, 서울대학교출판문화원, 2017, p. 35.

95 Ibid., p. 61.

테르는 종교적 불관용이 여전한 유럽(특히 프랑스)에 비해 중국은 타종교에 대한 관용이 지속되어왔다고 주장한다.

그리고 볼테르는 유럽인에 의한 중국선교에 대해 역지사지(易地思之)할 것을 요구한다. 젊은 시절 유럽을 여행했다가 중국에 돌아가 관리가 된 중국인이 옛 친구인 예수회 신부를 북경에서 만나 대화를 나누는 형식의 글인 「중국인과의 회담(Entretiens chinois)」에서 볼테르는 그 관리의 입을 통해 다음과 같은 옹정제의 말을 인용하고 있다. "내가 만일 일단의 승려들과 라마승들을 당신들 나라들에 보내어 그들의 신앙을 선교하게 한다면 당신들은 뭐라고 하겠소? 당신들은 그들을 어떻게 받아들이겠소?"[96] 유럽인이 중국에서 파견된 불교 '선교사들'을 어떻게 대할지에 대해 볼테르는 암시만 할 뿐이다. 당연히 그들은 종교재판에 회부되어 죽음을 면치 못했을 것이다.

96 Voltaire, *Dialogues et anecdotes philosophiques*, Paris: Garnier Frères, 1966, p. 241.

3. 볼테르와 중국 정치

당대 정치 현실에 대한 볼테르의 비판

볼테르 사상의 출발점은 앙시앵 레짐 내에서 진행되는 사회적 부정의와 부조리에 대한 확인이다. 볼테르는 정치 세력과 종교 지도자의 결탁 속에서 사상과 종교의 자유가 억압당하고 절대왕정 하에서 신음하던 대혁명 직전의 프랑스 사회를 비판했다. 그 과정에서 볼테르는 바스티유에 두 차례 투옥되었고, 영국으로 추방되었다. 영국 망명생활을 접고 귀국한 후에도 오랜 세월을 유럽 대륙의 망명지들에서 보내야 했던 볼테르는 수많은 글을 통해 전제정치와 종교적 불관용을 비판하고 새로운 사회를 수립하기 위한 사상적인 노력을 기울였다.

당대의 검열제도 하에서 그의 책들은 종종 금서로 지정되었다. 1785년 이후로 압수된 '바스티유 금서' 가운데 가장 많은 작품을 차지하는 작가가 바로 볼테르다. 총 352편의 '바스티유 금서' 가운데 20편이 그의 작품이었다. 그리고 18세기를 통해 프랑스 경찰이 압수한 도서 목록은 모두 1,030여 권을 망라하는데, 그 가운데 볼테르 책이 51권으로서 작가들 중에서 그의 책이 단연 가장 많이 압수되었다.[97]

97 주명철, 『서양 금서의 문화사. 프랑스 계몽주의 시대를 중심으로』, 길, 2006, p. 376. 압수 목록 가운데 볼테르가 51편, 돌바크가 23편, 루소가 15편, 디드로가 5편을 차

프랑스 대혁명으로 인해 왕위에서 물러나고 후일 단두대에서 희생된 루이 16세가 왕좌에서 쫓겨난 후 "나를 몰아낸 것은 바로 이 두 놈이다"라고 말했다고 전해지는데, 그 '두 놈'이란 바로 볼테르와 루소다. "그것은 볼테르의 잘못이라네, 그것은 루소의 잘못이라네(C'est la faute à Voltaire, c'est la faute à Rousseau)"라는 프랑스 관용구는 볼테르와 루소 같은 계몽사상가들의 저작이 프랑스 대혁명과 직접 연결되어 있다는 관념을 담고 있다.[98]

볼테르와 루소는 양자 모두 프랑스 대혁명 전에 세상을 떠났지만, 볼테르 자신은 '사상이 통제되지 않았기에 정치체제가 붕괴했다'는 견해를 비판한 바 있다. 한 국가의 멸망과 사상 통제의 관련성에 대해 그는 다음과 같이 말한다. "로마는 결코 책 때문에 망한 것이 아니다. 로마인은 약탈을 하면서도 너그러운 체했기에 유럽의 반란을 자초하여 멸망했다. 또한 그들은 인간을 모독하고 가축처럼 길들이고자 했으며, 권력을 남용하여 마침내 모든 도시가 떨어져나가면서 결국 조그만 로마 시만 남게 되었기 때문에 멸망

지하고 있다. Robert Darnton, 『책과 혁명』, 알마, 2014, pp. 126-127: "볼테르의 작품은 파리 세관과 경찰에 가장 많이 몰수당한 서적 가운데서도 역시 우뚝 서 있다. 모든 증거 서류에서 그의 작품이 왕국에 홍수처럼 넘쳐나고 있다는 사실을 엿볼 수 있다."

98 Robert Darnton, op. cit., p. 557. 위고(Victor Hugo)의 작품 『레미제라블(*Les Misérables*)』에서 가브로슈(Gavroche)가 부르는 다음 노래는 이러한 표현을 담고 있다.

«Je suis tombé par terre,
C'est la faute à Voltaire,
Le nez dans le ruisseau,
C'est la faute à Rousseau.»

했다."[99]

볼테르는 한 국가가 멸망하는 것은 권력을 남용하여 전제 정치를 행사함으로써 국민의 저항을 받았기 때문이지 권력남용을 비판한 것이 멸망의 근본적인 원인일 수 없다고 주장한다. 물론 이러한 논지로써 볼테르는 표현의 자유를 옹호하고자 했으며, 정치권력이 사상과 표현의 자유를 억누르기보다 부조리한 현실을 개혁하는 것이 더 중요함을 역설했다.

18세기 프랑스 사상가들은 앙시앵 레짐 하에서 진행되는 사회적 부조리를 목도하고 절대왕정에서 대혁명으로 진행되는 정치적 과도기를 보낸 만큼 정치제도와 정치사상에 관심이 많았다. 18세기 프랑스에서 정치체제에 대해 체계적으로 논의한 대표적인 사상가는 몽테스키외와 루소다. 몽테스키외는 입법권, 행정권, 사법권의 삼권 분립을 최초로 주장했고, 루소는 국민 주권과 공화정을 역설했다. 몽테스키외가 『법의 정신』을 통해, 루소가 『사회계약론』을 통해 정치체제를 체계적으로 논의한 데 반해, 볼테르는 통치체제에 대해 체계적인 논의를 진행하지는 않았다. 그리고 통치체제에 관한 그의 입장은 불확실하고 유동적이다. 하지만 분명한 점은 볼테르가 전제정을 결연하게 비판한 사실이다. 그리고 그는 전제정으로 쉽게 이어질 수 있는 정치 이념인 '왕권신수설'에 대해 가혹하게 비판했다.

99 Voltaire, *Dictionnaire philosophique*, Paris: Garnier Frères, 1961, p. 278.

왕권신수설에 대한 볼테르의 비판

왕권신수설은 17세기 프랑스의 신학자이자 정치사상가인 보쉬에(Jacques-Bénigne Bossuet)에 의해 확고하게 옹호되었다. 그는 국왕이 지상에 있는 하느님의 형상으로서 모든 법 위에 초월해 있으며, 심지어 진정한 왕은 실제로 하느님이며 왕의 통치는 하느님 자신이 인간에게 권력을 행사하는 것이라고까지 주장했다. 보쉬에는 왕권은 신성하고 절대적이고, 왕은 백성을 비롯하여 지상의 누구로부터도 책임을 지지 않으며, 신하가 왕에 대해 이의를 제기하는 것은 중죄임을 언명했다.[100] 인민은 어떤 방법으로든 최고 권력에 저항할 수 없고 군주의 행동을 통제할 권리가 없다고 주장하면서 보쉬에는 왕권신수설에 입각하여 절대권력론을 확립하고자 했다. "왕위는 인간의 왕위가 아니라 하느님 자신의 왕위다"라는 보쉬에의 말은 그가 주장한 왕권신수설을 잘 대변해준다.[101]

루이 14세의 섭정을 맡았던 재상 마자랭(Jules Mazarin)이 죽은 후 루이 14세가 친정(親政)을 시작했을 때 보쉬에는 『국가는 완전히 그의 것이다(*Tout l'Etat est en Lui*)』라는 제목의 저작에서 "모든 권력은 왕에 속한 것이며, 왕은 신 앞에서만 책임을 진다"라고 말함으로써 루이 14세의 절대권력을 공고히 하는 데 기여했다.[102] 일반적으로 알려진 바와 달리 루이 14세가 "짐이 곧 국가다(L'Etat, c'est moi)"라는 말을 직접 하지는 않았지만, 이 절대군주는 그러한

100 서정복, 『프랑스의 절대왕정시대』, 푸른사상, 2012, pp. 51-57.

101 George H. Sabine, 『정치사상사 2』, 한길사, 2014, p. 809.

102 서정복, 『프랑스의 절대왕정시대』, 푸른사상, 2012, p. 100.

생각을 가지고 왕권신수설에 따라 절대권을 행사했다.[103]

보쉬에와 루이 14세의 이러한 '왕권신수설'은 17세기 유럽에 널리 수용되어 유럽의 많은 왕들이 루이 14세를 모방하여 절대왕정체제를 세운다. 루이 14세의 증손자이자 프랑스 왕위 계승자인 루이 15세가 1770년에 내린 칙령에서 한 다음 발언은 그가 왕권신수설을 여전히 견지함을 잘 드러낸다. "짐은 짐의 왕관을 오로지 신으로부터 받았으며, 법률을 제정할 권리는 짐에게 속할 뿐이고 이 권리는 분할되지도 종속되지도 않는다."[104] 『절대주의 국가의 계보』의 저자인 페리 앤더슨(Perry Anderson)에 의하면 영국의 절대주의는 17세기 중엽에 쓰러졌으나 프랑스의 절대주의는 18세기 말까지 지속되었다.[105]

'왕권신수설'에 비판적인 볼테르에 의하면 왕정제의 기원에 신성한 요소나 공경할 만한 요소란 없다. 그는 「A, B, C 혹은 A, B, C 사이의 대화(L'A, B, C, ou Dialogues entre A, B, C)」라는 제목의 글에서 왕정제의 기원을 다음과 같이 상상하여 제시하고 있다.

볼테르는 각각 100가구 정도의 거주민으로 구성된 두 개의 부족이 두 마을의 한가운데를 흐르는 개천 아래위로 나뉘어 살며 각각 비옥한 토지를 경작하고 있는 두 원시부족 마을을 상정한다. 서로 간에 언어가 다르기에 의사소통 문제 등으로 두 부족은 점차 적대적이 되어갔다. 한쪽이 다른 쪽을 조롱하자, 조롱당한 쪽은 이를 용서하지 않는다. 마침내 두 마을 사이에 분쟁이 생겨나 소녀들과 여성들이 납치되었다. 그러자 두 마을의 젊은이들이 주먹과 막

103 Ibid., p. 103.

104 Paul Hazard, *La Pensée européenne au XVIIIe siècle*, Paris: Fayard, 1963, p. 189.

105 Perry Anderson, 『절대주의 국가의 계보』, 현실문화, 2014, p. 11.

대기와 돌을 들고 서로 여러 차례 싸웠다. 그동안에는 모두가 평등하게 살아왔으나 이 싸움의 와중에 그들 가운데 가장 힘이 세고 약삭빠른 자가 나타나 만일 동네 사람들이 자신을 추종하여 자신이 이르는 말대로 행하면 자신이 그들을 싸움 중인 상대 마을의 지배자들로 만들어주겠다고 말한다. 그는 마을 사람들에게 상대 진영보다 나은 무기를 쥐어주고, 상대 진영이 잠든 밤에 기습 공격하는 작전을 알려준다. 작전에 성공한 이들은 상대 마을 사람들을 죽이거나 부상을 입히고 소녀들과 가축들을 납치한다. 승리에 도취한 부족민들은 이제 노략물을 나누는 과정에서 서로 싸운다. 그러자 그들은 전쟁을 승리로 이끄는 데 영웅적인 기여를 한 우두머리에게 이 문제를 해결해주도록 부탁한다. 이제 그 우두머리는 두 부족이 통일된 나라에서 위대한 사람으로 간주되어 사람들은 그에게 복종하는 데 익숙해지고 점점 더 큰 통수권을 그에게 부여한다. 볼테르는 바로 이것이 왕정제의 기원이라고 상정하면서 '왕권신수설'을 조롱한다.[106]

그리고 볼테르의 이신론적인 관점에서 볼 때, 신은 일단 이 우주를 창조하고 우주 운행의 법칙을 부여한 다음에는 우주의 운행이나 지상의 정치에 관여하지 않기에 신이 특정 인간을 자신의 지상 대리인으로 임명하는 것은 있을 수 없는 일이다.

106 Voltaire, *Dialogues et anecdotes philosophiques*, Paris: Garnier Frères, 1966, pp. 285-286.

통치제도에 대한 계몽사상가들과 볼테르의 견해

볼테르와 동시대인인 몽테스키외는 '정체(政體, gouvernement)' 문제를 체계적으로 고찰했다. 그는 정체를 공화정, 왕정, 전제정으로 나눴다. 그에게 '공화정'이란 국민 전체 혹은 일부가 주권을 갖는 정체이고, '왕정'은 단 한 사람이 통치하지만 제정법에 의거하여 통치하는 정체를 말하며, '전제정'은 통치자가 자신의 의지나 자의(恣意)에 따라 모든 일을 처리하는 정체를 말한다.[107]

몽테스키외는 공화정을 다시 둘로 나누어 이 가운데 국민 전체가 주권을 갖는 경우는 '민주정', 주권이 국민의 일부에게 있는 경우는 '귀족정'이라 명명한다. 그는 공화정을 움직이는 원리는 '덕성(vertu)'이고, 왕정을 움직이는 원리는 '명예(honneur)'이며, 전제정을 움직이는 원리는 '공포(crainte)'라고 주장한다. 전제정은 공포가 모든 사람의 마음을 짓눌러 양심의 작은 조각마저 소멸시키는 것이 필요한 정체다.[108]

몽테스키외는 적합한 정체는 국가의 크기와 밀접한 관련을 맺는다고 보았다. 공화정은 작은 나라의 통치에 적합하고, 왕정은 중간 크기의 나라에 적합하며, 대제국이 존립하기 위해서는 통치

107 Charles-Louis de Secondat Montesquieu, *De l'Esprit des lois. Tome I.* Paris: Garnier Frères, 1961, pp. 11-12.

108 Ibid., p. 31. 공화정의 원리인 덕성이란 정치적인 덕목으로서 법과 조국에 대한 사랑이며 개인의 이익보다 공공의 이익을 우선시할 것을 요구한다. 왕정에서는 최소한의 덕성이 요구될 뿐이며, 오히려 야심과 명예가 이 정체의 원동력이다. 왕의 자의는 법에 의해 억제되고, 피통치자는 명예에 의해 공동선을 추구한다. 전제정에서는 덕성이 전혀 필요하지 않고, 명예는 전제군주의 부조리한 행동에 저항하게 만들기에 오히려 위험하다. 전제군주는 모든 이들의 야심을 억누르기 위해 극도의 공포 정치를 통해 다스려야 한다.

자에게 전제적 권위를 부여해야 한다고 보았다. 공화정에서는 재판관이 법조문에 따라 법을 해석하고, 또한 이것이 공화국의 본성이다. 왕정에서도 (명문화되어 있건, 아니면 법의 정신에 따라 재판하건 간에) 법이 존재하는 반면에, 전제정이 지배하는 나라에서는 법이 따로 없고 왕인 재판관 자신이 그 나라의 규율이라고 몽테스키외는 지적한다.[109]

정치사상가 몽테스키외가 가장 중요하게 생각한 요소는 국민의 자유다. 정체가 온건한 제한 정부적 성격을 지니고 있는지의 여부에 따라 그 자유는 구현 여부가 결정될 수 있다. 몽테스키외에 의하면, 공화정과 왕정은 제한 정부적 성격을 지니는 데 반해 전제정은 그렇지 않다. 따라서 몽테스키외는 제한 정부적 성격을 지니는 공화정과 왕정을 긍정적으로 간주했고, 제한 정부적 성격을 지니지 않는 전제정은 부정적으로 간주했다. 전제정에서는 통치자가 어떠한 법적인 통제도 받지 않고 절대권력을 행사하기에 몽테스키외는 이를 강력히 비판했다.

18세기 정치사상의 특징적인 요소 가운데 하나는 '공화정' 이론의 본격적인 대두다. 공화정을 옹호한 대표적인 학자는 루소다. 절대왕정기인 18세기 초·중반에 주권 재민과 공화정을 주창한 것은 그 자체로 매우 혁명적인 주장이다. 프랑스 대혁명기에 로베스

109 세이빈과 솔슨에 의하면 전제적 정부가 전혀 법률을 지니지 않는다는 생각은 허구다. 이들 정치학자들에 의하면 정체를 공화정, 왕정, 전제정으로 나누어 논의하는 몽테스키외의 이론은 경험적 고찰의 결과가 아닌 자신의 선입관에 의해 결정된 것이다. 다시 말해 몽테스키외의 공화정은 그가 이상화한 로마 공화국의 정체이고, 그의 전제정은 점점 강화되는 루이 14세의 절대왕정에 대한 두려움의 반영이며, 그의 왕정은 자신의 소망의 표출이다. 이에 대해서는 다음 문헌을 참조할 것. Georges H. Sabine & Thomas L. Thorson, 『정치사상사 2』, 한길사, 2014.

피에르(Maximilien-François-Marie-Isadore de Robespierre) 같은 혁명 지도자들이 18세기 사상가들 가운데 그 누구보다 루소에게 열광한 것은 바로 루소가 주권재민을 강조했기 때문이다.[110]

루소에 의하면 참된 정치적 질서를 구현할 수 있는 것은 '공화국'이다. 그런데 18세기에 공화국이라는 용어는 학자들마다 조금씩 다른 의미로 사용되었다. 루소는 『사회계약론』에서 공화국에 대해 다음과 같이 정의한다. "나는 행정 형태가 어떻든 법에 따라 통치되는 모든 국가를 공화국이라 지칭한다. 왜냐하면 이런 국가에서만 공공의 이익이 지배하고 공공적인 것(chose publique)이 중요한 문제가 되기 때문이다. 합법적인 모든 정부는 공화정이다."[111] 여기서 루소는 민주정뿐 아니라 법에 의해 지배되는 모든 정부를 공화정으로 분류한다. 루소의 관점에서는 합법적인 정부, 다시 말해 법 혹은 일반의지(volonté générale)에 의해 지배되는 정부는 귀족정이나 심지어는 왕정이라도 공화정으로 분류된다.

공화국과 관련하여 루소가 주목하는 바는 공민이 타인에게 복종하는가 아니면 법에게 복종하는가의 여부다. 그는 인간이 타인을 지배하고, 반대로 인간이 타인에게 복종하는 정체는 불합리하다고 판단한다. 루소에게 공화주의자의 자유란 타인에게 복종하거나 타인을 지배하려는 욕망을 갖지 않은 사람의 자유다. 공화주의자가 복종해야 할 대상은 오로지 법과 일반의지다. 루소에게 공화정은 전제정과 대립되며, 또한 루소가 강력히 비판하는 바도

110 로베스피에르는 중등학교 시절에 루소의 저작에 심취했고, 루소를 통해 '평생 굳게 지킬 이데올로기의 토대'를 갖추게 되었다. Jean Massin, 『로베스피에르, 혁명의 탄생』, 교양인, 2012, pp. 58-60.

111 Jean-Jacques Rousseau, *Du Contrat social*, Paris: Seghers, 1971, p. 138.

전제정이다.

『사회계약론』에서 루소는 정부를 민주정, 귀족정, 왕정으로 분류하여 논의한다. 몽테스키외와 마찬가지로 루소도 한 국가의 적절한 정치체제를 그 나라의 규모와 관련시킨다. 민주정은 국가의 규모가 매우 작아서 인민이 함께 모이기 쉬운 나라에 적합하고, 왕정은 큰 국가에만 적합하며, 귀족정은 너무 작지도 너무 커지도 않은 중간 규모의 나라에 적합하다고 주장한다.[112] 정체와 국가의 규모를 결부시키긴 하지만 루소는 이 세 가지 정체를 관통하는 공화정을 강조한다. 루소는 공화정이 아닌 왕정, 즉 일반의지와 법에 의해 지배되지 않는 왕정은 공화정에 비해 "본질적이고 불가피한 약점"을 지니고 있다고 생각한다.[113] 왕정에서는 유능한 인물보다는 권모술수에 능한 출세지향적인 인물이 고위 공직에 등용될 확률이 공화정에 비해 더 높다고 판단하기 때문이다. 인민이 유능한 정부 지도자를 선택함으로써 왕에 비해 실수가 적음이 분명하다고 판단하는 루소는 "왕의 각료들 가운데 유능한 인사가 드문 것은 공화국 정부의 행정 수반 가운데 바보가 드문 것과 마찬가지다"[114]라고 지적하며 공화정이 우월함을 강조한다.

루소가 『사회계약론』에서 공화정과 함께 매우 강조하는 요소는 인민의 주권이다. 인민 주권은 타인에게 양도될 수 없는 것이다. 루소는 한 걸음 더 나아가 그 주권은 타인에 의해 대표될 수도 없다고 주장한다. 다시 말해 루소는 대의 정치제도를 신뢰하지 않는다. 그가 대의 정치에 부정적인 것은 인민에게 권한을 위임받은

112 Ibid., pp. 167-174.

113 Ibid., p. 174.

114 Ibid.

대표들이 인민의 의지를 온전히 반영하기보다 그들 자신의 의지를 반영하기 마련이라고 보기 때문이다. 인민의 대표들은 인민의 대리인에 불과한 존재일 뿐 인민의 진정한 대표일 수는 없다고 루소는 주장한다.[115]

그는 의원제도를 채택하고 있는 영국 인민의 경우 스스로를 자유롭다고 생각하는 것은 착각이라고 지적하며 다음과 같이 말한다. "영국인은 의회 의원 선거 때만 자유로울 뿐이다. 의회 의원이 선출되자마자 영국인은 노예가 되며 하찮은 존재가 되어버린다."[116] 루소는 인민이 직접 통치하는 정부를 원한다. 그러나 그것은 규모가 큰 국가에서는 불가능하다. 이러한 딜레마 속에서 루소가 제시하는 해법은 큰 국가와 작은 국가의 장점들을 통합시키는 '연방정부 제도(système des Gouvernements fédératifs)'다.[117]

통치 제도에 대한 볼테르의 견해는 무엇인가? 볼테르는 우선 인간의 통치라는 것 자체가 매우 힘든 것임을 강조한다. 인간 세상 그 어디에도 다툼이 없는 곳은 있을 수 없다. 그는 욕심을 버린 사람들의 공동체인 수도원에도 불화가 없는 곳은 전혀 없으며, 심지어는 가정에도 불화가 있음을 지적한다. 하물며 국가는 서로 다른 사상과 종교, 서로 다른 계급을 망라하기에 불화가 없을 수 없다. 볼테르에 의하면, 기하학이나 산술은 정답을 제시할 수 있지만, 서로 다툼을 벌이는 존재인 인간을 대상으로 하는 국가 통치는 그

115 Ibid., p. 197.

116 Ibid., p. 197.

117 Jean-Jacques Rousseau, *Considérations sur le Gouvernement de Pologne, in Sur l'économie politique. Considérations sur le Gouvernement de Pologne, Projet pour la Corse*, Paris: Garnier Frères, 1990, p. 183.

어떤 통치라도 훌륭한 통치가 되기 어렵다.[118] 따라서 그는 완벽한 정부란 존재하지 않는다고 주장한다.

볼테르는 정부체제에 대한 선호는 자신이 속해 있는 계급과 밀접한 관계를 맺는다고 생각한다. 그에 의하면 부자는 귀족 정치를 선호하고, 서민은 민주 정치를 선호하며, 반면에 왕들은 왕정을 원한다.[119] 그런데 볼테르 당대에 대개의 나라에서는 왕정이 이뤄지고 있었다. 왕정은 왕들만 원하는 체제인데도 왜 왕정이 그 당시 전 세계 어디에서나 보편적으로 존재했는가?

볼테르는 『철학사전』에서 이에 대해 두 가지 이유를 제시한다. 첫째 이유를 설명하기 위해 그는 '고양이 목에 방울 달기' 비유를 가져온다. 현실에서 백성이 쥐라면 왕은 고양이다. 쥐들은 고양이의 통치를 원하지 않는다. 쥐들은 고양이의 폭정을 견제하기 위해 고양이 목에 방울을 달고자 한다. 하지만 누가 고양이 목에 방울을 달 것인가? 고양이 목에 방울을 달 수 있는 지혜롭고도 용기 있는 쥐가 현실적으로는 존재하기 어렵기에 고양이의 왕정이 어디에서나 어느 시기에나 유지되는 것이다.

그런데 볼테르는 또 다른 이유를 제시한다. 그리고 그는 이 둘째 이유가 더 본질적인 이유라고 생각한다. 그 이유란 인간이 스스로를 다스릴 만한 자격이 되는 경우가 매우 드물다는 점이다.[120] 현실적으로 어렵긴 하지만 그는 민주정치가 아예 불가능하다고 생각하지는 않았다. 그는 민주정치란 매우 작은 나라인 동시에 지

118 Voltaire, *Dictionnaire philosophique*, Los Gallardos: Patrik Cintas. 2005, p. 1242.

119 Voltaire, *Dictionnaire philosophique*, Paris: Garnier Frères, 1961, p. 336.

120 Ibid.

정학적으로 위치가 좋은 경우에만 적합한 정치체제라고 말한다.[121] 민주정에 대한 볼테르의 생각은 루소와 크게 다르지 않다. 루소 역시 민주정이란 규모가 작고 풍속이 소박한 나라, 인민의 지위와 재산이 평등하면서도 사치가 매우 적거나 전혀 없는 나라에만 적합하다고 생각했기 때문이다.[122] 그러나 루소는 인민이 직접 통치하는 작은 나라의 장점을 유지하는 '연방정부 제도'를 통해 큰 나라에서도 인민이 직접 통치하는 제도를 제정하기를 원했다는 점에서 볼테르와는 다르다.

'공화국'으로 번역되는 프랑스어 'république'의 어원은 라틴어 'res publica'인데, 이는 '공공의 것'을 의미한다. 로마 시대 정치가이자 철학자인 키케로는 『국가론(*De re publica*)』에서 '공화국'에 대해 다음과 같이 말한다. "공화국(res publica)은 인민의 소유물(populi res)이다. 그런데 인민이란 아무렇게나 모인 일군의 사람들을 뜻하는 것이 아니라, 정의와 공동의 이익을 인정하고 동의한 사람들의 모임이다."[123] 몽테스키외나 루소가 공화국에 대해 논할 때 이들은 고대 로마 공화제를 염두에 두고 있었다. 이들은 공화정을 시행하던 로마가 결국은 제정으로, 전제정으로 귀결된 역사를 잘 알고 있었기에 로마 공화제의 위대함과 아울러 그 한계를 인식한 상태에서 공화국에 대한 논의를 전개했다. 그럼에도 불구하고 루소의 정치제도에서 핵심적인 요소는 공화정이다. 타인에게가 아니라 법에만 복종하며, 개개인의 사익이 아닌 공동선을 추구하는

121 Voltaire, *Dictionnaire philosophique*, Los Gallardos: Patrik Cintas. 2005, p. 777.

122 Jean-Jacques Rousseau, *Du Contrat social*, Paris: Seghers, 1971, pp. 168-169.

123 Cicero, *On the Commonwealth*, Indianapolis: Bobbs-Merrill Educational Publishing, 1929, p. 124.

공화정만이 루소에게는 합법적인 정부 형태다.

그렇다면 공화국에 대한 볼테르의 관점과 견해는 무엇인가? 볼테르가 공화정에 대해 긍정적으로 기술하는 부분은 존재한다. 그는 공화정이 '자연적 평등'을 구현할 수 있는 가장 좋은 제도라고 생각하기 때문이다. 이 점에 대해 볼테르는 다음과 같이 말한다. "모든 정체 가운데 가장 쉽게 용인될 수 있는 제도는 아마도 공화정일 것이다. 왜냐하면 공화정이야말로 인간을 자연적 평등에 가장 근접시키기 때문이다. 모든 가장은 자기 집에서만 주인일 뿐 이웃집에서도 주인인 것은 아니다. 한 사회는 여러 집과 그 집에 딸린 여러 토지로 이뤄졌으며, 단 한 사람이 이들 모든 가정과 모든 토지의 주인이 된다면 이는 모순이다. 각각의 주인이 사회의 선(善)을 위해 자신의 목소리를 내는 것이 자연스럽다."[124]

볼테르는 국가가 탄생하던 초창기에는 공화국 형태로 통치되지 않는 나라란 불가능하다고 주장한다.[125] 그에 의하면 이것이 인간 본성의 자연스런 흐름이다. 왜 자연스런 흐름인가? 볼테르가 논의하는 맥락에서 '나라(Etat)'는 소규모의 공동체도 포함된다. 가령 몇몇 가정이 살고 있는 마을에 곰과 늑대가 자주 출현한다면 이들 가정은 맹수들에 대항하기 위해 서로 뭉칠 것이다. 그리고 이때 곡식이 있는 가정은 땔나무밖에 없는 가정에게 물물교환으로 곡식을 제공할 것이다.[126] 볼테르는 자연적 평등에 의거한 이러한 형태의 사회를 공화국의 초기 형태로 간주했다.

볼테르는 실제로 초창기 국가는 전 세계 어디에서나 공화국

124 Voltaire, *Mélanges*, Paris: Gallimard, 1981, p. 505.

125 Voltaire, *Dictionnaire philosophique*, Paris: Garnier Frères, 1961, p. 335.

126 Ibid., pp. 335-336.

이었다고 주장한다. 볼테르의 견지에서 유럽인이 아메리카 대륙을 '발견'했을 때 그 대륙의 원주민은 공화국 속에 살아가고 있었다. 그리고 그는 당시 아메리카 대륙에는 왕국, 즉 왕권에 복속된 나라는 둘밖에 없었다고 말한다.[127] 두 나라란 아마 잉카 제국과 아즈텍 제국을 지칭하는 것으로 보인다. 볼테르에 의하면 유럽도 초창기에는 모든 나라가 공화국이었다. 에트루리아 왕과 로마 왕 이전에는 유럽 전체가 공화국이었다. 한편 아프리카에는 여전히 공화국이 존재한다고 볼테르는 주장한다. 가령 아프리카 중부의 호텐토트족은 아직도 지배자나 신하도 없이, 돈도 없이, 생활필수품이라는 것도 거의 없이 원시 시대와 마찬가지로 자유롭고 평등하게 살아간다는 것이다.[128]

볼테르는 아메리카 원주민이 공화정 속에서 살아가지만, 그들은 야생의 곰처럼 야만적으로 살아갔다고 말한다. 그런데 이때 야만적인 삶과 공화정은 아무런 관계가 없다. 초창기 국가 형성 당시의 야만적인 삶은 인간이 살아가는 자연적 환경과 관련된 것이지 통치제도와는 무관하다. 이 점에 대해 볼테르는 다음과 같이 말한다. "민주주의의 가장 큰 악폐는 독재와 잔혹한 폭정이 아님은 분명하다. 야만적이고 사나운 산악지역 출신 공화주의자도 존재하긴 하지만, 그들을 야만적이고 사납게 만든 것은 공화주의 정신이 아니라 자연이다."[129]

이렇듯 볼테르는 자유롭고 평등한 공화정이 인간 사회의 초창기에는 자연스런 동시에 보편적인 정체라고 생각했다. 인간이

127 Ibid., p. 336.

128 Ibid.

129 Voltaire, *Dictionnaire philosophique*, Los Gallardos: Patrik Cintas. 2005, p. 777.

사는 곳이면 그 어디라도 불화와 반목을 피할 수는 없지만, 공화정 시기에는 '성 바르텔레미 축일 대학살' 같은 종교의 차이로 인한 학살이나 종교재판도 없으며, 물 값을 지불하지 않고 바닷물을 퍼갔다는 구실을 들이대며 중노동형에 처하는 일도 없는 시기였으리라고 볼테르는 상상한다.[130]

볼테르 당대에 유럽에도 공화국이 존재하고 있었다. 볼테르는 당시 유럽에 군주 없는 공화국이 여덟 나라가 남아 있다고 지적한다. 베네치아, 네덜란드, 스위스, 제노아, 루카, 라구사, 제네바, 산마리노가 바로 그러하다. 그리고 왕이 통치하는 공화국도 세 나라가 있는데 폴란드, 스웨덴, 영국으로서, 이 세 나라 가운데 공화국이라는 이름을 지닌 나라는 폴란드뿐이라고 볼테르는 설명한다.[131] 왕이 있는데도 볼테르가 공화국이라고 지칭한 것은 그 역시 루소와 마찬가지로 공화국의 핵심을 오로지 법에 복종하는 정치체제라고 보았기 때문이다.

볼테르가 공화정에 대해 긍정적으로 기술한 부분이 있긴 하지만, 그렇다고 해서 그가 공화정을 전적으로 옹호한 것은 아니다. 공화정이 덕성에 토대를 두고 있다는 몽테스키외의 주장을 염두에 두고서 볼테르는 다음과 같이 냉소적으로 말한다. "공화정은 덕성에 토대를 두지 않는다. 공화정은 각 개인의 야심에, 오만을 누르는 오만에, 타인이 지배하는 것을 참지 못하는 지배욕에 토대를 두고 있다. 바로 여기서부터 충분히 가능한 평등의 법칙이 형성된다. 이는 모두가 배고픈 상태로 함께 살아가는 집단에서 어떤 이들은 배불리 먹으면서 다른 사람들에게는 찌꺼기만 남겨두

130 Voltaire, *Dictionnaire philosophique*, Los Gallardos: Patrik Cintas. 2005, p. 777.

131 Voltaire, *Dictionnaire philosophique*, Paris: Garnier Frères, 1961, p. 336.

며 게걸스럽게 먹는 데 열중하는 사람이 될 때까지 같은 식탁에서 식사를 하는 사회다."[132]

국가 형성 초창기의 공화국이 아닌 문명화된 사회의 공화국에 존재하는 악폐에 대해 볼테르는 다음과 같이 비유적으로 말한다. "문명화된 공화국에 존재하는 실질적인 악폐는 터키 우화에 등장하는 머리가 여럿 달린 용과 꼬리가 여럿 달린 용 이야기에서 살펴볼 수 있다. 머리가 여럿인 용은 그 머리들이 서로를 해침으로써 자멸하고, 꼬리가 여럿인 용은 하나뿐인 머리에게 복종하지만 그 머리가 다른 모든 것을 탐욕스럽게 삼키려 한다.[133] 볼테르가 생각하는 공화국의 폐단은 '머리가 여럿인 용'의 경우일 것이다.

이렇듯 볼테르는 공화정에 대해 긍정적인 평가와 부정적인 평가를 동시에 하고 있다. 볼테르는 공화정이나 민주주의 정부가 프랑스에 어울린다고 생각하지 않았으며, 이러한 정체는 매우 작은 나라에만 어울린다고 생각했다.[134] 게다가 볼테르에게 민중이란 어디까지나 지도받아야 하고 계몽되어야 할 대상이었다. 그는 전체 인민이 스스로 자기의 법률을 제정하도록 하지 않았다. 볼테르의 눈에 비친 인민은 제대로 지도를 받지 않는다면 맹렬하거나 소심하고 비열한 무리에 지나지 않았으며, 그 이상이 될 수 없는 존재다.[135]

볼테르는 왕정, 심지어는 절대왕정을 그 자체로 부정하지는 않는다. 심지어 그는 절대왕정제를 확립한 군주로 인정받는 프랑

132 Voltaire, *Mélanges*, Paris: Gallimard, 1981, p 523.

133 Voltaire, *Dictionnaire philosophique*, Los Gallardos: Patrik Cintas. 2005, p. 778.

134 Ibid.

135 Daniel Mornet, 『프랑스 혁명의 지적 기원』, 민음사, 1993, p. 123.

스의 루이 14세를 "가장 위대하고 전형적인 군주"라고 평가한다. 그가 부정한 것은 왕권에 결부된 신적인 권위이며, 전제적인 권력 남용이다. 볼테르가 루이 14세 시대를 '위대한 시대'로 규정한 것은 이 시대가 예술이 세련되고 인간 정신의 위대함을 위해 봉사하면서 후손에 대해 모범이 되는 시대라고 판단했기 때문이다. 볼테르는 리슐리외 추기경의 마지막 시대부터 루이 14세가 죽은 시대까지 예술, 정신, 풍속에서 프랑스의 진정한 영광에 '영원한 표지'가 되는 '총체적인 변혁(révolution générale)'이 이루어졌다고 평가한다.[136] 볼테르는 왕정(군주정)이 좋은 통치가 될 수 있다고 보았다. 그가 반대한 것은 전제정인데, 이는 "왕정의 남용, 좋은 정부의 타락"이다.[137]

볼테르는 영국의 입헌군주제를 긍정적으로 평가한다. 『영국 서한』에서 볼테르는 이렇게 말한다. "영국은 국왕의 권력에 저항하면서 국왕을 규제하게 된 지상에서 유일한 나라이며, 온갖 노력으로 결국 현명한 정부를 세웠으며, 이 정부에서 선을 실행하는 데 전능한 국왕은 악을 행하지 못하도록 속박되어 있으며, 영주들은 힘을 가지고 있으나 무례하지 않고, 가신(家臣)도 없으면서 위대하며, 국민은 정치에 관여하고 있지만 그 때문에 혼란에 빠지는 일은 없다."[138] 그리고 볼테르는 영국인이 '자유'를 획득하기 위해 고결한 희생을 치렀음을 높이 평가한다. "전제 권력의 우상을 피의 바다에 침몰"시킨 영국 국민은 이토록 훌륭한 법률을 획득하는 데

136 서정복, 『프랑스의 절대왕정시대』, 푸른사상, 2012, p. 100.

137 Voltaire, *Dialogues et anecdotes philosophiques*, Paris: Garnier Frères, 1966, p. 265.

138 Voltaire, *Lettres anglaises*, Cergy: In Libro Veritas, 2005, p. 69.

비싼 대가를 지불한 것을 당연한 것으로 생각한다고 볼테르는 보고한다.[139]

오랫동안 정치적 질곡 상태에서 신음하고 있던 영국인이 자신들의 고귀한 희생의 대가로 획득한 자유가 당대 영국의 정치체제 속에 잘 구현되어 있다고 볼테르는 판단했다. 그는 영국에는 귀족으로 구성된 상원 이외에 서민으로 구성된 하원이 존재할 뿐 아니라, 하원이 비록 상원보다 서열은 낮지만 오히려 실제적인 권한을 지닌 기관이라는 점을 높이 평가한다. 그는 "영국 정부 내의 이 행복한 조합"을 "서민, 귀족, 왕 사이의 협주(concert)"라고 표현한다.[140]

사실상 볼테르가 가장 선호한 정치체제는 계몽군주에 의한 통치체제다. 계몽군주정은 플라톤 이래 이상시되어온 '철인왕(哲人王)'의 이념에 가장 가까운 정치체제다. 볼테르는 계몽군주가 역사의 진보에 필요한 주역이라는 확신을 버리지 않았다. 그가 대표적인 계몽군주로 염두에 둔 인물은 프러시아(프로이센)의 프리드리히 2세(재위: 1740~86)와 러시아의 여제인 예카테리나 2세(재위: 1765~90)였다. 특히 프리드리히 2세는 황태자 시절부터 볼테르를 사숙(私淑)하고 있었고, 볼테르와 서신 교환을 해왔으므로 볼테르는 이 군주를 주목했다.

1750년에 볼테르는 프리드리히 2세의 초청을 받아 그의 궁정인 포츠담 궁으로 간다. 그러나 이 개명한 젊은 계몽군주는 자기 나라에서는 사실상 전제군주나 다름없었고, 볼테르는 궁전에

139 Ibid.

140 Ibid., p. 71.

서 모욕을 당한 끝에 간신히 목숨만 건져 도망했다.[141] 볼테르는 군주의 고문이 되길 원했으나 국왕은 그를 한낱 시종으로 여겼을 뿐이다. 디드로도 예카테리나 2세의 초청을 받아 러시아 궁정에서 함께 시간을 보내지만 그가 제안한 러시아 개혁안은 무시되고 만다. 결국 그 역시 '계몽 전제군주'에게 환멸을 느끼고 파리로 돌아온다.[142] '계몽군주들'이 새로운 사상을 받아들이는 노력을 기울여 온 것은 부인할 수 없다. 그런데 이 군주들은 자신이 개명한 군주라는 이미지를 주고자 '진보적인' 사상가들을 이용하는 데 그쳤고, 이들의 진보적인 사상을 국정에 적극적으로 반영하는 데는 이르지 못했다.[143] 폴 아자르는 계몽군주와 계몽사상가 사이의 관계에 대해 다음과 같이 냉소적으로 표현한다. "철학은 자신이 왕들을 이용한다고 믿었으나, 정작 철학을 이용한 것은 바로 왕들이었다."[144]

계몽군주의 모범: 중국의 왕들

계몽군주에 대한 실망에도 불구하고 볼테르는 왕정 이외의 다른 체제를 주창하지는 않았으며, 그는 여전히 왕정을 옹호했다. 물론 그때 군주는 전제정을 행사하지 않는 왕이며, 이상적인 군주

141 미즈바야시 아키라, 『프랑스 근대문학 볼테르, 위고, 발자크』, 웅진지식하우스, 2010, p. 19.

142 Ibid., p. 25.

143 Ibid., pp. 23, 27.

144 Paul Hazard, *La Pensée européenne au XVIIIe siècle*, Paris: Fayard, 1963, p. 329.

제는 현자들에 의해 인도되는 왕정이다.[145] 여기서 우리가 주목하고자 하는 바는 볼테르가 중국의 강희제나 옹정제에게서 자신이 추구해온 계몽군주의 모범을 발견했다는 사실이다. 당시 영국이 관료제에서 프랑스보다 앞서 있기는 했지만, 볼테르는 중국의 정치제도가 영국 제도보다 한층 더 선진적이라 판단했다. 무엇보다 중국의 과거제(科擧制)는 영국의 관리 임용제도에 비해 훨씬 앞선 제도이며, 그리고 여러 단계를 거쳐야 사형(死刑)을 확정할 수 있는 중국의 엄격한 사형제도 역시 볼테르가 보기에는 매우 앞선 사법제도였다.

볼테르는 현자(賢者)들에 의해 인도되는 왕정의 모델을 중국에서 보았다. 볼테르에게 중국은 그의 정치사상이 지향하는 이상적인 나라였다. 그는 유교의 합리적인 가치에 따라 황제가 지배하는 중국의 통치제도가 계몽군주제의 본보기라고 간주했다. 중국의 정치를 매우 긍정적으로 본 것은 볼테르만의 고유한 관점은 아니다. 마테오 리치 이래로 적잖은 유럽의 인사들, 특히 영국의 학자들과 정치가들이 중국의 통치체제를 이상적인 체제로 간주해왔기 때문이다.

마테오 리치는 『중국견문록』에서 중국에서 줄곧 실행되어온 정치체제가 왕정이라고 말한다. 그런데 그는 중국에서 시행되는 정치체제는 공화제와 흡사하다고 판단했다.[146] 리치에 따르면, 중국에서는 해당 책임자인 관리가 자신이 하고자 하는 일을 황제에게 건의하면 황제는 그 건의를 허가하거나 혹은 허가하지 않거나

145 Arnold H. Rowbotham, "Voltaire, Sinophile," *PMLA*. Vol. 47, No. 4 (Dec., 1932), pp. 1055.

146 Matteo Ricci, 『중국견문록』, 문사철, 2011, p. 70.

를 결정할 뿐이다. 일반적으로, 담당 관리의 주청이 없으면 황제가 독단적으로 돈이나 물건을 준다든지 어떤 사람을 어떤 직위에 파견한다든가 또는 그 직위를 높인다거나 하는 일은 없다.[147]

마테오 리치는 중국의 황제가 전제권력을 행사하지 못함을 다음 두 가지 사례를 들어 설명한다. 중국의 어떤 황제가 큰아들이 아닌 다른 아들을 황태자로 책봉했는데, 이는 그 어린 아들이 자신이 총애하는 황후가 낳은 자식이기 때문이다. 그러자 신하들이 이를 적극 저지하는 상소문을 올렸고, 이 일로 100여 명의 관리들이 파면되거나 좌천되었다. 이후 모든 대신들이 황궁으로 모여들어 관복을 벗고 황제에게 자신들의 간언을 들어주지 않으면 모두 벼슬을 그만두고 집으로 돌아가겠다고 하자, 황제는 자신이 원하던 황태자의 책봉 계획을 포기했다고 한다.[148] 또 다른 사례도 상소와 관련된 것이다. 황제가 매우 신임하던 한 각로(閣老)가 실각했는데, 이는 그 각로에 대한 100여 건의 상소가 황제에게 올려졌기 때문이다. 황제도 사람들이 상소를 올리는 것을 막지 못했고, 결국 그 각로는 그 상소들로 인해 큰 고통을 받은 끝에 죽었다.[149]

17세기 영국의 사상가이자 관료인 존 웹(John Webb)은 『중국의 유구성(*The Antiquity of China*)』(1699)에서 만일 정치적 원리와 올바른 이성의 명령에 따라 구성된 어떤 왕정이 세상에 존재한다면 그것은 중국인의 왕정이라고 주장한다. 이 영국 학자는 중국에서는 모든 국사가 학식이 높은 문인들의 손을 거쳐 처리되며, 국왕 또한 철인(哲人)이기에 철인왕과 문인 신하들의 협력하에 거대한

147 Ibid.

148 Ibid., p. 75.

149 Ibid.

제국이 하나의 잘 다스려진 수도원처럼 보인다고 소개한다.[150] 그리고 존 웹은 영국 왕이 고대 중국 황제를 모방해야 하며, 높은 도덕성과 결합된 중국의 이상적인 정치체제를 영국에 도입해야 한다고 주장했다. 그는 중국의 유교 예치(禮治)를 본받아 도덕률을 따르는 통치를 할 것과 일상적 정부 운영은 전문 관리 집단에 맡기고 왕은 적극 관여하지 않는 중국의 정치체제를 채택할 것을 영국 왕에게 건의했다.[151] 이는 당시 '왕정복고' 이후에 다시 절대왕정으로의 회귀를 추구하던 찰스 2세에게 실행한 건의라는 점에서 큰 의의가 있다.

존 웹과 동시대의 영국 정치가이자 작가인 윌리엄 템플(William Temple)경은 중국의 질서체계가 자신들이 알고 있는 세계의 그 어떤 정치체제보다 탁월하며, 풍부한 감성과 지혜로 만들어진 것임을 지적했다.[152] 20페이지에 걸쳐 중국과 공자에 대해 논한 「영웅적 덕성에 관하여(Of Heroic Virtue)」(1687)라는 글에서 윌리엄 템플은 중국을 부강하고 문명화된 나라로 소개하고, 그러한 장점들이 중국의 헌정체제와 정부에 기인한다고 주장한다.[153] 윌리엄 템플은 공자의 가르침이 중국의 교육제도로 연결되고, 나아가 과거제도로도 연결됨을 지적한다. 그리고 공자의 가르침을 받은 중

---

150 John Webb, *The Antiquity of China*, London: Printed for Obadiah Blagrave, 1678, pp. 92-93.

151 조혜인, 『동에서 서로 퍼진 근대 공민사회. 유교 예치(禮治) 및 자유 관념의 발전과 서구에의 전파』, 집문당, 2012, pp. 319-325.

152 Clarke, J. J. *Oriental Enlightenment. The Encounter between Asian and Western Thought*, NY: Routledge, 2003, p. 50.

153 황태연, 「윌리엄 템플의 중국 내각제 분석과 영국 내각제의 기획·추-진: 공자의 분권적 제한군주정과 영국 내각제의 기원(2)」, 『정신문화연구 38(2)』, 2015, pp. 142-143.

국의 문인 관리들이 왕권을 제한함으로써 전제정이 되지 않도록 견제하는 기능을 해왔음을 지적한다.

중국에서 통치체제의 모델을 발견한 영국의 존 웹이나 윌리엄 템플과 마찬가지로 볼테르도 프랑스 정치가 따라야 할 모델을 중국에서 발견한다. 볼테르는 중국 정치체제가 학식 있는 관리의 자문을 받는 왕정제로서 유교적인 가치관을 구현하는 법치주의라는 점과 관료 선발을 위해 시행되는 과거제도를 높이 평가했다.

볼테르에 의하면 중국의 정치체제는 유교의 합리적인 가치에 따라 황제가 지배하는 계몽군주제의 모델이다. 중국인이 가장 훌륭하게 발전시킨 영역이 도덕과 법률이라고 간주하는 볼테르는 이 두 요소가 서로 연결되어 있음을 인지하고 있다. 그는 자녀들이 아버지를 공경하는 것이 바로 중국 정부(통치)의 토대라고 지적한다. 중국 정치체제를 가부장적 가족이 확대된 체제로 이해하는 그는 황제와 관리는 아버지에, 백성은 자녀에 비유한다. 볼테르는 『각 민족의 풍속과 정신에 관한 논고』에서 다음과 같이 말한다. “자녀들이 그 부모를 경애하는 것이 중국 통치의 토대다. 중국에서 아버지의 권위는 결코 약해진 적이 없다. 아들이 아버지를 상대로 소송하려면 온 친척과 친구들, 관리들의 동의가 있어야만 가능하다. 중국의 문신(文臣) 관리는 성읍과 지역의 아버지요, 왕은 제국의 아버지로 간주된다. 이러한 의식이 사람들의 심성에 뿌리 내려 이 방대한 나라가 하나의 가족을 형성하게 된 것이다.”[154] 볼테르는 황제가 독단적으로 통치하지 않고 유교 교육을 받은 관리들의 보필을 받아 통치할 뿐 아니라 백성을 친자식처럼 보살피는 통

154 Voltaire, *Essai sur les mœurs et l'esprit des nations vol. I*, Charleston: Nabu Press, 2011, p. 182.

치를 실현함을 강조한다. 황제뿐 아니라 관리도 마치 가장이 가족을 위해 일하듯이 백성을 위해 일한다고 보았다.

볼테르는 중국의 정치체제를 전제군주제(despotisme)로 소개하는 여행가나 선교사의 견해에 반박하면서 그것은 외면만 관찰하여 판단한 결과라고 비판한다. 그는 중국 백성이 황제 앞에서 무릎을 꿇고 엎드려 있는 모습을 보고서 백성을 황제의 노예로, 황제를 만민의 생명과 재산을 절대적으로 지배하는 이로 간주한 것은 오류임을 지적하고, 황제가 법률에 의거해 통치하는 존재임을 지적한다.[155]

볼테르는 『법의 정신』에서 중국 정체를 전제정으로 분류한 몽테스키외의 정치체제 이론을 비판한다. 그는 여러 단계의 재판을 거쳐 사법적인 판결을 내리는 중국의 사법제도가 전제정이 아님을 보여주는 구체적인 사례로서 제시하며 오히려 중국의 사법제도를 찬양하고 있다. "나는 다양한 종파의 우리 선교사들이 보낸 만장일치의 보고서들로부터 중국이 단 한 사람의 자의적인 의지에 의해서가 아니라 법률에 의해 다스려진다는 것을 알았다. 나는 북경에 44개의 산하 법정에 대한 관할권을 가진 6개의 최고 법정이 있다는 것을 안다. 나는 제국의 먼 변경에 사는 짐꾼이나 숯장이라도 황제에게 보고하는 북경의 최고 법정으로 재판 기록이 상신되지 않고는 처형당하는 일이 없다는 것을 안다. 이것이 자의적이고 폭군적인 정체(gouvernement)인가?"[156] 볼테르는 오히려 로마 교황이 중국 황제보다 더 전제적이라고 주장한다. 왜냐하면 교황

155 Ibid.

156 Voltaire, *Dialogues et anecdotes philosophiques*, Paris: Garnier Frères, 1966, pp. 264-265.

은 자신이 '무류(無謬)하다(infaillible)'고 주장하지만, 중국 황제는 그렇게 주장하지 않기 때문이다.[157]

볼테르에 의하면, 중국 정치체제는 군주가 법을 무시하고 백성의 생명이나 재산을 박탈하는 전제군주제가 아니다. 인민의 생명과 명예, 복지가 법에 의해 보호받는 나라가 있다면 그 나라는 바로 중국이라고 주장하는 볼테르는 중국의 법치주의가 범행을 처벌할 뿐 아니라, 나아가 덕행을 포상하는 제도를 운용하고 있음을 강조한다. "다른 나라들에서 법은 범행을 처벌한다. 그런데 중국에서 법은 그보다 더 많은 것을 하는데, 법이 덕행을 포상하는 것이다. 드물게 인자한 행동에 대한 소문이 한 지역 내에 퍼지면 관리는 그 소식을 황제에게 보고해야 하고, 황제는 영예의 표지를 받을 자격이 있는 사람에게 합당한 상을 내린다."[158]

볼테르는 중국의 황제는 제국의 최고 설교자(le premier prédicateur)이자 철학자의 수장(le premier philosophe)이며, 황제의 칙서는 대개가 도덕적인 교훈과 가르침이라고 지적함으로써 황제의 통치가 유교적 가르침과 긴밀히 결부되어 있음을 드러낸다.[159] 볼테르는 『철학사전』의 "중국에 관하여"라는 항목에서 중국 통치제도의 장점을 다음과 같이 요약한다. "중국의 정체(constitution)는 세상에서 가장 훌륭한 정체이며, 부권(pouvoir paternel)에 토대를 둔 유일한 정체이며, 지방관이 임기를 마치고 귀환할 때 백성의 칭송이 없다면 처벌을 받는 정체이며, 덕행에 대해 포상하는 유일한

157 Ibid., p. 265.

158 Voltaire, *Essai sur les mœurs et l'esprit des nations vol. I*, Charleston: Nabu Press, 2011, p. 183.

159 Ibid., p. 184.

제도를 가진 정체이며, 정복자에게도 자신의 법을 채택하게 만드는 유일한 정체다."[160]

볼테르는 중국의 문신 관리들이 종교적 미신과 부조리한 전설이나 신화, 그리고 이성과 본성을 모욕하는 독단 없이 행정을 집행한다고 말한다. 정치와 종교가 분리되지 않고 맞물려 있는 상태에서 종교적 불관용으로부터 비롯되는 정치적 박해가 여전히 자행되던 프랑스 사회를 살아가던 볼테르에게 미신이나 광신이 아니라 이성이 지배하는 유교 교육을 받은 관리들이 통치하는 중국은 프랑스 혹은 유럽보다 나은 통치가 이뤄지는 곳으로 간주되었다.

황제가 법률에 의거해 통치하고, 유교의 합리적 가치에 지배를 받는 동시에 유학자-관리 계층의 자문을 받으며, 이와 아울러 신하가 황제의 잘못된 정치를 비판할 수 있는 간의(諫議)제도가 확립되어 있는 점 등에 비춰 볼 때 중국의 군주제는 몽테스키외가 비판한 전제정, 다시 말해 군주가 법률을 지키지 않고 임의로 백성의 생명과 재산을 빼앗는 폭정이 아니라 오히려 이보다 더 나은 정치체제를 상상하기 힘든 탁월한 제도라고 볼테르는 판단했다. 더욱이 과거제도를 통해 선발된 학식 있는 관리들이 실권과 책임을 가지고 통치하는 중국의 제도는 볼테르에게 프랑스의 전제적인 절대왕정에 대한 대안으로 다가온다.

볼테르가 '중국과 관련된 최고의 책'으로 평가한 『중화제국전지』(1735)라는 제목의 방대한 저서(전 4권)를 편찬한 뒤알드는 중국에서는 아무리 농민의 자식이라도 최상류층 자식들과 마찬가

160 Voltaire, *Dictionnaire philosophique*, Paris: Garnier Frères, 1961, p. 108.

지로 총독 자리는 물론 재상 자리에도 오를 희망이 있음을 지적했다. 볼테르를 비롯하여 계몽주의 시기의 많은 사상가들이 중국의 정치체제에서 가장 훌륭한 점으로 간주한 요소는 과거제도다.

비르질 피노는 유럽의 중국예찬 인사들이 중국의 과거제도에 대해 내린 평가를 이렇게 말한다. "중국예찬론자들은 누구나 공적만 있으면 국가의 최고 지위에 오를 수 있으며 사회계층상의 구분도 각자의 공적에 따라 이뤄지는 반면에, 군주의 총애나 가문이라는 이점을 가졌을지라도 덕망과 학식이 없으면 나아갈 수 없는 자리에 부정한 수단으로 진입할 수 없는 나라를 중국에서 발견했다고 생각했으며, 더욱이 그들은 그런 나라는 중국밖에 없다고 생각했다. 유럽에는 이런 일이 드물었거나 아예 있지도 않았기 때문에 국적을 불문하고 모든 선교사들은 오로지 공적만을 기초로 조직된 이 경이로운 중국의 관료 조직을 열광적으로 찬양했다."[161]

대혁명 이전의 프랑스는 신분제 사회였다. 당시 프랑스는 세 가지 신분으로 구성된 신분제도를 형성하고 있었는데, 이 가운데 제1 신분인 성직자(약 10만 명)와 제2 신분인 귀족(약 40만 명)은 특권계급을 형성하여 전 국토의 40%에 달하는 토지를 점유하는 동시에 세금을 면제받고 연금을 수령하며 주요 관직을 독점했다. 이에 반해 제3 신분인 평민(약 2,500만 명)은 국가의 정치에는 참여하지 못하면서 과중한 세금을 부담해야 했다.[162]

또한 당시 프랑스는 세습적 신분제 사회인 동시에 관직 매매가 가능한 사회였다. 17세기에 들어와 까다로운 대귀족을 매수하

161 Virgile Pinot, *La Chine et la formation de l'esprit philosophique en France(1640~1740)*, Paris: Librairie orientaliste Paul Geuthner, 1932, p. 395.

162 Albert Mathiez, 『프랑스 혁명사 下』, 김종철 역, 창비사, 1982, pp. 626-633.

기 위한 연금 지출과 위그노에 대항한 전쟁으로 국가의 지출이 크게 늘자 프랑스 왕정은 수입을 늘리기 위해 16세기에 제도화되기 시작한 관직 매매를 더욱더 활성화시킨다.[163] 1620~1624년 즈음에는 관직 판매에서 나오는 수입이 국왕 수입의 38%를 차지할 정도였다. 4대(代) 이상의 귀족가문인 '대검(帶劍) 귀족(noblesse de l'épée)'은 관직이나 귀족 작위를 매입하여 귀족이 된 '법복(法服) 귀족(noblesse de robe)'[164]의 신분 상승을 저지하고자 두 진영 간에 긴장과 분열이 야기되었다.[165]

신분제의 누적된 모순이 점차 노정되는 프랑스의 상황에서 중국의 과거제도는 계몽사상가들에게 매혹적인 것으로 다가왔다. 케네(François Quesnay)는 『중국의 전제주의(*Le Despotisme de la Chine*)』(1767)에서 "중국의 왕은 사회의 모든 계급에서 모집한 현명한 관리들에게 둘러싸여 있다"고 소개한다.[166] 과거제도에 의한 관리 등용 제도는 신분제 사회 속의 프랑스 사상가들의 관점에서 선진적인 제도로 간주되었다. 중국의 과거제도는 실제로 프랑스에

163 Perry Anderson, 『절대주의 국가의 계보』, 김현일 역, 현실문화, 2014, p. 146.

164 관직을 매수하여 귀족이 된 사람들이 주로 법관직에 종사했기에 '법복 귀족'이라는 명칭이 생겼다. 가령 몽테뉴는 페리고르 지방재판소 고문관직을 매수(買受)하여 근무했다. 그리고 그는 그 직책을 다른 이에게 팔고서 독서와 명상에 잠겨 자신의 사상을 전개하며 『수상록(*Les Essais*)』을 집필한다.

165 백인호, 「프랑스 절대왕정기의 부정부패」, 『한국사 시민강좌』 제22집, 1998, pp. 204-205. 부르주아지의 경우, 17세기에 주로 관직 매매를 통해 법복 귀족으로 신분 상승이 가능했으나, 18세기에 들어와 부르주아지가 증가함에 따라 1780년경에는 대검 귀족이 제3 신분의 신분상승을 거부하는 경향이 두드러졌다. 신분상승의 길이 막혀 경제적 능력에 상응하는 정치권력을 얻지 못한 부르주아 계층은 자연히 구체제 사회에서 거대한 사회 불만세력으로 남게 되었다.

166 Jacques Gernet, *A History of Chinese Civilization*, Cambridge: Cambridge University Press, 1982. p. 523에서 재인용.

영향을 주어 프랑스 혁명 기간인 1791년에 공무원 채용시험을 실시하게 되었다.[167]

볼테르는 귀족이 주요 관직을 장악하여 국사를 운영하는 프랑스의 관료제도와는 달리, 중국의 정치체제는 학자들이 과거시험을 통해 등용되어 중앙에서는 황제와 국사를 의논하고 지방에서는 황제를 대리해 통치하는 체제라고 보아 이를 높이 평가했다. 볼테르가 『각 민족의 풍속과 정신에 관한 논고』에서 17세기 초의 중국 정치보다 더 나은 정치를 상상할 수 없을 것이라고 주장한 근거는 중국에서는 모든 권력이 사실상 관리의 수중에 있으며, 관리가 되려면 엄격한 시험을 여러 차례 통과해야 하기 때문이다. 합리적인 종교인 유교의 이념에 의해 계몽된 군주가 세습적 신분에 관계없이 과거시험을 통해 우수한 인재를 등용하여 이들과 함께 나라를 통치하는 중국의 정치제도야말로 볼테르에게는 계몽군주제의 모델로 여겨졌다.

프랑스에서 신학과 식물학을 공부한 후 중국으로 선교 활동을 떠난 피에르 푸아브르(Pierre Poivre)는 "중국은 전 세계를 위한 매력적인 미래상을 제시한다. 이 제국의 법률은 모든 국가의 법률이 되어야 한다"라고 말한다. 이어서 푸아브르는 다음과 같이 말한다. "베이징으로 가라! 거기서 역사상 가장 위대한 사람을 주목하라. 이성 옆자리 왕좌에 앉아 있는 가장 강력한 인간을 주목하라. 그분은 명령하지 않는 대신에 가르친다. 그분의 말씀은 포고가 아니다. 그 말씀은 정의와 지혜의 금언(maximes)이다. (……) 그는 지상의 인간 가운데 가장 강력한 존재다. 왜냐하면 그는 세상

167 Ibid.

에서 가장 많은 사람들, 자신의 가족이나 마찬가지인 사람들의 가슴을 다스리고 있기 때문이다. (……) 그분은 하늘(Tien)의 아들로 불린다. 그분은 자신이 그 선행을 모방하고 있는 하늘의 진실하고 가장 완전한 이미지다."[168] 여기서 푸아브르는 그 위대한 사람이 누구인지 구체적으로 밝히지는 않는다. 그런데 '그분'을 '천자'로 지칭한 것으로 보아, 그리고 '그분'이 동서와 남북에 걸쳐 600리외(lieue)[169]의 국토를 다스리는 가장 부유한 통치자이며, 그 광대한 땅의 백성은 자신들이 생산하는 수확물 가운데 10분의 1을 그분에게 바친다고 설명하는 내용으로 보아 '그분'은 중국 황제인 것으로 보인다.

당시에 강희제는 적잖은 유럽 학자들에 의해 훌륭한 군주로 간주되었다. 볼테르 역시 중국의 강희제를 계몽군주의 모델로 제시한다. 볼테르는 『각 민족의 풍속과 정신에 관한 논고』에서 예수회 선교사들의 보고를 활용하여 강희제를 매우 현명하고, 매우 관대하며, 가난한 자들의 수고를 덜어주는 동시에 일자리를 제공해 주려고 노력하고, 법을 준수하며 평화를 유지하기 위해 노력하는 왕으로 소개한다.[170] 볼테르는 유럽의 왕들이 이러한 중국 왕의 모범을 따를 것을 충고했다.

중국의 정치제도를 프랑스를 위한 모델로 제시함으로써 볼테르가 겨냥한 바는 무엇인가? 그는 우선 귀족 중심의 신분제 사

168 Pierre Poivre. *Voyages d'un philosophe ou observations sur les moeurs & les arts des peuples de l'Afrique, de l'Asie et de l'Amérique*, A Yverdon: F.-B. de Félice, 1768, pp. 138-140.

169 1 리외(lieue)는 약 4㎞에 달한다.

170 Voltaire, *Essai sur les mœurs et l'esprit des nations vol. III*, Charleston: Nabu Press, 2011, p. 567.

회를 비판하고, 왕이 왕권을 남용하지 않고 법률에 의거해 통치하며, 합리적이고 유능한 관료들의 자문을 받으며 국정을 함께 논의하고 운영하는 계몽군주제를 제안한 것이다. 당대에 어느 중국예찬론자가 한 다음과 같은 말은 볼테르의 관점을 웅변적으로 드러내준다. "만일 플라톤이 하데스로부터 일어난다면 그는 자신의 이상국가가 중국에서 실현되고 있음을 발견할 것이다."[171] 볼테르는 종교와 도덕에서와 마찬가지로 정치에서도 중국이 유럽보다 훨씬 앞서 있다고 판단했고, 유럽은 중국에게서 정치를 배워야 한다고 주장한다.

그가 중국을 통해 프랑스의 당대 정치 현실을 재성찰한 것은 유럽중심주의를 극복하고자 하는 시도라는 점에서 분명히 긍정적인 요소다. 볼테르는 편협한 국수주의를 극복하고자 했다. 그는 프랑스적인 것을 무비판적으로 옹호하기보다 당대의 이웃 문화인 영국문화와 대화하면서 프랑스문화를 발전시키고자 했다. 중국문화를 발견한 뒤에 볼테르는 중국의 종교와 도덕, 그리고 정치체제와 또다시 대화하면서 탁월한 정치사상가인 공자의 가르침이 정치제도 현실 속에서 구현되며, 또한 공자의 가르침을 존중하는 관리들이 엄격한 시험을 거쳐 통치자로 등용되어 국가를 다스리는 정치제도를 본받고자 했다.

문화는 상호 간의 교섭을 통해 발전한다. 외부와의 교섭 없이 한 문화권에 머물러 있으면 정체되고 부패하기 쉽다. 그런데 새로운 문화가 가하는 충격을 통해 그 문화와 대화하면서 자신의 문화가 지닌 약점을 파악하고 더 나은 문화를 창조하려고 노력하는 것

171 Arnold H. Rowbotham, "The Impact of Confucianism in Seventeenth Century Europe," *Far East*. Q. 1945 iv, pp. 242.

은 유럽 문화의 우월성에 사로잡혀 있던 당대 프랑스 사회에서 쉬운 일은 아니었다.

이러한 맥락에서 볼테르의 작업은 유럽중심주의 극복이라는 측면에서 분명히 매우 큰 의의가 있다. 그런데 볼테르는 중국 정치에 대한 정보 가운데 부정적인 요소에는 충분히 귀를 기울이지 않았다. 그가 실제 이상으로 이상화하여 유토피아화한 중국을 모델로 제시하여 프랑스의 정치 현실을 비판하고 프랑스의 모델로 삼고자 한 점은 공정성의 여지에서 비판의 소지가 있다. 이 점에 대해서는 후술하겠다.

4. 볼테르의 역사관과 중국

볼테르는 두 차례에 걸친 바스티유 투옥과 영국 망명 등 프랑스 정치권력으로부터 박해를 받은 학자이지만 그도 프랑스 정치 권력 곁에 머문 적이 있었다. 1745년에 볼테르는 국왕의 사료편찬관(historiographe du roi)으로 임명되고 이듬해에는 아카데미 프랑세즈의 회원으로 선출된다. 사료편찬관으로 약 2년간 베르사유 궁전에 머물면서 많은 역사 문헌들을 참조할 기회가 있었고 그 기회를 선용한 것도 사실이지만, 볼테르는 이미 오래전부터 역사에 관심을 가지고 있었다.

그는 1731년에 『샤를 12세의 역사(*L'Histoire de Charles XII*)』를 출간했으며, 1741년에는 대작(大作)인 『각 민족의 풍속과 정신에 관한 논고』 집필 작업을 시작하고 있었다. '최초의 근대적인 역사서'로 인정받는 『루이 14세의 시대』는 이미 1735년부터 자료 수집을 시작하여 1739년에 일단 완성했다가 후일 이를 보완하여 1751년에 출간한 저서다. 이 책에서 볼테르는 왕의 치세를 중심으로 하는 연대기적 형식을 탈피했으며, 예술과 기술, 풍속과 과학, 전쟁과 외교 등 유럽의 문화와 사회를 전체적으로 조망하면서 인간 '정신(esprit)'의 역사를 다루고자 시도했다.

볼테르 역사관의 핵심은 무엇인가? 볼테르는 「역사에 대한 고찰(Remarques sur l'histoire)」(1742)과 「역사에 대한 새로운 고찰(Nouvelles considérations sur l'histoire)」(1744)이라는 제목의 논문에

서 자신의 역사관을 피력하고 있다. 이 글들에서 볼테르가 드러내는 역사관의 핵심은 다음 두 가지로 요약할 수 있다. 첫째, 기존 학자들이 기술한 역사가 전쟁과 조약, 왕의 치세에 초점을 맞춘 전쟁사와 정치사 중심의 역사라면, 볼테르는 풍속, 도덕과 법, 과학과 기술, 교역과 상업 등 문화사 중심의 역사를 지향한다. 둘째, 이전의 역사는 역사적 사실에 토대를 두기보다 예언, 신탁, 기적 등 미신으로 가득 찬 우화(fable)로 가득하기에 볼테르는 이를 지양하고 "진정한 철학자로서(en vrai philosophe)" 역사적 사건에 접근하고자 한다.[172] '역사철학(philosophie de l'histoire)'이라는 용어는 볼테르가 처음 사용한 용어로 알려져 있는데, 이 용어는 신학적 혹은 종교적 역사 해석을 극복하고자 하는 시도 속에서 사용된 신조어다.[173]

볼테르의 역사서 『각 민족의 풍속과 정신에 관한 논고』(1756)는 위에서 언급한 자신의 역사관을 반영하고자 한 방대한 저서다. 이 책의 완벽한 제목은 『각 민족의 풍속과 정신에 관한 논고 및 샤를마뉴에서 루이 13세까지 주요 역사적 사실에 대한 논고(*Essai sur les mœurs et l'esprit des nations, et sur les principaux faits de l'histoire depuis Charlemagne jusqu'à Louis XIII*)』다. 이 책은 볼테르 이전까지 프랑스에서 출간된 가장 대표적인 역사서인 보쉬에(Jacques-Bénigne Bossuet)의 『보편사론(*Discours sur l'histoire universelle*)』(1681)의 연속이자 단절인 역사서다. 볼테르의 역사서가 보쉬에 역사서에 대해 지니는

172 볼테르의 두 논문 「역사에 대한 고찰」과 「역사에 대한 새로운 고찰」은 다음 문헌에 재수록되어 있다. Voltaire, *Œuvres historiques*, Paris: Gallimard, 1957.

173 Karl Löwith, *Meaning in History*, Chicago: University of Chicago Press, 1957, p. 104.

연속적인 측면은 보쉬에가 '보편사'를 천지창조에서부터 샤를마뉴 대제까지 다뤘기에 볼테르는 이를 이어 샤를마뉴 대제 시기부터 루이 13세까지의 역사를 중점적으로 다룬 점이다. 하지만 볼테르 역사서의 특징은 보쉬에와의 단절적인 측면에서 더 잘 드러나는데, 그 핵심은 볼테르가 보쉬에의 섭리 사관을 극복하고자 한 점이다.

각 민족의 역사를 '신국(神國)의 확장 과정'으로 파악한 아우구스티누스의 역사신학을 계승한 보쉬에는 『보편사론』에서 역사를 주재하는 신의 섭리라는 기독교적 역사의식의 도식 속에서 보편사를 서술했다. 신학자이자 역사가인 보쉬에가 기술하는 '보편사'의 중심은 '선민(peuples élus)'인 유대인과 그들의 나라다. 팔레스타인 주변국들은 유대인을 징벌하기 위해서건 유대인을 교육하기 위해서건 간에 유대인과 그들의 나라(유다, 이스라엘)와 관련해서만 의미 있는 역사의 공간이 된다. 보쉬에에게 섭리란 '신의 역사적 이름(le nom historique de Dieu)'이다.[174]

『역사의 의미(*Meaning in History: The Theological Implications of the Philosophy of History*)』의 저자인 카를 뢰비트(Karl Löwith)에 의하면, 유럽인의 의식에서 위기의 역사는 '섭리'가 '진보'에 의해 대체된 17세기 말과 18세기 초에 시작되었다. 뢰비트는 이 시기에 '신의 섭리'에 입각한 사관을 토대로 역사서를 저술한 대표적 인물을 보쉬에로, 섭리를 진보로 대체하는 역사관 변혁에 가장 크게 기여한 인물을 『각 민족의 풍속과 정신에 관한 논고』의 저자인 볼테르로

174 Charles Rihs, Voltaire, *recherches sur les origines du matérialisme historique*, Genève: Libraire Slatkine, 1977, p. 199.

꼽는다.[175]

볼테르는 이 저작에서 역사 연구를 신학적 해석으로부터 해방시키고자 시도했으며, 종교적 관점과는 무관하게 역사를 해석하는 작업을 시도했다. 보쉬에가 세계사를 기독교적으로 해석하고자 했다면, 볼테르는 세계사를 세속인의 관점에서 그리고 합리성을 토대로 고찰하고자 했다.

『각 민족의 풍속과 정신에 관한 논고』는 모두 197개 장(chapitres)으로 이뤄진 저작으로서 볼테르는 샤를마뉴에서 루이 13세까지 주요 역사적 사실에 대해 중점적으로 다루지만, 저자는 이 저서의 서론(Discours préliminaire)과 본론의 초반부(1장부터 7장)에서 중국, 인도, 페르시아, 아라비아의 역사(고대사 포함)에 대해서도 개관한다. 주목할 만한 점은 볼테르가 이 방대한 역사서의 본론을 중국에서부터 시작한다는 사실이다(1~2장).

볼테르는 왜 중국에서부터 시작했을까? 후일 『역사철학강의』를 쓴 헤겔 역시 자신의 저서를 중국에서부터 시작한다. 그런데 세계사 기술을 중국에서부터 시작하는 두 사람의 의도는 서로 다르다. 세계사를 자유의식의 발전과정과 자유의 실현과정으로 이해하는 헤겔에게 중국 같은 동양 세계는 오직 한 사람만이 자유를 향유하는 역사의 유년기 단계다. 헤겔에 의하면, 그리스 세계는 역사의 청년기이며, 로마 세계는 역사의 장년기다. 그는 그리스-로마 세계를 소수의 사람들만이 자유를 누리는 단계로, 종교개혁 이후의 게르만 세계를 만민이 자유를 누리는 노년기, 즉 역사에서 가장 진보된 단계로 규정한다. 다시 말해 헤겔에게 중국 같은 동양 세계

175 Karl Löwith, *Meaning in History*, Chicago: University of Chicago Press, 1957, p. 104.

는 극복의 대상이며 진보의 전(前) 단계로서 가장 미성숙한 단계에 불과하다. 그런데 볼테르가 자신의 역사서에서 중국을 최초로 다룬 것은 헤겔과는 완전히 다른 맥락에서다.

볼테르가 다른 모든 나라에 앞서 중국을 다룬 것은 팔레스타인 혹은 유대-기독교 세계와 지리적으로 가장 멀리 떨어져 있는 중국이 오래전부터 유대-기독교의 역사와 '무관한' 역사를 전개해왔으며, 중국인의 역사 기록 역시 매우 오래되었기 때문이다. 볼테르는 보쉬에의 유대-기독교 세계 중심의 역사를 넘어 유대-기독교 세계와는 무관한 민족과 종교를 포괄하는 역사를 서술하고자 했다. 그리고 그는 유대인이 아닌 민족들을 선민의 종속물로, 그리고 유대-기독교와는 다른 종교들을 선민 종교의 종속물로 간주하여 역사를 기술하는 것을 비판하며 이는 지양되어야 한다고 판단한다.

볼테르는 중국 역사가 구약성경에 기록된 역사보다 더 오래된 역사일 뿐 아니라 더 문명화된 역사라고 믿었다. 볼테르의 시각에서 문명화된 역사란 구약성서에서 보는 바와 같이 이적으로 가득 찬 '미신'적인 역사도 아니며 타종족 살육을 영광스럽게 생각하는 역사도 아니라는 의미다. 구약성경에는 선민인 유대인이 이집트를 탈출하여 가나안으로 가는 과정에서 홍해가 갈라져 바다가 마른 땅이 되는 기적, 광야에서 신이 매일 만나와 메추라기를 보내주어 유대인을 먹이는 등 숱한 이적이 기록되어 있다. 이러한 이적은 볼테르의 견지에서 '미신'이며 그 기록은 역사가 아닌 '우화'에 불과하다. 그리고 유대인에게 가나안에서 정복한 땅의 거민들을 모두 죽이라고 한 신의 명령은 볼테르에게 도무지 이해할 수 없는 불가해한 것이다.

볼테르에 의하면, 중국의 역사는 유대인의 역사 기록인 구약성경에 비해 미신적이거나 잔악함을 정당화하지 않는 문명화된 역사다. 이러한 맥락에서 볼테르가 『각 민족의 풍속과 정신에 관한 논고』를 중국에서부터 기술하기 시작한 것은 그 자체로 보쉬에의 역사관에 대한 도전인 동시에 구약성경의 전통에 대한 도전이기도 하다.

우화와 역사: 미신을 극복한 중국 역사

볼테르는 무신론자가 아니다. 그는 '전능한 지고(至高)의 신'을 인정한다. 하지만 볼테르는 '지고의 신'에 대한 신앙을 넘어서는 '미신'에 대해서는 비판한다. 그는 키케로를 비롯한 철학자들이 이성에 의해 지고의 신을 숭배해온 데 반해, 야만인은 본능에 의해 미신을 믿게 되었다고 주장한다.[176] 『각 민족의 풍속과 정신에 관한 논고』의 서론에서 볼테르는 제 민족의 신앙 혹은 종교에 대해 개관한다. 그런데 볼테르는 그 신앙이란 대부분의 경우 사실상 미신이라고 판단한다. 그는 이 책에서 미신의 기원에 대해 다음과 같이 추정한다.

> "거의 야만 상태에 있는 부락민들의 마을에서 그동안 그들을 먹여살려온 과일나무들이 죽어가고, 홍수가 나서 그들의 오두막집이 파괴되어버리고, 벼락이 쳐서 남아 있던 다른 오두막집마저 불타버렸다. 누가 부락민들에게 이러한 해악을

176 Voltaire, *Essai sur les mœurs et l'esprit des nations vol. I*, Charleston: Nabu Press, 2011, p. 12.

저질렀는가? 함께 거주하는 부락민들은 아닐 것이다. 왜냐하면 그들 모두가 고통을 받았기 때문이다. 그렇다면 어떤 비밀스런 힘을 가진 존재가 부락민들을 괴롭혔을 것이다. 따라서 이 존재를 달래야 한다. 어떻게 해야 할까? 그들은 평소에 자신들이 다른 이들에게 행해온 대로 이 존재를 즐겁게 해주거나 조그마한 선물을 바침으로써 달랠 수 있으리라 생각한다. 주변을 살펴보니 뱀이 있는데, 이 뱀이야말로 바로 그 존재가 아닐까? 오두막집 근처에 있는 그 뱀에게 우유를 주니 뱀이 물러갔다. 그때부터 그 뱀은 신성한 존재로 인정받는다. 이웃 마을과 전투가 생길 때면 부락민들은 그 뱀에게 승리를 기원한다."[177]

실제로 고대인에게 뱀은 탁월한 지성을 지닌 존재로 인정받았다. 뱀이 자신의 허물을 벗는 모습을 본 고대인은 뱀이 허물을 벗음으로써 다시 젊어진다고 믿었다. 뱀이 계속적으로 허물을 벗는다면 젊음을 계속 유지할 수 있을 것이고, 그렇다면 뱀은 불사의 존재일 것이라고 고대인은 생각했다. 이렇게 해서 고대 이집트와 그리스에서 뱀은 불사의 상징이 되었으며, 많은 지역에서 신성한 존재로 간주되었다고 볼테르는 주장한다.[178] 뱀 이외에도 황소나 개 등 여타의 동물들도 고대 세계에서 신으로 간주되었다.

볼테르는 꿈이 미신의 기원이 되기도 했다고 주장한다. 그는 꿈과 미신의 관계에 대해 이렇게 추정한다. "내가 깨어 있을 때 아내나 아들의 건강을 걱정한다면, 내가 잘 때 그들이 죽는 꿈을 꿀

177 Ibid., p. 10.

178 Ibid., p. 14.

수 있다. 며칠 후 실제로 그들이 죽는다고 하자. 그러면 나는 신이 그들의 죽음을 알려주는 꿈을 내게 내린 것이라고 생각한다. 그렇다면 내 꿈이 성취된 것이 아닌가?"[179] 꿈을 신이 내린 것으로 생각하게 됨으로써 '신탁(oracles)'이라는 것이 지상에 존재하게 되었다고 주장하는 볼테르의 관점에서는 이 신탁 역시 미신이다.

볼테르는 『각 민족의 풍속과 정신에 관한 논고』에서 고대 세계에 광범위하게 퍼져 있는 미신에 대해 다양한 사례를 나열한다. 예를 들어 인도인은 갠지스 강이나 인더스 강에, 이집트인은 나일 강에, 그리고 고대 근동인은 유프라테스 강에 들어감으로써 죄 사함을 받는다고 생각했다. 고대 그리스인 역시 모든 사원에 거룩한 욕조와 성화(聖火)를 항상 비치했는데, 고대의 다른 민족에게서와 마찬가지로 그 욕조와 성화는 '인간의 영혼 순화'의 보편적인 상징이었다. 볼테르는 중국의 문인을 제외한 모든 민족에게 그러한 미신이 확립되어 있었다고 주장한다.[180] 다시 말해 중국의 문인이야말로 그러한 미신으로부터 자유로운 유일한 집단이라는 것이다.

역사를 우화와 구분하는 볼테르는 대부분의 고대사에 우화가 개입되어 있다고 판단한다. 즉 고대 세계에 대한 기술에는 예언, 신탁, 기적 등 미신으로 가득 차 있다는 것이다. 예를 들어 고대 이집트의 사제들은 인간 사후에 천 년이 지나면 그 영혼이 다시 원래의 몸으로 되돌아간다고 사람들로 하여금 믿게 만들었고, 그 결과 사람들은 시체를 세심하게 방부 처리하여 무덤 속에 보관하였다.[181] 볼테르의 관점에서 이집트 파라오의 피라미드야말로 그러

179 Ibid., p. 15.

180 Ibid., p. 17.

181 Ibid., p. 67.

한 미신이 허영과 결부되어 노예들의 희생을 강요한 대표적인 사례다.

이러한 이집트인의 '천년 후 부활론'은 이집트인의 제자인 그리스인에게 전수되었고, 이는 또한 그리스인의 제자인 로마인에게도 전수되었다. 볼테르에 의하면 바로 이러한 전수 과정을 거쳐 형성된 로마의 부활론이 기독교인에게 다시 전달되어 천년왕국설(secte des millénaires)로 자리 잡았으며 이는 볼테르 당대까지 지속되고 있다고 설명한다.[182]

그리스는 철학의 발상지이지만, 철학이 본격적으로 탄생하기 이전에 그리스는 '우화의 나라(le pays des fables)'였다.[183] 볼테르에 의하면 이러한 '우화'야말로 제사와 신전과 공공 축제의 기원이었다. 그리스인에 의하면, 어린 디오니소스는 제우스의 넓적다리에 있다가 탄생했다. 제우스는 죽은 세멜레의 배에서 태아를 꺼내 자신의 허벅지 안에 넣어 꿰맸고, 이후 이 아기는 제우스의 허벅지를 통해 탄생했다고 '우화'는 전한다. 또한 카드모스와 그 아내는 보이오티아에서 뱀으로 변했는데, 보이오티아인은 그 사건을 기념하는 축제를 열었다. 로마에 있는 카스토르와 폴룩스 신전은 이 신들이 로마인을 위해 싸우러 왔음을 기념하기 위해 건립되었다.[184]

볼테르는 우화를 인정하지 않고 이를 역사에서 제외시키고자 했다. 역사와 우화의 판별기준은 무엇인가? 그것은 이성(理性)이다. "신은 새에게는 깃털을 주었고 곰에게는 털을 주었듯이 우리

182 Ibid., pp. 64-65, 67.

183 Ibid., p. 73.

184 Ibid.

인간에게는 보편적 이성(raison universelle)을 부여했다. 그 원리는 변경할 수 없어 그것을 거스르는 정념, 피로 그것을 억압하는 독재자, 미신으로 그것을 멸절하려는 사기꾼이 있음에도 불구하고 여전히 존속되고 있다."[185]

볼테르가 이 책에서 '우화'라는 용어로 지칭하는 바는 오늘날 우리가 신화나 전설이라고 부르는 것들이다. 각국의 고대사에는 신화와 전설이 혼재되어 있다. 볼테르는 합리성을 기준으로 하여 그 합리성에 어긋나는 요소는 역사로 인정하지 않는다. 그러한 맥락에서 볼테르는 기독교화된 서구에서 오랫동안 가장 중요한 역사서로 인정되어온 모세 오경을 신뢰하지 않는다. 볼테르에 의하면, 모든 종족의 역사에는 기적이 기록되어 있긴 하지만, 유대인의 역사에는 모든 것이 기적이다.[186] 그러한 초자연적 사건들은 합리성의 기준에서 인정할 수 없는 것이기에 볼테르는 이러한 비합리적 요소들을 역사에서 제외하고자 한다. 볼테르는 "역사를 읽을 때 모든 종류의 우화의 개입에 대해 주의를 기울여야 한다"[187]라고 지적하고 자신은 '우화'를 배제한 인간 정신(esprit)의 역사에 주안점을 두어 고찰한다[188]고 주장한다.

볼테르는 중국의 역사에서 우화로부터 자유로운 역사의 범례를 발견한다. 그는 『각 민족의 풍속과 정신에 관한 논고』 서론에서 중국의 고대사가 상당히 신빙성 있는 역사임을 역설한다. "정확성을 지니는 연대기가 있었다면 그것은 중국의 연대기다. 이는 천체

185 Ibid., p. 22.
186 Ibid., p. 117.
187 Ibid., p. 36.
188 Ibid., p. 67.

의 역사와 땅의 역사를 통합한 것이다. 중국인은 다른 민족들과는 독자적으로 일식과 월식의 시기, 행성의 연합을 지속적으로 기록해왔다. 우리 천문학자들은 중국인의 계산을 검토해보고는 거의 모두가 정확하다는 사실에 놀랐다. 다른 민족들이 알레고리적인 우화들을 발명한 데 비해 중국인은 붓과 천문관측 장비로써 그들의 역사를 기술했다."[189]

볼테르는 『랭제뉘(*L'Ingénu*)』라는 제목의 철학 콩트에서도 주인공 랭제뉘의 입을 빌려 다음과 같이 말한다. "중국 고대사에서 내게 특히 인상적인 것은 거의 모든 역사 기록이 진실임직하고(vraisemblable) 자연스럽다(naturel)는 점이다. 그 역사 기록에서 기이한 것(merveilleux)이 전혀 없다는 점에서 나는 중국에 감복한다."[190] 랭제뉘는 중국과 달리 다른 모든 나라에서는 허황된 기원 설화를 부여해왔다고 비판한다. 가령 프랑스의 경우에도 고대 연대기 작가들은 프랑스인이 '프랑쿠스(Francus)'에게서 비롯되었다고 전하는데, 이 인물은 그리스 신화에 등장하는 토로이 왕자인 헥토르(Hector)의 아들이다. 어느 나라에서나 말하는 짐승들, 사람들이 숭배하는 짐승들, 인간으로 변신한 신들, 신으로 변신한 인간 이야기가 도처에 존재한다.[191] 볼테르는 중국이 4천 년 이상의 신뢰할 만한 연대기를 전승해온 점에 대해 높이 평가한다.

그는 『각 민족의 풍속과 정신에 관한 논고』 제1장 "중국에 관하여"에서 일식(日蝕)에 관한 중국 고대 기록의 신빙성에 대해 다음과 같이 구체적으로 이야기한다. "중국의 역사는 천문 관측에 토

189 Ibid., pp. 55-56.

190 Voltaire, *Romans et contes*, Paris: Gallimard, 1979, p. 317.

191 Ibid., p. 318.

대를 둔 이론(異論)의 여지가 없는 유일한 역사로서, 가장 확실한 연대기에 의해 기원전 2155년에 있었던 일식으로까지 거슬러 올라간다. 이 일식은 지난 몇 세기 동안에 이 미지의 나라에 파송되어 중국에 대해 경탄하는 동시에 중국인을 교육한 수학자이자 선교사인 서구인에 의해 확인되었다. 고빌(Gaubil) 신부는 공자의 책들에 기록되어 있는 36회의 일식을 검토했는데, 그 가운데 2회의 오류와 2회의 의심 사례만 발견했을 뿐이다."[192]

그리고 볼테르는 중국의 역사 기록이 중국 황제 시대로부터 시작된다는 데 주목한다. 중국의 역사는 이성적으로 확인 불가능한 천지창조와 이른바 신화와 전설이 혼재해 있는 여타 민족의 역사와는 분명히 차별성이 존재한다는 것이다. "중국인에게는 그들의 황제 이전의 역사가 없다. 이집트인에게서나 그리스인에게서와 같은 소위 반신(半神)이라 불리는 영감 받은 존재나 초자연적인 사건이나 허구가 전혀 없다. 중국인은 역사 기록을 시작할 때부터 합리적으로 기록했다."[193]

볼테르 이전에 서양에서 마가야네스(Magalhaes)나 마르티니(Martini) 같은 예수회 신부들이 중국 역사에 대한 연구서를 출판했다. 마가야네스는 『중국신지(*Nouvelle relation de la Chine*)』(1668)에서 중국인이 기원전 2357년부터 당대(1668년)까지 4025년 동안 22개의 왕가 및 왕조와 236명의 황제들에 관한 연속적인 기록을 보존하고 있다고 지적했다.[194] 그리고 그는 중국의 모든 사대부들이

192 Voltaire, *Essai sur les mœurs et l'esprit des nations vol. I*, Charleston: Nabu Press, 2011, p. 173.

193 Ibid., p. 56.

194 David E. Mungello, 『진기한 나라, 중국. 예수회의 적응주의와 중국학의 기원』, 나

중국의 기원을 적어도 기원전 2357년 요(堯)임금의 지배로 소급하는 것을 받아들인다고 주장한다.[195]

한편 마르티니는 그의 『중국상고사(*Sinicae historiae*)』(뮌헨본 1658, 암스테르담본 1659)에서 중국사를 기원전 2952년 복희(伏羲)씨의 통치에서 시작하는 것으로 서술한다. 복희씨의 통치(기원전 2952~2838)야말로 그에게는 중국의 전설과 역사를 구분하는 기준점이 된다. 중국의 고대를 기록한 역사의 정확성에 큰 감명을 받은 그는 중국 역사 기록의 척도를 다른 어느 민족도 능가할 수 없다고 믿었다.[196] 마르티니는 중국인의 역사 기록에서 객관성을 담보할 수 있었던 주요 요인으로서 황제에 대한 공식 기록을 그 황제가 죽은 후에 작성한 점으로 보았다. 이로써 역사 기록에서 '거짓과 아첨'을 배제할 수 있었다고 마르티니는 판단한다.[197]

볼테르는 중국이 4천여 년 동안 연대기를 작성해왔음을 지적하고, 중국의 문인들은 기원전 2300년 전부터 존재해온 오제(五帝)에 대해 아무도 의심하지 않는다고 말한다.[198] 이러한 볼테르의 언급은 마가야네스의 견해를 받아들이는 것으로 보인다. 그런데 볼테르는 기원전 2300년 전에 통치한 황제를 요임금이 아니라 복희씨(Fo-hi)라고 말함으로써 착오를 일으키고 있다. 그런데 이러한 착오는 뒤알드 신부에게서 연원한다. 뒤알드는 중국 역사의 첫 시

남, 2009, p. 170.

195 Ibid., p. 171.

196 Ibid., pp. 202-206.

197 Ibid., p. 215.

198 Voltaire, *Essai sur les mœurs et l'esprit des nations vol. I*, Charleston: Nabu Press, 2011, pp. 56-57.

기를 2357년 복희씨의 통치로 상정하기 때문이다.[199]

볼테르는 중국 고대사가 고대 문명국 가운데 우화를 극복한 유일한 사례라고 소개하지만, 사실상 중국사에도 볼테르의 관점에서 '미신' 혹은 '우화'로 규정할 사례가 기록되어 있다. 가령 중국 역사서는 요(Yao)임금 치세에 태양이 열흘 동안 연속해서 지평선 위에 머물러 있어 사람들을 공포에 빠지게 했다고 기록하기 때문이다.[200] '유럽의 공자'라 불리는 프랑수아 케네는 "우(禹, Yu)임금 이전의 중국 역사는 '우화(fables)'와 혼재되어 있으며, 중국의 역사 시대는 우임금 치세 이후에야 시작된다고 지적했는데,[201] 볼테르는 중국에 대한 예찬에 지나치게 경도되어 이 점에서 객관성을 잃고 있다.

신정 정치와 중국

신정 정치 시대에 국왕은 자신의 합리적 판단만으로 통치하는 것이 아니라, 국왕보다 우월한 초월적 존재인 신의 통치를 대행하는 형식을 취한다. 신과 국왕, 신과 백성 사이에서 '신의 뜻'을 전달해주는 매개자는 선지자 혹은 제사장으로서, 그가 신에게 요청

199 François Quesnay, 『중국의 계몽군주정(*Le Despotisme de la Chine*)』, 엠 에드, 2014. pp. 30, 33. 이 책은 프랑스어 원문과 한글 번역이 모두 수록되어 있다. 케네에 의하면, 역사가 뒤알드 신부는 복희씨(Fo-hi)가 통치하기 시작한 기원전 2357년을 중국 역사의 첫 번째 시기로 상정했다.

200 François Quesnay, 『중국의 계몽군주정(*Le Despotisme de la Chine*)』, 엠 에드, 2014. pp. 30-31.

201 Ibid., pp. 33-35.

하여 신에게서 받는 응답이 '신탁'이다.

볼테르에 의하면, "대부분의 고대 국가는 일종의 신정 정치(神政政治, théocratie)에 의해 통치된 것으로 보인다."[202] 가령 인도에는 사제 계급인 브라만들이 오랫동안 그 지배권을 지녀왔다. 페르시아에서는 페르시아 승려들(mages)이 가장 큰 권위를 지녀왔다. 이집트의 사제들은 자신들의 생활비를 왕에게 책정하게 하고, 왕의 자녀들을 교육시키고, 왕의 사후에 왕을 심판하며, 종종 사제 자신이 왕이 되기도 했다. 고대 그리스에서도 예언자 칼카스(Calcas)가 트로이 전쟁 시기에 미케네 왕 아가멤논의 딸인 이피게네이아를 제물로 바칠 것을 요구할 만큼 군대 내에서도 막강한 권한을 지니고 있었다. 고대 프랑스에서는 드루이드교 사제들이 오늘날 프랑스인의 선조인 골(Gaule) 민족을 통치했다.[203]

볼테르는 본격적인 의미의 국가가 형성되기 시작한 고대에는 신정 정치 이외의 통치가 거의 불가능했다고 판단한다. 왜냐하면 고대에는 일반적으로 국가에 수호신이 있었는데, 이때 그 수호신은 사제들을 지니고 있기 마련이고, 이 사제들이 신의 이름으로 백성의 정신을 지배하기 때문이다. 그 사제들은 자신들의 신에게 말하게 하고는 그들이 신에게 받았다고 하는 '신탁'을 왕을 비롯한 통치자와 백성에게 전한다. 그러면 바로 이 신의 명령에 의해 모든 것이 집행된다.[204]

이러한 신정 정치는 역사상 오랜 기간 동안 지속되었을 뿐 아

202 Voltaire, *Essai sur les mœurs et l'esprit des nations vol. I*, Charleston: Nabu Press, 2011, p. 25.

203 Ibid., pp. 25-26.

204 Ibid., p. 26.

니라, "인간의 정신착란이 도달할 수 있는 최악의 독재 상태까지 도달하게 한다"고 볼테르는 주장한다.[205] 이 통치가 신적인 통치라고 일컬어질수록 그 통치는 한층 더 가증스러운 통치가 된다. 거의 모든 고대 국가들에서 그 백성이 경배하는 신의 입을 통해 백성의 자녀들을 바치라는 신의 명령을 받았다고 믿었기에 고대인은 자신들의 자녀를 희생시켰다. 간혹 이 신은 왕에게도 자녀를 희생하라고 명령한다. 그러면 왕은 불가피하게 그 신탁에 순종해야 했다.

거의 모든 나라에서 이러한 신정 정치가 견고하게 확립되고 깊이 뿌리를 내렸기에 고대 국가들의 역사는 신들이 이 땅에 내려와 인간 세계를 통치한 신들의 역사라고 말할 수 있을 정도다. 신들이 지상에 내려와 인간 세계를 통치했다는 것 역시 볼테르의 이신론적 관점에서 '우화'에 불과하다.[206]

유럽이 유아 인신공희(人身供犧)를 실행할 당시, 예를 들어 드루이드교 사제들이 고대 프랑스의 아이들을 커다란 버드나무 광주리에 담아 희생시킬 당시에 중국인의 종교는 이미 "단순하고, 현명하고, 고상하며, 모든 미신과 야만으로부터 벗어나 있었다"고 볼테르는 주장한다.[207] 그는 소위 '문명화된' 백성 가운데 오직 중국인만이 이러한 끔찍한 만행을 실행하지 않았으며, 고대 국가들 가운데 중국이야말로 성직자에게 복종하지 않은 유일한 나라라고 말한다.[208]

205 Ibid.

206 Ibid., p. 27.

207 Ibid., pp. 57-58.

208 Ibid., p. 26.

볼테르에 의하면, 유럽이 아직 야만 상태에 있을 때 광대하고 많은 인구를 지닌 중국은 이미 한 가족처럼 통치되고 있었다. 왕은 백성의 아버지와 같았고, 40개로 나뉜 지방 관청의 판관(判官)은 백성의 형(혹은 오빠)으로 간주되고 있었다. 중국 황제나 지방 판관의 종교는 결코 사기(詐欺)에 의해 불명예스럽게 되지 않았고, 결코 성직자와 황제 간의 다툼으로 인해 혼탁해지지 않았으며, 파당에 이끌린 광신도의 손에 단도를 들게 하는 정신착란(광란)이 없다는 점에서 중국인이 세계 어느 민족보다 우월하다고 볼테르는 판단한다.[209]

볼테르는 중국 종교에서 가장 중요한 인물인 공자가 석가나 예수 같은 성인들과는 다른 인물임을 역설한다. 석가나 예수가 초자연적인 기적과 관련된 존재임에 반해 공자는 초자연적 기적과는 무관한 존재라는 점에서 볼테르의 특별한 관심을 받는다. 볼테르는 공자가 새로운 사상이나 새로운 제의(rites)를 만들어낸 존재도 아니며, 영감을 받은 자나 선지자도 아니었음을 매우 긍정적으로 소개하고 있다. 공자는 고대의 율법을 가르치는 관헌이었을 뿐임을 지적하는 볼테르는 서구에서 종종 '공자 종교(la religion de Confucius)'라고 명명하는 것은 적절하지 못한 표현이라고 판단한다. 왜냐하면 공자는 덕(vertu)만을 권고했고 그 어떠한 신비(mystère)도 설교하지 않았기 때문이다.[210]

볼테르에 의하면, 유교에서 가장 중요한 인물인 공자는 신탁 같은 초자연적인 기적에 관심을 가지지 않았고, 또한 공자 가르침의 핵심이 건전한 도덕이었기에 중국의 정치는 신정 정치로부터

209 Ibid., p. 58.

210 Ibid.

벗어날 수 있었다.

볼테르는 『각 민족의 풍속과 정신에 관한 논고』에서 공자의 책 세 권에 대해 언급한다. 볼테르는 그 책들에 대해 다음과 같이 소개한다. 첫 번째 책에서 공자는 통치에 대해 배우기 위해서는 우선 매일매일 수신(修身)해야 함을 가르친다. 둘째 책에서 공자는 신이 인간의 마음속에 덕을 새겨놓았음을 주장한다. 그리고 공자는 인간이 악하게 태어나지 않았으며 인간이 악한 것은 과오(faute)로 인해 그러하다고 주장한다. 세 번째 책은 순수한 금언(maximes) 모음집으로서 거기에는 저열한 것이라고는 전혀 없으며, 우스꽝스러운 풍유(allégorie)도 전혀 없다.[211] 공자의 책들에 대해 언급한 직후에 볼테르는 공자가 '5천 명의 제자'를 거느렸기에, 자신이 유력한 파당의 수장이 될 수도 있었으나 그는 그들을 통치하기보다 가르치기를 더 좋아했다고 부기(附記)하고 있다.

여기서 볼테르가 공자의 책이라고 말한 것은 사실상 공자가 저술한 책이 아니라 공자의 가르침을 전한 책이다. 첫째 책은 『대학(大學)』, 둘째 책은 『중용(中庸)』, 셋째 책은 『논어(論語)』다. 볼테르의 관점에서는 공자야말로 진정한 철학자다. 『철학사전』의 "철학자(philosophe)"라는 항목에서 볼테르는 다음과 같이 말한다. "철학자는 열광자가 아니며 예언자로 행세하지도 않는다. 그는 신들로부터 영감을 받았다고 자처하지도 않는다. 그러므로 나는 고대인인 자라투스트라도, 헤르메스도, 옛 오르페우스도 철학자로 간주하지 않을 것이다. 또한 갈데아, 페르시아, 시리아, 이집트, 그리스 같은 나라들이 자랑삼는 입법가들 그 누구도 철학자의 반열에

211 Ibid.

올리지 않겠다. 자신이 신들의 자식인 양 행세하는 사람들은 사실 사기의 아버지였다. (……) 그들은 철학자가 아니었다. 그들은 기껏해야 매우 신중한 거짓말쟁이에 불과했다."[212] 볼테르는 속임수에 의지하지 않고 고대에 행복하게 사는 법을 가르친 단순소박한 현자가 있었는데, 그 인물이 바로 공자라고 주장한다. 볼테르는 공자야말로 "가장 훌륭한 행동 규범을 인류에게 제시"[213]한 인물로 평가한다.

신정 정치를 가르친 인물이나 예언가를 자처하는 정치인들을 '사기꾼'으로 간주하는 볼테르는 진정으로 진리와 지혜를 사랑하는 자, 즉 철학자의 대표적인 인물로 공자를 제시한다. 볼테르는 공자보다 더 유용한 진리를 인류에게 가르친 입법가가 없었다고 평가한다. 볼테르는 공자가 초자연적인 요소, 신비의 요소와는 무관하게 순수한 도덕과 법률만을 가르친 현자이며, 또한 공자의 가르침을 받아 통치하는 중국의 왕과 관리들, 그리고 지방의 판관들도 신의 명령을 사칭하지 않았다는 점에서 고대의 다른 나라 통치자들과 차별성을 부여한다. 그리고 이 점이 볼테르가 중국의 통치 제도를 매우 높이 평가하는 이유 가운데 하나이다.

볼테르와 고대 중국의 과학기술

우리는 볼테르가 프랑스의 대표적인 중국예찬론자로서 중국에 대해 매우 높이 평가했음을 지적해왔다. 그렇지만 그가 중국이

212 Voltaire, *Dictionnaire philosophique*, Paris: Garnier Frères, 1961, pp. 342-343.

213 Ibid., p. 343.

모든 면에서 프랑스나 유럽보다 낫다고 판단한 것은 아니다. 그가 중국의 우월성을 인정한 부분은 주로 종교와 도덕 그리고 정치 영역이다. 그렇다면 볼테르는 중국의 과학기술에 대해서는 어떻게 생각했을까?

볼테르는 중국의 과학기술이 고대에는 발달했음을 인정한다. 그는 중국인이 다른 민족들과는 독립적으로 일식과 행성 연합을 관측하고 기록해왔으며 볼테르 당대 유럽 천문학자들이 그들의 기록을 검토해보고 거의 정확하다는 데 대해 놀랐다고 지적한다.[214] 『각 민족의 풍속과 정신에 관한 논고』에서 볼테르는 중국의 천문학 지식에 대해 다음과 같이 말한다. "중국인은 꾸준히 천체를 관측해왔고, 모든 천체 현상에 주목해왔으며, 관측한 현상들을 후세에 전달해왔다. 그들은 우리와 마찬가지로 태양의 운행을 365와 1/4로 나눴다. 중국인은 춘분·추분과 하지·동지를 알고 있었다. 좀 더 주목할 만한 요소는 그들이 태곳적부터 한 달을 주들로 나눠왔으며, 이때 한 주는 7일로 구성된다는 점이다."[215]

고대 중국인의 천문학에 대해 높이 평가하는 볼테르는 고대 중국인의 문자 기록을 위한 재료에 대해서도 높이 평가한다. 볼테르는 갈데아인이 점토판에 글을 새기던 시기에 중국인은 이미 죽간(竹簡)에 글을 썼으며, 부식을 막아주는 광택제가 발린 고대의 죽간서가 볼테르 당대에도 여전히 보존되고 있음을 보고하고, 그 죽간서가 세상에서 가장 오래된 고대의 기념물일 것이라고 말한

214 Voltaire, *Essai sur les mœurs et l'esprit des nations vol. I*, Charleston: Nabu Press, 2011, p. 55.

215 Ibid., p. 180.

다.[216]

이렇듯 볼테르는 고대 중국의 천문학에 대해 어느 정도 인정하고, 죽간에 대해서는 그 우수성을 높이 인정한다. 그런데 그는 오늘날 '중국 고대의 4대 발명품'으로 알려져 있는 과학기술 업적에 대해서는 구체적인 내용을 잘 알지 못했으며, 그 발명품의 중국 기원에 대해 부정확한 지식을 가지고 있었다. 후한 때 발명된 종이와 송대에 발명된 나침반 · 인쇄술 · 화약은 중국의 4대 발명품으로 오늘날 일반적으로 인정되고 있다. 그러나 볼테르는 이 발명품들이 중국에서 기원한 것임을 잘 알지 못했다.

그런데 사실은 볼테르뿐 아니라 서양의 학자들도 오랫동안 이러한 발명의 기원에 대해 잘 알지 못하고 있었다. 영국의 철학자 프랜시스 베이컨(Francis Bacon)은 『신기관』(1620)에서 나침반 · 인쇄술 · 화약의 발명이 강력한 결과를 낳았으며, 온 세계에 걸쳐 삶의 전 영역을 변화시켰다고 이들 발명품을 매우 높이 평가한다. "인쇄술은 학문에, 화약은 전쟁에, 나침반은 항해에 커다란 변화를 가져왔다. 그 어떤 제국도, 그 어떤 철학체계도, 그 어떤 천체도 이 기계 발명품만큼 더 큰 힘과 영향력을 인간사에 행사하지 못했을 것이다."[217] 그런데 베이컨은 자신이 극찬하는 나침반, 인쇄술, 화약의 발명이 어느 나라에서 기원했는지를 잘 모르고 있었다. 왜냐하면 그는 이들 발명품들의 기원이 '분명하지 않다(obscure)'고 기록하고 있기 때문이다.

216 Ibid., p. 56.

217 Francis Bacon, *The New Organon, or True Directions Concerning the Interpretation of Nature*, Book 1, 129. http://www.earlymoderntexts.com/assets/pdfs/bacon1620.pdf

프랜시스 베이컨보다 한 세기 이상 늦게 태어난 볼테르 역시 이들 발명품들이 어느 나라에서 기원했는지에 대해 잘 알지 못했다. 우선 '종이'에 대해 살펴보자. 볼테르는 『각 민족의 풍속과 정신에 관한 논고』에서 "아득한 옛날부터 중국인은 대나무(bamboo)를 물에 끓여 만든 섬유를 재료로 삼아 빛나는 백색의 얇은 종이를 만들어왔다"고 지적한다. 여기서 닥나무가 아닌 대나무를 재료로 종이를 만들었다고 말한 내용을 토대로 볼테르가 오류를 범했다고 보기는 어렵다. 『중국의 과학문명』의 저자인 야부우치 기요시에 의하면, 중국에는 마(麻), 뽕나무, 등나무 이외에 대나무 섬유로 만든 죽지(竹紙)가 대량으로 생산되었다.[218] 오늘날 학자들은 역사 기록과 유적 등을 통해 종이가 1~2세기경에 중국에서 최초로 발명되어 이슬람 세계를 거쳐(8세기) 12세기경에 유럽으로 전파되었다고 추정하고 있지만, 볼테르 당대에는 종이의 전파와 관련된 구체적인 정보는 잘 알려져 있지 않았을 것이다.

중국의 인쇄술에 대해 볼테르는 상당히 부정확한 지식을 전달한다. 그는 중국인이 인쇄술을 발명했다고 지적하지만, 이때 그가 지칭하는 인쇄술은 목판인쇄술이다. 그는 구텐베르크의 목판인쇄술보다 중국의 목판인쇄술이 더 완벽하다고 말한다. 그와 동시에 볼테르는 유럽인이 사용하는 금속활자가 중국 목판인쇄술보다 우수한데도 중국인은 유럽의 금속활자를 아직까지 채택하고 있지 않다고 주장한다.[219]

그는 구텐베르크에 훨씬 앞서 한국과 중국에서 금속활자를

218 야부우치 기요시, 『중국의 과학문명』, 민음사, 1997, p. 117.

219 Voltaire, *Essai sur les mœurs et l'esprit des nations vol. I*, Charleston: Nabu Press, 2011, p. 179.

이미 발명한 사실을 모르고 있었던 것 같다. 이 점 역시 볼테르의 큰 오류로 보기는 어렵다. 서양에서는 구텐베르크가 금속활자를 세계 최초로 발명했다고 20세기 중반까지 주장해왔기 때문이다. 오늘날 현존 서적 가운데 가장 오래된 금속활자본으로 공인된 책은 한국의 『직지(白雲和尙抄錄佛祖直指心體要節)』이다. 그런데 이 책이 구텐베르크보다 앞서는 금속활자본으로 인정된 것은 20세기 후반의 일이다. 사실 한국과 중국의 금속활자 발명에 대한 무지보다 더 심각한 볼테르의 오류는 구텐베르크의 목판인쇄술에 대해 언급한 부분이다. 이 글로 판단한다면, 볼테르는 구텐베르크가 발명한 것이 목판인쇄술이라고 생각한 것 같다. 여하튼 볼테르는 인쇄술의 기원에 대해 제대로 알고 있지 못했음이 분명하다.

나머지 두 가지 발명품에 대해서도 볼테르는 부분적으로만 알고 있음이 드러난다. 우선 화약의 경우, 볼테르는 중국인이 화약을 발명했음을 인정한다. 그러나 그는 중국인이 화약 기술을 축제의 불꽃놀이에만 사용했으며, 중국의 불꽃놀이 화약은 다른 나라들보다 우수했다고 말한다. 그런데 볼테르는 중국인이 최근 몇 세기 전에야 비로소 포르투갈인으로부터 화포 사용법을 배웠으며, 또한 중국에 온 예수회 신부들로부터 대포 제조법을 배웠다고 부기한다.[220] 볼테르는 중국이 송나라 때 이미 화약을 '강력한 폭발력'을 가진 무기로 사용했음을 알지 못했다. 중국은 송대에 대규모의 무기공장을 세워 화약과 화약 무기를 생산했고, 이후 중국의 화약 무기는 이슬람 세계에 전해졌으며, 이는 다시 유럽 각지로 전해졌다.[221]

---

220 Ibid., p. 180.

221 치엔웨이창, 『중국 역사 속의 과학발명』, 전파과학사, 2016, pp. 133-143.

볼테르는 중국인이 나침반에 대해 알았던 것은 사실이지만, 그 나침반을 선박의 행로를 안내하는 데 적절하게 사용하지는 않았다고 말한다. 볼테르에 의하면, 중국인은 중국을 벗어나 멀리 항해하지 않았고 중국 영토의 연안을 따라 항해하는 데 그쳤다. 그 이유는 중국인이 광대한 영토를 지니고 있었기에 유럽인처럼 지구 끝까지 항해할 이유가 없었기 때문이라는 것이다.[222] 그리고 볼테르는 중국인에게 나침반은 화약과 마찬가지로 단순한 호기심의 대상일 뿐이었다고 말한다.[223]

하지만 중국에는 송나라 때 이미 나침반을 항해에 사용했다는 기록이 있으며, 또한 이 기록은 나침반 사용 사례에서 세계 최초의 기록이다.[224] 송나라 시대 주욱(朱彧)은 『평주가담(萍州可談)』(1119)에서 해양 선박에 주사(舟師)라는 직책을 가진 사람이 있다고 전한다. 주사란 "밤에는 별을 관측하고, 낮에는 해를 관측하며, 흐린 날씨와 어두운 밤에는 지남침(나침반)을 보아 자리를 알아내는 사람"이다.[225] 송대에 이미 '나침반의 지시에 따라 선박이 다니는 항로'를 의미하는 침로(ship's course)를 표시한 항해도가 제작된 이래로, 이러한 항해도는 원나라 시대에 다양하게 제작되고 또한 활용되었다.[226] 중국의 나침반은 중국에 상주하고 있던 아랍 항해가들에게 알려졌고 그들을 통해 아랍-이슬람 세계에 전

222 Voltaire, *Essai sur les mœurs et l'esprit des nations vol. I*, Charleston: Nabu Press, 2011, p. 180.

223 Ibid.

224 치엔웨이챵,『중국 역사 속의 과학발명』, 전파과학사, 2016, pp. 99-101.

225 Ibid., p. 100.

226 정수일,『실크로드학』, 창비, 2007, p. 296.

해졌으며, 이어서 아랍인은 나침반 기술을 유럽으로 전했다.[227] 물론 화약과 마찬가지로 나침반도 이슬람 세계와 유럽을 거치면서 더 진보된 개량으로 이어졌으며, 근대에 와서는 중국으로 역수입되기도 했다.

볼테르와 중국 과학기술의 지체

비록 볼테르가 '중국 고대의 4대 발명품'에 대해 정확하게 알지 못한 것은 사실이지만, 그는 중국이 고대에는 정치, 도덕뿐 아니라 과학기술도 매우 발달했음을 인정한다. 그런데 이후 중국은 정치와 도덕에서는 여전히 매우 앞선 문화를 지속해나간 데 반해 과학기술 영역에서는 중국의 발전 속도가 유럽에 비해 매우 느리다고 판단한다. 볼테르는 중국의 천문학이 고대에는 앞서 있었지만 이후에는 '낡고 편협한' 상태로 머물러 있었다고 주장한다.[228] 기록문화에서도 중국이 고대에는 매우 앞서 있었으나, 근대에는 유럽의 금속활자를 아직까지 채택하고 있지 않고 목판인쇄술에 머물러 있다고 주장했음은 앞서 살핀 바와 같다.

중국인이 초창기 발명에는 매우 앞섰던 '발명의 민족(peuple inventeur)'[229]으로서 기예(arts)와 과학(sciences)을 매우 오래전부터 부단하게 연마해왔음에도 불구하고 근대에 들어와서는 유럽에 비

227 Ibid., pp. 296-297.

228 Voltaire, *Essai sur les mœurs et l'esprit des nations vol. I*, Charleston: Nabu Press, 2011, p. 181.

229 Ibid.

해 상당히 지체되었다고 판단한 볼테르는 중국이 '매우 작은 진보'만을 성취했다고 평가하고 그 주요 원인을 다음 두 가지로 제시한다.

첫째 원인은 조상에게 전수받은 유산에 대한 중국인의 경이로운 존중이다. 이러한 태도로 인해 이들은 오래된 것이면 완벽한 것으로 여기는 경향을 가지게 되었다. 둘째 원인은 모든 지식의 제일 원리인 중국 언어의 성격이다. 다시 말해 자신의 생각을 알리는 데 매우 단순한 방편이어야 할 글쓰기가 중국인에게는 매우 어려운 방편이었다는 점이다. "각 단어는 각기 다른 문자를 지닌다. 중국에서는 가장 많은 수의 문자를 아는 사람이 가장 유식한 학자로 간주된다. 어떤 중국인은 글을 잘 쓰는 법을 배우기 전에 늙어버린다."[230]

이렇듯 볼테르는 중국의 과학기술이 고대에는 유럽에 비해 월등하게 발전했으나, 근대에 들어와 지체되었다고 판단하고 그 원인을 복고주의와 한자로 요약한다. 볼테르는 과학기술 영역에서는 당대의 중국이 유럽에 비해 약 200년 내지 300년 뒤져 있다고 주장한다. 그러나 이는 라이프니츠 등 선배들의 증언과는 상충되며, 오늘날 사계의 전문가인 조지프 니덤(Joseph Needham)의 평가와도 거리가 있다.

볼테르가 프랑스의 대표적인 중국 애호가라면, 독일의 대표적인 중국 애호가는 라이프니츠라고 할 수 있다. 중국의 과학기술에 관심이 많았던 라이프니츠는 "중국에 있는 예수회 선교단에 직접 편지를 써서 중국의 농업, 군사 및 해군 기술뿐만 아니라 금속,

230 Ibid., pp. 181-182.

차, 종이, 비단, '진품' 도자기, 염색과 유리 등에 관한 정보를 제공해줄 것을 요청"했다.[231] 라이프니츠에 자극받은 프랑스의 재상 콜베르는 프랑스 국왕 루이 14세를 설득하여 중국의 과학, 동식물 그리고 농업 등 모든 분야를 조사하기 위해 프랑스 과학협회에서 작성한 긴 조사 목록을 지참한 선교사 6인을 프랑스 왕이 중국에 파견하도록 주선했다.[232] 또한 라이프니츠는 중국에서 유럽으로 돌아오는 예수회 선교사들 편에 중국의 기술, 기계, 설계도와 중국의 농업 및 산업에 관한 설명 내용을 문서로 보내줄 것을 요청했고, 예수회 선교사들은 그의 요구에 응해주었다.[233]

라이프니츠는 이론적인 고찰에 의거하는 수학에서는 유럽이 앞서지만 물리학, 화학, 생물학 등 실천적 관찰에 의거하는 자연학에서는 중국이 앞선다고 주장했다. 그리고 그는 유럽의 뛰어난 이론적 사색과 중국의 뛰어난 관찰 경험을 서로 교환할 것을 제안하기도 했다. 그런데 이러한 라이프니츠의 관점과는 달리 볼테르는 중국의 과학이 유럽에 비해 몇백 년 낙후된 것으로 판단했다. 볼테르는 「중국에 관하여」라는 글에서 "오늘날의 중국인은 약 300백 년 전의 우리와 마찬가지로 매우 무지한 추론가들이다"라고 말한다. 이어서 그는 중국인이 "훌륭한 도덕론자(un excellent moraliste)"이긴 하지만 "매우 형편없는 자연학자(un fort mauvais physicien)"라고 평가한다.[234] 이 글의 마지막 부분에서 볼테르는 "과학 영역에서 중국인은 우리가 200년 전에 있었던 지점에 도달

231 John M. Hobson, 『서구 문명은 동양에서 시작되었다』, 에코 리브르, 2005, p. 258.

232 Ibid.

233 Ibid.

234 Voltaire, *Dictionnaire philosophique*, Los Gallardos: Patrik Cintas. 2005, p. 610.

해 있다"라고 말하는데, 볼테르는 이러한 언급으로써 당대 중국인이 200년 전 유럽인과 마찬가지로 부적과 점성술 같은 "우스꽝스런 편견들(préjugés ridicules)"을 지니고 있었음을 지적하고 있다.[235]

20세기에 들어와 중국의 과학기술 문명에 대해 깊은 연구를 수행한 대표적인 학자는 조지프 니덤이다. 그가 캠브리지 대학의 동료들과 공동으로 기획하고 집필한 『중국의 과학과 문명(*Science and Civilisation in China*)』 시리즈는 1954년 제1권이 출간된 이래 그가 사망한 1995년 이후에도 집필과 출간이 계속되고 있는 방대한 저술 작업으로서 현재까지 약 30여 권이 출간됐다. 니덤은 중세 시대는 물론 15세기까지 중국 과학이 유럽에 비해 우월했다고 평가한다. 중국이 15세기까지는 유럽에 비해 더 높은 과학기술 수준에 도달해 있었지만, 서양이 갈릴레오(1564~1642)의 혁명과 함께 과학 르네상스를 시작하면서 비약적인 발전을 이룩함으로써 비로소 중국을 따라잡기 시작했다는 것이다.[236]

니덤과 그의 동료들은 아시아 과학이 '근대 과학'으로 나아가지 못하고 서양에서만 그렇게 된 것은 사회경제적·문화적·제도적인 여러 차이의 결과로 본다. 서양에서만 '근대 과학'이 발전한 것은 서양 사회의 여러 특징들과 법, 종교, 철학, 신학 등 서양의 여러 문화가 복합적으로 작용한 결과라는 것이다. 니덤은 유럽에서 탄생한 근대 과학이 중국 과학에 많은 빚을 지고 있다고 말한다. 니덤에 의하면 "모든 민족과 문화의 고대 및 중세 과학은 근대 과학의 대양으로 흘러 들어가는 강물들"이라고 말함으로써 근대 과

235 Ibid., p. 614.

236 Joseph Needham, 「중국 과학전통의 결함과 성취」 in 김영식 편, 『중국 전통문화와 과학』, 창작과 비평사, 1992, p. 57.

학은 '유럽적인' 과학이 아니라 보편적으로 유효한 세계의 과학이라는 것이다. 그리고 그는 세계 과학의 형성에 중국 과학이 많은 기여를 했다고 지적한다.[237] 그런데 볼테르는 과학문명을 총체적으로 판단하기에는 중국 과학과 과학사적 맥락에서의 비교 문명적 지식이 결여되어 있었다. 그리고 이러한 지식은 볼테르 당대에는 아무도 갖지 못했을 것이다.

237 Robert Temple, 「그림으로 보는 중국의 과학과 문명」, 까치, 2009, p. 10. (Joseph Needham의 서문)

V. 결론: 볼테르의 공헌과 한계

1. 볼테르의 공헌

동서 문화교섭: 유럽과 타자로서의 중국

인간은 끊임없이 교섭하면서 살아가는 존재다. 인간은 자신이 속한 공동체의 동시대 문화뿐만 아니라 그 공동체의 과거 문화와도 교섭하며 또한 타 문명권과도 교섭한다. 다양한 문화와 교섭하는 가운데 우리는 자신이 속한 공동체의 문화가 지닌 장점을 파악하기도 하며, 단점을 극복한 새로운 문화를 창조하기도 한다. 이렇듯 오랜 기간 동안 교섭하면서 문화를 발전시켜왔기에 우리가 고유한 문화라고 생각하는 문화도 사실은 타문화와의 교섭에 의해 생성되었거나 타문화를 변용한 문화일 경우가 많다.

근대에 들어와 동아시아와 유럽 사이에 진행된 문화교섭에서 주도권을 쥔 진영은 유럽이었다. 문화교섭이란 쌍방적인 것이다. 그런데 사실상 유럽을 방문한 동아시아인보다 동아시아를 방문한 유럽인이 훨씬 더 많았고, 여행자들이 남긴 여행기의 경우에도 유럽인의 동아시아 여행기가 더 많았으며, 유럽문화를 동아시아에 소개하거나 동아시아문화를 유럽에 소개한 이들도 대개 유럽인이었다. 문젤로(David E. Mungello)는 유럽인과 중국인 사이의 상호 간 방문에 대해 다음과 같이 말한다. “1500~1800년 사이에 중국에는 유럽의 선교사와 무역업자들의 수가 수천 명에 달했으나, 유럽을 찾아온 중국인의 수는 200~300명 정도에 불과했던 것

같고, 그들 대부분은 교회와 관련된 일로 로마와 나폴리로 갔다. 북유럽, 심지어 런던이나 파리 같은 주요 도시에서도 중국인의 모습은 거의 찾아볼 수 없었다."[1] 어느 진영이 상대방으로부터 영향을 많이 받았는가의 문제와 무관하게 동서 문화교섭에서 더 큰 역할을 감당한 진영이 유럽이라는 점은 부인할 수 없다.

동아시아를 대표하는 중국은 굳이 타 문명권을 필요로 하지 않았다. 중국은 중화주의(中華主義) 세계관 속에서 자신들이 세계의 중심이며 가장 위대한 문화를 지닌 민족으로서 세계를 지배하고 있다고 믿었고 또한 타 문명권의 위협 속에 있지 않다고 판단했기에 자족하고 있었다. 그런데 서양은 왜 동양을 필요로 했을까? 근대에 진행된 서양과 중국과의 교섭에서 두드러진 요소는 기독교 신앙이다. 특히 가톨릭 수도회인 예수회의 선교 열정으로 인해 유럽인은 16세기부터 중국을 비롯한 아시아로 적극 진출하게 되었다.

동아시아에서 서구의 제국주의적 야욕이 본격적으로 표출되기 전인 이 시기 문화교섭에서 주도권을 쥔 유럽인은 동아시아에 기독교를 전파했다. 예수회 선교사들은 중국인 학자들의 도움을 얻어 기독교 교리를 중국어로 저술하는 등 포교 활동에 힘썼을 뿐만 아니라, 서양의 학문과 문화를 중국에 소개하는 역할도 감당했다. 다른 한편으로 그들은 중국의 사상과 문화를 유럽으로 소개하는 역할도 했다. 예수회 신부들이 동서 문화교섭의 중심인물로서 가교(架橋) 역할을 감당했기에 학문과 문화를 중심으로 교섭이 진행되었고, 이 과정에서 우월성과 독특성을 인정받은 중국의 학문

1 David E. Mungello, 『동양과 서양의 위대한 만남 1500~1800』, 휴머니스트, 2009, p. 139.

과 문화는 17~18세기 유럽에서 큰 영향을 미칠 수 있었다.

이 시기에 유럽 사상가들은 중국 사상을 통해 자신들의 전통을 비판적으로 성찰할 기회를 가졌다. 르네상스 시기에는 유럽이 중국으로부터 과학기술 문명을 적극 받아들였다면, 17~18세기에 유럽인은 중국의 사상 특히 공자사상에 많은 영향을 받게 된다. 1687년 파리에서 『중국의 철학자, 공자』가 출간된 이래 공자는 유럽 사상가들에게 상당한 영향력을 미쳤으며 후일 "18세기 계몽주의 시대의 수호성인"으로 인정받았다. 계몽사상가 볼테르는 중국의 유교와 공자를 높이 평가한 대표적인 중국예찬론자다.

앙시앵 레짐 속의 18세기 프랑스를 살아가면서 볼테르는 사회 개혁을 열망했다. 특히 종교와 정치 제도의 변혁을 갈구했던 그는 초창기에 그 대안을 영국에서 찾고자 했다. 영국은 프랑스보다 종교적 관용이 더 많이 시행되고 있었으며 입헌군주제가 확립되어 있었기 때문이다. 이후 그는 중국에 대한 지식을 축적하면서 점점 더 중국에서 대안을 찾고자 했다. 사실상 볼테르가 영국에 열광한 요소와 중국에 열광한 요소는 겹친다. 그는 종교적 관용과 입헌군주제 측면에서 중국이 자신의 이상에 더 가까움을 발견한다.

신적 계시에 토대를 둔 정통 기독교에 반대하는 볼테르는 유교가 초월적 계시가 없는 자연종교라는 점에 주목하여 이를 위대한 철학으로 소개했다. 그리고 당대 서구사회에서 매우 중요한 이슈였던 종교적 관용 문제에 직면하여 중국이야말로 종교적 관용이 살아있는 나라라고 보았다. 또한 플라톤 이래로 서구 정치에서 이상적인 것으로 간주해온 '철인왕(哲人王)에 의한 통치' 모델을 중국에서 발견할 수 있다고 그는 생각했다.

볼테르는 18세기에 문명 간의 대화를 시도한 대표적인 학자다. 그는 유럽 문명과 동아시아 문명, 프랑스 문명과 중국 문명 간의 대화를 시도했다. 자신의 문화에 내재하는 모순과 부조리를 인식하고, 그러한 부정적 요인들을 극복하고자 하는 갈망을 지닌 그는 프랑스의 문화에 대한 비판적 성찰과 함께 중국이라는 타자, 타문화를 참조하여 프랑스의 사회와 문화를 개혁하고자 노력했다. 그는 서구 중심주의에 매몰되어 중국 문명을 경멸하지 않고, 프랑스 사회를 개혁하기 위해 중국의 종교 사상과 도덕, 그리고 통치제도를 긍정적으로 평가하고 이들을 프랑스 사회에 도입하고자 시도했다. 중국과의 만남과 대화는 그에게 유럽 중심주의, 기독교 중심주의, 그리고 오리엔탈리즘을 극복하는 계기를 마련했고, 바로 이러한 점들에서 그의 저술은 큰 의의가 있다

유럽 중심주의 및 기독교 중심주의의 극복

볼테르 시대에 유럽에는 이미 유럽 중심주의적인 시각이 형성되어 있었다. 고대 그리스의 헤로도토스와 아리스토텔레스 이래로 유럽 사상가들은 유럽과 아시아를 대비할 때 '자유로운 유럽'과 '예속적인 아시아'라는 도식 속에서 이해하는 것이 일반적이었다. 마키아벨리, 보댕, 베이컨 등 근대의 많은 사상가들이 이 도식 속에서 유럽과 아시아를 이해함으로써 결국 이 도식을 더욱 강화시켜왔다. 이러한 도식은 볼테르의 동시대인인 몽테스키외에까지 이어졌고, 몽테스키외가 더욱더 공고히 한 유럽과 아시아에 대한 이러한 이해는 헤겔과 마르크스에 이르기까지 유럽에서 종종 되풀이되어왔다.

볼테르는 중국이 유럽보다 도덕과 정치에서 우월함을 인정함으로써 유럽의 우월성에 토대를 둔 유럽 중심주의를 극복했다. 볼테르에게는 유교야말로 미신과 광신에서 벗어난 관용적인 종교사상이며, 중국은 유교의 합리적인 가치에 따라 황제가 통치하는 제도를 운영하는 계몽군주제의 본보기라고 간주했다. 볼테르의 유럽 중심주의 극복 시도가 갖는 의의를 규명하기 위해 유럽에서 진행되어온 '자유로운 유럽'과 '예속적인 아시아'라는 도식이 형성된 역사를 일별해볼 필요가 있다.

아리스토텔레스는『정치학』에서 유럽인과 아시아인을 지리적 풍토와 관련시키며 전제정치가 아시아로부터 유래하는 것으로 서술했다. 이 그리스 철학자는『정치학』에서 다음과 같이 말한다.

> "일반적으로 추운 나라에 사는 사람들은, 그리고 특히 유럽의 추운 지방에 사는 사람들은 기질이 용감하지만 기술이나 지능이 모자란다. 그렇기 때문에 그들은 비교적 자유로운 상태에 계속 남아 있지만, 정치적인 발전을 이룩하지 못하며 다른 사람들을 통치할 능력도 없다. 아시아 사람들은 기술과 지능을 갖추고 있지만 기개가 모자란다. 이러한 이유 때문에 그들은 계속하여 신하나 노예노릇을 한다. 그리스 인종은 지리적 위치가 이들의 중간이며, 이 양측의 품성을 모두 구비하고 있다. 그리스인은 기개와 함께 지능도 갖추고 있다. 이들 중의 한 품성 때문에 이들은 자유민으로 남아 있으며, 다른 품성으로 말미암아 최고도의 정치적 발전을 이룩할 수 있을

것이다."[2]

아리스토텔레스는 '야만인'인 아시아인이 그리스인보다 성격상 더 굴종적이기에 불평하지 않고 독재적인 통치를 용납한다고 주장한다.[3] '아시아적 전제정'이라는 아리스토텔레스의 규정은 후대에도 지속적으로 영향을 미쳤다. 근대에 와서 유럽 사상가들은 유럽사회의 특수성을 확보하기 위해 유럽사회와 대조되는 사회구성체 및 국가구조를 상정해왔다. 이 사상가들은 500년 동안 남동유럽을 지배해오면서도 유럽 대륙의 사회와 정치 체제에 동화되지 않는 오스만 제국과의 대비를 통해 유럽 세계의 특징을 정의하려 했다.[4]

가령 16세기 초 이탈리아의 마키아벨리(Niccolò Machiavelli)는 오스만 제국을 유럽 왕정제의 안티테제로 제시했다. 그는 오스만 제국 전체가 우두머리인 황제에 의해 지배되고 있으며, 다른 모든 사람은 그의 노예이고, 심지어는 행정관료들도 모두 황제에게 예속된 노예라고 주장하며 오스만 제국의 전제적 관료제를 지적함으로써 오스만 제국을 유럽과 구분하고자 시도했다.

프랑스 종교전쟁 시기(1562~1598)에 장 보댕(Jean Bodin)은 신하들의 신체와 재산을 존중하는 유럽국가의 왕정을 신하에 대한 지배에서 무제한적인 권력을 행사하는 오스만 제국의 전제주의적 권력과 대조시킨다. 그는 유럽의 어떤 곳에서도 투르크에서와 같

---

2 Aristoteles, 「정치학」『정치학/시학』, 삼성출판사, 1994, p. 280.

3 같은 책, p. 148.

4 이하 논의(마키아벨리, 보댕, 로크)에 대해서는 다음 문헌을 참조할 것. Perry Anderson, *Lineages of the Absolute State*, London: Verso, 1979, pp. 397-400.

은 막강한 권한을 가진 군주정은 없다고 지적하면서 "아시아 및 아프리카 민족들보다 더욱더 자존심이 강하고 호전적인 유럽인은 헝가리의 침입 이래 전제적인 왕정을 결코 용인하지 않았고 또 경험하지도 않았다"고 주장한다.

17세기 초 영국의 베이컨(Francis Bacon)은 오스만 제국과 유럽의 차이를 세습귀족의 유무에서 찾았다. 그는 세습귀족이 존재하지 않는 오스만 제국이야말로 절대적인 전제정이라고 주장한다. 왜냐하면 귀족은 왕의 통치권을 제약하는 역할을 담당하기 때문이다.

17세기 후반경에 오스만 제국의 힘이 그 절정기를 지나게 되자 투르크 체제의 결점들은 이제 아시아 모든 대제국의 속성으로 일반화되었다. 유럽의 식민지 팽창야욕이 전 지구적으로 확산됨에 따라 근대에 오스만 제국과의 만남에서 비롯된 정치적 개념들은 사용범위가 확대되어 중국과 그 변방에까지 이르게 되었다. 아리스토텔레스의 '아시아적 전제정'이라는 도식적 이해는 18세기에 몽테스키외의 사상에서 부활했다. 그리스 철학자 아리스토텔레스가 이 도식을 그리스 중심주의적 시각에서 제시했다면 몽테스키외는 유럽 중심주의적 시각으로 '확대'하여 제시한 것이다. 그리고 아리스토텔레스의 경우 '아시아'는 거의 페르시아와 동일시되며, 그는 중국을 알지 못했다. 몽테스키외는 아리스토텔레스의 '아시아 전제정' 관념을 중국으로까지 넓혀서 도식화한 것이다.

몽테스키외의 유럽 중심주의는 기후 및 자연적 환경을 토대로 한 일종의 기후결정론 혹은 환경결정론과 관련된다. 그는 『법의 정신』에서 문화적 특성과 사회구성이 기후 및 지리적 위치와 밀접한 관련을 맺고 있음을 구체적으로 보여주고자 했다.[5] 몽테스키외는 세계를 추운 지역, 따뜻한 지역, 더운 지역으로 구분한다. 그는 이 세 지역이 나름대로 장단점을 지니고 있는 것으로 묘사하긴 하지만, 더운 지역에 대해서는 대개 부정적인 특성을 부여한다. 그는 남방에는 더운 기운으로 인해 호기심도, 고귀한 행동도, 관대한 감정도 없으며 매우 수동적인 성향을 지니기에 거기서는 게으름이 행복이라고 주장한다.[6] 따라서 더운 지역에 사는 인도인은 용기가 없을 뿐 아니라 휴식과 무(無, néant)가 만물의 토대이자 만물이 귀결되는 목표라고 말한다.[7]

유럽은 온대 지역이 넓게 펼쳐져 있기에 어느 정도 힘이 균등하게 배분되어 있어 이민족이 침입하여 정복하기 쉽지 않았으나 아시아는 유럽보다 남쪽에 위치하기에 침입과 정복에 의한 대제국 건설이 용이했고, 따라서 아시아에서는 권력이 항상 전제적일 수밖에 없다고 몽테스키외는 주장한다. 그에 의하면, 유럽에는 자유의 정신이 활성화되어 있어 외국 세력이 유럽인을 정복하고 복종하게 만드는 것이 어려운 반면에, 아시아에서는 예속의 정신이 지배하고 있어 자유로운 정신이 존재하지 않는다고 주장한다.[8] 유럽과 아시아를 비교할 때 아시아를 유약, 나태, 소심, 예속과 연결하여 결국 용기와 자유가 있는 유럽과 대조시키는 점에서 몽테스키외는 아리스토텔레스 이래 형성된 유럽 중심주의에 머물러

5 Charles-Louis de Secondat Montesquieu, *De 'Esprit des lois. Tome I*, Paris: Garnier Frères, 1961, p. 239.

6 Ibid.

7 Ibid., p. 244.

8 Ibid., p. 291.

있다.

볼테르는 중국의 정체를 전제정으로 분류하고 중국을 '공포심'에 의해 지배되는 국가로 규정한 몽테스키외의 정치체제 이론을 비판한다. 볼테르는 여러 단계의 재판을 거쳐 사법적인 판결을 내리는 중국의 사법제도를 통해 중국의 정체가 전제정이 아님을 보여주는 구체적인 사례로 제시하며 오히려 중국의 사법제도를 찬양하고 있다. 볼테르에 의하면, 중국의 정치체제는 군주가 법을 무시하고 백성의 생명이나 재산을 박탈하는 전제군주제가 아니다. 그는 오히려 중국이야말로 인민의 생명과 명예, 복지가 법에 의해 보호받는 법치주의 국가임을 강조한다. 그는 중국의 황제가 철학자이고, 황제의 칙서는 대개 도덕적인 교훈과 가르침이며, 황제의 통치는 유교적 가르침과 긴밀히 결부되어 있다고 주장한다. 볼테르는 중국의 정치체제가 부권에 토대를 둔 세상에서 가장 훌륭한 정체이며, 몽골 같은 정복자에게도 정복당한 중국의 법을 채택하게 만드는 유일한 정체라고 주장한다. 중국이 유교의 가르침에 의거한 법치주의 국가임을 강조함으로써 중국이 유럽보다 열등한 전제국가라는 유럽 중심주의적 시각을 극복한 점은 볼테르의 공헌으로 인정할 수 있다.

볼테르가 유럽 중심주의를 극복한 점은 그의 역사관에서 잘 드러난다. 종래의 세계사가 주로 유럽을 다루고, 유럽 이외의 세계를 다룰 때도 유럽과의 관련 속에서 다룬 데 반해, 그는 일종의 세계문화사인 『각 민족의 풍속과 정신에 관한 논고』라는 방대한 역사서에서 중국, 인도 등 비(非)유럽 세계에 대해 상당한 지면을 할애해서 다룬다. 그는 이 책의 본론을 중국에서부터 시작한다. 그가 다른 모든 나라에 앞서 중국을 다룬 것은 중국이 오래전부터 유대-기독교의 역사와 '무관한' 역사를 전개해왔으며, 또한 중국 역사가 구약성경에 기록된 역사보다 더 오래된 역사일 뿐 아니라 더 문명화된 역사라고 믿었기 때문이다. 볼테르의 시각에서 '문명화된 역사'란 구약성서에서 보는 바와 같이 이적으로 가득 찬 '미신'적인 역사가 아니며, 타 종족 살육을 영광스럽게 생각하는 역사도 아니라는 의미다. 이러한 점에서 볼테르의 유럽 중심주의 비판은 동시에 기독교 중심주의 비판으로 연결된다. 선민인 유대, 그리고 '제2의 선민'인 유럽 중심의 역사, 나아가 인류의 역사를 유대-기독교 세계를 중심으로 한 신의 섭리의 역사로 파악하는 역사관을 극복하고 인간의 이성을 강조한 근대적 역사관을 제시한 점에서도 그의 역사 서술은 큰 의의를 지닌다.

긍정적 오리엔탈리즘

'오리엔탈리즘'이라는 용어는 1830년대 프랑스에 처음 나타난 이후 다양한 의미로 사용되었다. 그런데 에드워드 사이드(Edward W. Said)가 『오리엔탈리즘(*Orientalism*)』이라는 기념비적인 저서를 낸 이후에 이 용어는 종종 사이드가 규정한 함의와 결부되어 사용된다. 동서 문화교섭을 다루는 학자들은 사이드가 이 책에서 제기한 문제의식을 간과하고 논의를 전개하기 힘들 만큼 이 책이 끼친 파장은 강력했다. 사이드는 이 유명한 저서에서 '오리엔탈리즘'을 "동양을 지배하고 재구성하며 위압하기 위한"[9] 서양의 지배

9 Edward W. Said, 『오리엔탈리즘』, 교보문고, 2004, p. 18.

담론으로 규정하고 있다.

사이드의 관점에서 동양은 서양의 우월한 정체성을 확립해주는 대상이다. 열등한 동양이 존재하기에 우월한 서양이 존재할 수 있다. 사이드는 동양에 대한 서양의 이러한 일방적인 인식이 제국주의와 식민주의를 통해 서양이 동양을 지배하는 강력한 무기임을 지적했다.[10] 사이드의 이러한 관점은 서양의 제국주의가 단지 영토적 정복이나 경제적 수탈과 관련된 것만이 아니라 문화적 지배와 어떻게 관련되는지를 드러낸 점에서 큰 공헌이 있다.

그런데 '오리엔탈리즘'에 대한 사이드의 이러한 정의는 동양에 대한 서구 작가들의 태도 전반을 포괄하지는 못한다. 서구의 텍스트 가운데는 동양에 대해 우호적인 텍스트도 분명히 존재하기 때문이다. 동양에 대해 우호적인 텍스트 가운데 일부는 사이드의 '오리엔탈리즘'적인 시각 속에 포섭될 수 있을지라도 그 텍스트 전체를 사이드의 시각으로 접근하기에는 무리가 따른다. 바로 이 점에서 사이드의 관점은 종종 비판의 대상이 되어왔다.

가령 아서 버스루이스(Arthur Versluis)는 사이드의 '오리엔탈리즘' 개념이 협소하다고 비판하면서, '오리엔탈리즘'을 "아시아의 종교, 문화, 국민을 경시하는 부정적인 오리엔탈리즘(negative Orientalism)"과 "아시아의 종교나 문화를 가치 있고, 영원한 진리를 반영하는 것으로 간주하는 긍정적인 오리엔탈리즘(positive Orientalism)"으로 구분한 바 있다.[11]

그의 분류에 따르면 사이드의 '오리엔탈리즘'은 '부정적인 오

10 Valerie Kenedy, 『오리엔탈리즘과 에드워드 사이드』, 갈무리, 2011, p. 62.

11 Arthur Versluis, *American Transcendentalism and Asian Religions*, Oxford: Oxford University Press, 1993, p. 5.

리엔탈리즘'으로 분류된다. 버스루이스는 미국의 초월주의(transcendentalism)를 '긍정적인 오리엔탈리즘'의 사례로 제시하고 있다. 초월주의자인 에머슨과 소로는 동양의 전통사상에 매우 우호적이었으며, 그들의 사상이 동양으로부터 많은 영향을 받아 형성된 것임은 잘 알려져 있다.

18세기 프랑스의 대표적인 중국예찬론자인 볼테르의 사상과 문화도 사이드의 '오리엔탈리즘' 개념으로 접근하기에는 어려움이 따른다. 사실 18세기 프랑스에는 '긍정적인 오리엔탈리즘'과 '부정적인 오리엔탈리즘'이 혼재해 있었다. 당시 프랑스에는 중국의 문화가 널리 알려져 있었기에 중국을 중심으로 판단할 때 몽테스키외가 '부정적인 오리엔탈리즘'을 대표한다면, 볼테르는 '긍정적인 오리엔탈리즘'을 대표한다.

사이드의 지적대로 '동양'은 서양의 제국주의적 욕망의 대상이라는 타자 이미지로서 서구 우월주의에 의해 날조된 이미지인 측면이 분명히 존재한다. 동시에 '동양'은 자신의 한계를 느낀 서양이 그 한계를 극복하고 새로운 제도와 사상과 문화를 산출하기 위해 도움을 요청한 대상이기도 하다. 클라크(J. J. Clarke)는 서양이 자신들의 지적 관심사 안으로 동양을 통합하려고 노력한 시도에 주목하고서 사이드의 '오리엔탈리즘' 개념을 수정·확장한다. 그는 『동양의 계몽(*Oriental Enlightenment. The Encounter between Asian and Western Thought*)』에서 사이드가 오리엔탈리즘이라는 개념을 서구 자유주의를 강력하게 비판하기 위한 토대로 사용하면서 암울한 색조로 채색했다면, 자신은 어둡고 밝은 양면을 모두 지닌 광범위한 태도를 드러내고 동서양의 '권력'과 '지배'라는 표면적인 관계만으로는 온전히 설명할 수 없는 더 풍부하고 긍정적인 오리엔탈리즘을 복원하겠다는 포부를 제시한다. 사이드가 '오리엔탈리즘'을 자신에게 복종하는 타자를 구성하고 통제하는 서구 제국주의의 지배서사로 보았다면, 클라크는 '오리엔탈리즘'을 좀 더 창조적이고 개방된 텍스트로 파악하여 서양의 지식과 권력의 구조들이 상호적인 방식을 통해 동양의 사상과 연루되는 경향으로 묘사하고자 한다.[12]

볼테르의 관점은 '부정적 오리엔탈리즘'과는 분명히 차이가 있다. 그는 자신의 학문과 예술을 통해 그 시대와 사회의 부정적 요소를 극복하고자 했다. 볼테르는 당대 프랑스 사회의 가장 큰 부정적 요소를 전제적인 정치권력과 부패하고 교리 싸움을 일삼는 종교권력 그리고 종교전쟁이라고 보았다. 그는 프랑스의 절대왕정을 극복하기 위해 적잖은 노력을 기울였다. 그런데 그가 더 많은 관심을 기울인 영역은 종교전쟁과 종교분쟁, 그리고 그 배후에 있는 종교적 불관용 정신이었다. 볼테르는 가톨릭과 개신교의 분쟁, 그리고 가톨릭 내의 분쟁을 강력하게 비판했다. 그는 이러한 분쟁의 배후에 광신이 있다고 생각했고, 이를 극복하고자 노력했다. 그것을 극복하는 도구는 '이성'이다.

볼테르는 칸트에 앞서 이미 미신적 요소와 광신이 없는 종교, 오직 이성만의 종교, 칸트가 말한 '이성의 한계 내에서의 종교'를 추구했다. 볼테르는 서구의 기독교를 기적으로 가득 찬 종교라고 생각했고, 이러한 기적과 관련된 요소를 미신이라고 간주했다. 볼테르는 미신이 없는 종교, 광신이 없는 종교, 이성이 지배하는 종교를 '이신론'에서 발견했다. 그런데 볼테르는 중국의 유교야말

12 J. J. Clarke, *Oriental Enlightenment. The Encounter between Asian and Western Thought*, NY: Routledge, 2003, p. 8.

로 이신론의 모델이며, 그 대표자는 공자라고 보았다. 그가 공자의 가르침을 순수 도덕이라고 강조하는 것도 바로 이러한 맥락에서다.

볼테르가 프랑스와 유럽 이외의 다른 많은 지역에 지적인 관심을 가지고 있었다는 점에서, 그리고 유럽이 아닌 중국을 매우 긍정적으로 다룬 점에서 그는 유럽의 자민족 중심주의를 극복했다고 판단할 수 있다. 그의 학문과 예술은 '타자의 발견'이라는 측면에서 그 공로가 크다. 유럽 이외의 문명권에 대한 지식이 오늘날처럼 보편화되지 않은 상황에서 동아시아 문명권의 사상을 나름대로 자신의 학문 혹은 작품에 용해시키려 한 시도에서 볼테르는 선구적인 역할을 감당했다. '타자의 발견'이라는 지점에서 한 걸음 더 나아가 중국이라는 타자가 유럽보다 나을 수 있다는 가능성을 제시한 점에서, 그리고 자신이 속한 시대와 사회의 문제점을 그 타자와의 만남을 통해 극복하고자 노력한 점을 통해 우리는 볼테르가 '긍정적 오리엔탈리즘'의 가능성을 보여준 작가라고 평가할 수 있다.

2. 볼테르의 한계

볼테르의 중국 이상화

중국 혹은 공자라는 타자와의 만남은 볼테르에게 유럽 문명과 기독교 문명에 대해 근본적으로 성찰하는 계기를 마련했다. 타자와의 만남을 통해 자기 문명을 비판하고 대안을 마련하고자 애쓴 점은 분명히 볼테르의 큰 공헌이다. 그런데 볼테르는 전문적인 중국학자(sinologue)가 아니다. 따라서 그는 중국의 사상과 문화에 대해 다루면서 중국 전문가로서가 아니라 일반학자 혹은 작가의 입장에서 접근했다. 그 접근이 유럽 중심주의를 극복한 것이었고, 문화상대주의적 시각을 견지하는 동시에 자기비판적이며 자기반성적인 관점을 유지한 점에서 매우 큰 장점을 지니는 것은 분명하다. 그러나 다른 한편으로 볼테르의 중국에 대한 관심이 '타자'인 중국을 진정으로 이해하기 위함인가 하는 점에는 논쟁의 소지가 있다. 그가 중국을 다룬 것은 공자와 유교를 활용하여 결국은 당대 프랑스의 기독교와 정치를 비판하기 위해, 다시 말해 프랑스 자신의 문제를 논의하기 위해서가 아닌가 하는 의문이 제기될 수 있다.

볼테르가 프랑스의 현실을 비판하고 대안을 마련하기 위해 중국을 활용한 것 자체는 비판할 수 없다. 그 대신 그가 중국의 종교사상을 당대 프랑스의 현실을 비판하기 위한 도구로 사용하는 과정에서 유교를 지나치게 이상시하거나 유교 이외의 중국 종교를 왜곡한 점은 비판의 소지가 있다. 중국도 서양과 마찬가지로 많은 문제를 지닌 나라였다. 현실적으로 존재하는 하나의 나라를 이상화한다면 거기에는 왜곡과 단순화가 결부될 수밖에 없다. 당대 프랑스의 정치·사회 현실과 종교 현실을 비판하기 위해 다른 모델을 제시할 때 볼테르는 자신의 모델을 실제 이상으로 이상화하거나 그 모델에 대해 객관적 공정성을 잃는 경향이 있다.

『동서문화교류사』의 저자인 프랑케(Wolfgang Franke)의 평가에 의하면, 17세기와 18세기 초에 중국은 정치와 문화에서 '최후의 황금시대'를 구가했으므로 여러 면에서 유럽보다 훨씬 우세했다.[13] 이 시기에 유럽에 중국을 알린 주된 매체는 중국에서 활동하던 예수회 선교사들이 보낸 편지와 보고서, 그리고 그들의 글을 유럽 예수회 본부에서 편집하여 출간한 서적이다. 중국의 예수회 신부들은 본국으로 보낸 편지와 보고서에서 중국의 실제 상황을 충실하게 기술했다. 그들의 기술만으로도 중국에 대한 우호적인 이미지를 전달할 수 있었을 것이다. 그런데 유럽 예수회 본부 소속 신부들은 중국 선교사들이 보낸 자료를 출간하기 전에 중국인에 대해 부정적으로 기술한 대목이나 기독교와 조화하기 어려운 보고 내용은 삭제하는 등 편집 과정에 깊숙이 관여했다. 그 결과 예수회 신부들은 중국을 지나치게 이상화하여 제시했다.[14]

유럽에 있는 예수회 신부들이 중국을 지나치게 이상화하여 기술한 주된 이유 가운데 하나는 유럽에서 '중국 전례논쟁'이 시작됨에 따라 이 논쟁에서 예수회가 유리한 입장을 확보하기 위해서

13 Wolfgang Franke, 『동서문화교류사』, 단대출판부, 1986, p. 88.

14 Ibid.

다.[15] 중국에 우호적인 편집을 한 둘째 이유는 편집자가 유럽의 독자들이 원하는 바를 간파하고서 그 요구에 부응하고자 한 점이다.

예수회 신부인 뒤알드는 바로 그러한 편집자 가운데 대표적인 인물이다. 그는 『해외 선교단의 감동적이고 진기한 편지 모음』(34 vol. 1702~1776)과 『중화제국전지』(4 tomes, 1735)를 편집하면서 중국인이나 예수회에 호의적이지 않은 자료들을 제외시켰다. 18세기 프랑스 독자들이 바라던 문화적 우상을 꿰뚫어본 뒤알드는 중국을 독자들의 기대에 부응시켜 제시했고, 이러한 지나친 편집에 대해 중국 주재 선교사들이 불평하기도 했다.[16] 볼테르를 비롯한 유럽의 지식인들이 중국을 이상세계로 보는 것도 최소한 부분적으로는 바로 이 점에 기인한다. 볼테르는 뒤알드를 당대의 위대한 인물 목록에 포함시킬 정도로 그를 존경했다.[17]

계몽주의 시기와 그 이전의 유럽 사상가들은 유럽의 철학과 제도의 부적절성을 검증하는 거울로서, 도덕 및 정치 개혁의 모델로서, 기독교의 유일성에 대한 주장을 깨뜨리기 위한 도구로서 중국을 받아들였다.[18] 계몽주의 시대에 중국의 철학과 정치체제에 관한 유럽인의 이해가 급격히 높아졌음은 부인할 수 없지만, 유학자들이 유신론자인지 무신론자인지를 두고 진행된 논쟁에서 보듯 유교에 대한 유럽의 이해는 당대 유럽의 관심사와 논쟁에 의해 여과되고 왜곡되었으며, 예수회 선교사들과 마찬가지로 계몽사상

15 Ibid.

16 David E. Mungello, 『진기한 나라 중국. 예수회 적응주의와 중국학의 기원』, 나남, 2009, pp. 204, 550.

17 Ibid., p. 550.

18 J. J. Clarke, *Oriental Enlightenment. The Encounter between Asian and Western Thought*, NY: Routledge, 2003, p. 43.

가들 역시 자신들의 계몽주의적 관점에서 유교를 해석했다.[19]

그렇다면 볼테르도 중국을 지나치게 이상화하여 편집하고 기술한 유럽 예수회 신부들이 제시한 중국관의 희생자인가? 볼테르를 그렇게 평가할 수도 있을 것이다. 하지만 사실 볼테르 자신도 중국에 관해 비우호적이고 심지어 악의적인 보고서를 충분히 접했기에 그가 중국을 이상화한 것은 자신의 목적을 달성하기 위한 의도적인 선택일 가능성이 더 많다.

볼테르는 당대 프랑스 사회를 비판하기 위해 프랑스를 부정적으로 묘사하는 만큼 그와 대조를 이루는 사회와 문화를 지나치게 긍정적으로 묘사하는 경향이 있다. 가령 종교적 관용 문제에서 볼테르는 당대 프랑스의 종교적 불관용과 박해를 비판하기 위해 종교적 관용의 역사적 사례를 나열하며 프랑스의 종교적 박해가 역사적으로 얼마나 예외적인 경우인지, 다시 말해 유럽의 다른 시대와 유럽 이외의 타 문명권에서는 종교적으로 얼마나 관용적이었는지를 항변한다. 그는 고대 로마가 사실은 기독교인에게 종교적인 박해를 별로 가하지 않았다고 주장하고,[20] 심지어 그는 일본인이 가장 관용적인 민족이라고 주장하며, 일본의 가톨릭 박해는 가톨릭 진영의 잘못으로 치부한다. 다시 말해 예수회가 기존에 일본에 뿌리 내린 다른 종교를 용인하지 않았기 때문에 결국 내전을 초래했다는 것이다.[21] 그는 일본의 가톨릭 박해가 얼마나 심했는지는 기록하지 않으며, '박해'라는 용어 대신에 '내전'이라는 용어를 사용할 만큼 일본의 가톨릭 박해를 부인한다.

19 Ibid., p. 44.

20 Voltaire, *Traité sur la tolérance*, Paris: Flammarion, 1989. pp. 64-76.

21 Ibid., pp. 51-52.

볼테르는 중국의 사상적 관용 문제에서도 이를 이상화하는 측면이 있다. 그런데 유럽에서와 마찬가지로 중국에서도 사상 통제와 사상 박해는 있었다. 중국에서 정치나 종교 권력에 반하는 사상에 대한 박해는 '문자옥(文字獄, Literary Inquisition)'이라는 용어로 알려져 있다. '문자옥'이란 '말'이나 '문자' 때문에 화를 당하는 일을 일컫는다.[22] "중국 역사상 가장 악명 높은 문자옥"[23]인 진시황의 '분서갱유(焚書坑儒)' 이래 중국 역대 왕조의 권력자들은 왕권 수호와 사상 통제를 위한 도구로 '문자옥'을 활용해왔다.

중국의 문화사학자 위치우위에 의하면, 명나라의 초대 황제인 주원장(朱元璋)은 '문화 전제주의'를 체계적으로 기획하고 엄격한 통제 속에 진행했으며 또한 사회 전반적으로 장기간 지속시켰다.[24] 주원장은 관리들이 쓴 글을 자신을 비웃거나 비난하는 말이라고 자의적으로 해석하여 그 글을 쓴 사람들을 처형하기도 했다. 그리고 문관은 반드시 과거를 통과해야 하되 시험 문제는 『사서』와 『오경』에서 출제해야 하며 답안에서 응시생 개개인의 의견을 배제하도록 했다.[25] 이러한 제도를 통해 주원장은 국정을 엄격하게 장악하거나 통제했고, 이로써 중국 문화는 황제의 종복(從僕) 신세로 전락하며 공포 분위기 속으로 침잠하고 말았다고 위치우위는 주장한다. 이 문화사학자에 의하면, 명대 중기에 와서 조정이 지나치게 유학을 추존하게 되자 유학이 보수화되고 사회가 부패하게 된 상

22 왕예린, 『영혼을 훔친 황제의 금지문자. 문자옥, 글 한 줄에 발목 잡힌 중국 지식인들의 역사』, 애플북스, 2010, p. 5.

23 Ibid., p. 13.

24 주원장에 대해서는 다음 문헌을 참조할 것. 위치우위, 『중화를 찾아서』, 미래인, 2010, pp. 460-467.

25 Ibid., p. 461.

황에서 새롭게 등장한 것이 왕양명(王陽明)의 심학(心學)이다.

중국의 사상 박해는 이지(李贄, 1527~1602)의 삶에서도 잘 드러난다. 흔히 '이탁오(李卓吾)'라 불리는 이지는 주희(朱熹)의 주석으로 정립된 유교 경전이 국가에서 인정하는 유일한 학문체계로 간주되던 명나라 때 과거에 급제해 관료생활을 하다가 왕양명의 학문을 접하고는 심학에 몰두하다가 관직을 떠났다. 그는 공자를 고대의 사상가이자 학자로서 존경하긴 했지만, 공자를 신격화시키며 공자가 세워놓은 기준으로 옳고 그름을 판단하는 세태에는 비판을 가했다. 그 결과 그는 장문달(張問達)이라는 관리의 탄핵을 받고 '혹세무민'의 죄로 투옥된 뒤 옥중에서 자살했다.[26]

'문자옥'은 청나라에도 이어졌다. 청나라 황제들은 '문자옥'을 통해 반청 인사를 잔혹하게 탄압하고 자신들의 통치 기반을 공고히 하고자 했다. 강희제, 옹정제, 건륭제 세 황제에 걸쳐 130여 년간 지속된 청대의 '문자옥'으로 인해 200명 이상이 처형되었다.[27] 볼테르를 비롯한 계몽주의자들이 칭송한 강희제 치하에서 청대 최대의 '문자옥' 사건인 '명서 사건(明書事件)'이 일어났음은 아이러니다. 명 왕조를 칭송하고 청 왕조를 비판하는 내용을 담은『명서』가 출간된 후 책을 출간한 이는 체포된 후 감옥에서 사망했고, 그 아들은 책의 저자로서 책이 출간되기 전에 이미 사망했음에도 부관참시 당했다.『명서』출간을 주도한 가족들 이외에 이 책의 편집과 인쇄에 관여했던 모든 장인들도 처형당하거나 군대로 끌려가

26 이지에 대해서는 다음 문헌을 참조할 것. 옌리에산 외,『이탁오 평전 유교의 전제에 맞선 중국 사상사 최대의 이단아』, 돌베개, 2005.

27 장위싱,「목숨을 빼앗는 황제의 금지 문자, 문자옥」,『황제들의 숨겨진 중국사』, 이가출판사, 2017, p. 207.

고 관직을 삭탈 당했다.[28]

볼테르의 도교와 불교 경멸

볼테르가 중국의 종교 사상을 당대 프랑스나 유럽의 현실을 비판하기 위한 도구로 사용하는 과정에서 유교를 지나치게 이상시했을 뿐 아니라, 유교 이외의 중국 종교를 왜곡한 점은 비판의 소지가 있다. 사실 볼테르가 노자나 석가에 대해 언급한 것은 매우 드물다. 그런데 그가 도교와 불교에 대해 언급하는 것은 대개 부정적인 맥락 속에서다. 볼테르의 이성과 이신론에 대한 편향, 초자연에 대한 거부는 노자와 석가, 도교와 불교에 대한 부정적인 평가로 이어진다.

볼테르는 『각 민족의 풍속과 정신에 관한 논고』의 제2장 "중국 종교"에서 노자에 대해 다음과 같이 말한다. "공자보다 좀 이른 시기에 노자(Laokiun)가 종파 하나를 도입했는데, 그 종파는 악령과 주술과 불가사의한 마력(魔力)을 신봉했다."[29] 볼테르는 이러한 것들을 '미신'이라 간주했으며, 노자를 추종하는 종파가 그 미신을 중국 민중에게 도입했다고 주장한다.[30]

펑유란(Fung Yu-Lan)을 따라 철학으로서의 도가(道家, philosophical taoism)와 종교로서의 도교(道敎, religious taoism)를 구분

28 '명서 사건'에 관해서는 다음을 참조할 것. Ibid., pp. 204-213.

29 Voltaire, *Essai sur les mœurs et l'esprit des nations vol. I*, Charleston: Nabu Press, 2011, p. 187.

30 Ibid., p. 188.

한다면,[31] 여기서 볼테르가 언급하는 'Laokiun(老君)'의 종파는 철학으로서의 도가가 아닌 종교로서의 도교다. 볼테르는 미신과는 무관한 『도덕경(道德經)』에 대해서는 전혀 알지 못한 것 같다. 서양에서 노자의 『도덕경』이 라틴어로 번역된 것이 이미 1700년경이기에[32] 시기적으로 고려하면 볼테르는 이 책을 접할 수 있었을 것이다. 『각 민족의 풍속과 정신에 관한 논고』에서 도교를 비판할 때 그는 『도덕경』을 읽지 않은 상태에서 비판한 것으로 보이며, 대신 뒤알드를 비롯해 유교에 경도된 예수회 신부들의 견해를 무비판적으로 추종한 것으로 판단된다.

볼테르는 도교에 이어 불교에 대해서도 비판적으로 언급한다. 그는 불교가 '부처라는 우상(l'idole Fo)'을 숭배하는 승려들(Bonzes)의 미신이라고 규정한다. 그리고 그는 부처에 대한 숭배가 "매우 우스꽝스럽기에 하층민에게 가장 적합"하다고 보았다.[33] 그는 불교 승려를 경멸했는데, 불승의 광신과 고행(금욕)은 인간 본성을 없애버린다고 주장한다. 이어서 그는 "불교 승려들은 마귀를 쫓아내고 기적을 행하는 이들로 보인다"라고 말하고, 승려들이 민중에게 '면죄부'를 판매한다고 비판한다.[34] 요컨대 그는 불교를 광신과 미신, 그리고 성직자의 부패로 가득 찬 종교로 규정한다. 그

31 Fung Yu-Lan, *A Short History of Chinese Philosophy*, New York: The Macmillan Company, 1948, p. 3. 펑유란이 양자를 구분하는 것은 도가가 자연을 따르라는 가르침을 펴는 데 반해 도교는 자연에 역행하라는 가르침을 펴기 때문이다. 도교와 도가를 구분하는 펑유란의 견해와는 달리 양자 사이의 연속성을 강조하는 자료로는 다음을 참조할 것. Isabelle Robinet, *Histoire du taoïsme*, Paris: Cerf, p. 10.

32 J. J. Clarke, 『서양, 도교를 만나다』, 예문서원, 2014, p. 92.

33 Voltaire, *Essai sur les mœurs et l'esprit des nations vol. I*, Charleston: Nabu Press, 2011, p. 187.

34 Ibid.

리고 그는 "달라이 라마는 인간 미신의 승리인 것으로 보인다"[35]라고 말한다. 왜냐하면 볼테르는 중국인이 달라이 라마를 '살아있는 우상(idole vivante)'으로 숭배한다고 판단했기 때문이다. 이 프랑스 이신론자의 관점에서, 당대의 달라이 라마가 입적하면 그 영혼이 들어가 환생했다고 믿는 아이를 찾아내 후임 달라이 라마로 선정하는 전통은 당연히 미신에 불과하다.

볼테르가 도교와 불교에 대해 부정적이고 경멸적인 관점을 견지한 것은 마테오 리치 이래 예수회 신부들이 일반적으로 형성해온 관점에서 한걸음도 더 나아가지 않았음을 드러낸다. 예수회 신부들은 유교에 비해 종교성이 강한 도교나 불교는 기독교와 경쟁관계에 있다고 파악했기에 중국의 이 두 가지 주요 종교를 미신 혹은 우상숭배와 결부시켜 부정적인 이미지를 만들어 유포했다. 뒤알드 신부는 『중화제국전지』에서 중국의 주요 종교인 유교, 도교, 불교를 다음과 같이 소개한다.

> "중화 제국에는 세 가지 중요한 종파가 존재한다. 첫째, 고대 경전의 교리를 따르고 공자를 스승으로 모시는 문인들의 종파다. 둘째, 노자의 제자들로 구성된 종파로서, 이 종파는 괴상하고 불경스러운 것으로 가득하다. 셋째, 우상을 숭배하고 부처를 신으로 숭배하는 종파로서 이는 주후(主後) 32년경에 인도에서 중국으로 유입되었다."[36]

35 Ibid.

36 Jean-Baptiste du Halde, *Description de la Chine t. III*, Paris: Pierre-Gilles Le Mercier, 1735. p. 1.

이 글에 이어 뒤알드는 중국의 세 종교에 대해 평가하는데, 그는 세 종교 가운데 유교만 긍정적으로 평가하고 도교와 불교는 매우 부정적으로 폄훼한다. 그는 유교가 풍속을 이끌고 국가를 다스리는 데 필요한 적절한 지식을 습득하는 통로가 될 수 있다고 말한다. 한편, 도교는 일종의 마법이나 주술로 변질되었으며 도교 신자들은 연금술과 불로장생술의 비법에 심취해 있다고 말한다. 마지막으로 뒤알드는 중국 불교가 인도에서 중국으로 전래된 우화와 미신을 모아놓은 것에 불과한 것으로서 불승들은 거짓된 경건의 외양으로 민중을 현혹하며 민중에게 영혼이 한 육체에서 다른 육체로 옮겨 다니는 윤회설에 대한 믿음을 가르친다고 소개한다.[37]

중국 종교에 대한 뒤알드의 관점을 계승하여, 중국 종교를 유교와 도교·불교의 대립적 이원론 속에서 파악한 볼테르는 유교를 문인들의 종교로, 도교·불교를 무식한 민중의 종교로 귀속시킨다. 그의 중국 종교관은 엘리트(선비)와 민중, 엘리트에게 적합한 종교와 민중에게 적합한 종교라는 이원적 구분 위에 구축되어 있다. 그리고 엘리트는 이성의 한계 내에서 종교를 추구하는 반면, 민중은 이성의 한계를 벗어나는 종교, 다시 말해 초자연적 요소를 인정하는 종교를 추구하며, 이러한 초자연적 요소는 미신이라는 자신의 관점에서 중국 종교를 바라보았다. 그 결과 그는 도교와 불교를 평가절하하고 왜곡한다. 바로 이 점에서 볼테르의 중국 종교관은 한계를 지닌다.

37 Ibid., p. 2.

후기

이 책에는 저자가 학술지에 이미 발표한 논문들을 어느 정도 활용했음을 밝힌다. 어떤 경우는 기존의 논문을 부분적으로 수정·보완하기도 했고, 또 다른 경우에는 기존의 논문을 해체하고 재구성하여 다양한 본문 속에서 녹여내기도 했다. 그리고 기존에 발표하지 않은 새로운 글들도 포함되어 있다. 이 책에서 활용한 기존 논문 목록은 다음과 같다.

- 「볼테르와 중국: 전례논쟁에 대한 볼테르의 견해」, 『외국문학연구』, No. 48, 2012.
- 「볼테르의 『중국 고아』와 오리엔탈리즘」, 『세계문학비교연구』, Vol. 44, 2013.
- "Voltaire's View of Confucius," *Foreign Literature Studies*, Vol. 36, No. 3, 2014.
- 「볼테르의 관용 사상과 '보편적 관용'의 문제」, 『인문사회 21』, Vol. 7, No. 5, 2016.
- 「볼테르의 종교관과 중국」, 『인문사회 21』, Vol. 8, No. 5, 2017.

위의 볼테르 논문 이외에 다음 논문을 일부 활용했음을 밝힌다.

- 「몽테스키외의 중국관 비판」, 『세계문학비교연구』, Vol. 40, 2012.

참고문헌

볼테르 저작

Voltaire, *L'Orphelin de la Chine*, Londres: Jean Nourse, 1756.

______, *Œuvres historiques*, Paris: Gallimard, 1957.

______, *Dictionnaire philosophique*, Garnier Frères, 1961.

______, *Mélanges*, Paris: Gallimard, 1961.

______, *Dialogues et anecdotes philosophiques*, Paris: Garnier Frères, 1966.

______, *Le Siècle de Louis XIV vol. II*, Paris: Garnier-Flammarion, 1966.

______, *Romans et contes*, Paris: Gallimard, 1979.

______, *Traité sur la tolérance*, Flammarion, 1993.

______, *Lettres anglaises*, Cergy: In Libro Veritas, 2005.

______, *Dictionnaire philosophique*, Los Gallardos: Patrik Cintas, 2005.

______, *Essai sur les mœurs et l'esprit des nations vol. I*, Charleston: Nabu Press, 2011.

______, *Essai sur les mœurs et l'esprit des nations vol. II*, Charleston: Nabu Press, 2011.

______, *Essai sur les mœurs et l'esprit des nations vol. III*, Charleston: Nabu Press, 2011.

______. *Essai sur l'histoire générale et sur les mœurs et l'esprit des nations*. (http://www.mediterranee-antique.info/Fichiers_PdF/TUV/

Voltaire/Moeurs.pdf)

______, *L'Affaire du Chevalier de la Barre*, Paris: Gallimard, 2016.

일반 저작

1. 국내 저작

기균상(紀君祥),『趙氏孤兒』, 지식을만드는지식, 2011.

김상근,『동서문화의 교류와 예수회 선교역사』, 한들출판사, 2006.

김승혜,『동아시아 종교 전통과 그리스도교의 만남』, 영성생활, 1999.

김응종,「돌바크의 자연철학과 무신론」 in 김응종 외,『프랑스의 종교와 세속화의 역사』, 충남대학교출판문화원, 2013.

______,『관용의 역사. 르네상스에서 계몽주의까지』, 푸른역사, 2014.

김혜경,『예수회의 적응주의 선교』, 서강대학교출판부, 2012.

러우칭씨,『원림』, 대가, 2009.

미즈바야시 아키라,『프랑스 근대문학 볼테르, 위고, 발자크』, 웅진지식하우스, 2010.

박홍규,「칼라스 재판과 볼테르」 in『영남법학』 제6권 제1·2호, 2002.

백인호,「프랑스 절대왕정기의 부정부패」,『한국사 시민강좌』 제22집, 1998.

베이징대학교 중국전통문화연구중심,『중국문명대시야 3』, 김영사, 2007.

______, 『중국문명대시야 4』, 김영사, 2007.

서정복, 『프랑스의 절대왕권 시대』, 푸른 사상, 2012.

서양근대철학회 엮음, 『서양 근대 종교철학』, 창비, 2015.

신승하, 『근대 중국: 개혁과 혁명』, 대명출판사, 2004.

옌리에산 외, 『이탁오 평전 유교의 전제에 맞선 중국 사상사 최대의 이단아』, 돌베개, 2005.

왕국유(王國維), 『송원희곡사(宋元戲曲史)』, 학고방, 2007.

왕예린, 『영혼을 훔친 황제의 금지문자. 문자옥, 글 한 줄에 발목 잡힌 중국 지식인들의 역사』, 애플북스, 2010.

위치우위, 『중화를 찾아서』, 미래인, 2010.

이상우, 「『趙氏孤兒』 故事의 變遷 考察」, 『중국희곡』 제2권 제1호, 1994.

______, 「戲劇 『中國孤兒』 考察」, 『中國語文學誌』 제9권 제1호, 2001.

이양호, 「칼빈의 「세네카의 관용론 주석」 연구」, 『신학논단』 제19집, 1991.

야부우치 기요시, 『중국의 과학문명』, 민음사, 1997.

장위싱, 「목숨을 빼앗는 황제의 금지 문자, 문자옥」, 『황제들의 숨겨진 중국사』, 이가출판사, 2017.

정수일, 『실크로드학』, 창비, 2007.

조혜인, 『동에서 서로 퍼진 근대 공민사회. 유교 예치(禮治) 및 자유 관념의 발전과 서구에의 전파』, 집문당.

주명철, 『서양 금서의 문화사. 프랑스 계몽주의 시대를 중심으로』, 길, 2006.

치엔웨이창, 『중국 역사 속의 과학발명』, 전파과학사, 2016.

황태연, 「윌리엄 템플의 중국 내각제 분석과 영국 내각제의 기획·추진: 공자의 분권적 제한군주정과 영국 내각제의 기원(1)」, 『정신문화연구 37(2)』, 2014.

______, 「윌리엄 템플의 중국 내각제 분석과 영국 내각제의 기획·추진: 공자의 분권적 제한군주정과 영국 내각제의 기원(2)」, 『정신문화연구 38(2)』, 2015.

황태연 외, 『공자, 잠든 유럽을 깨우다』, 김영사, 2015.

히라카와 스케히로, 『마테오 리치. 동서문명교류의 인문학 서사시』, 동아시아, 2002.

Anderson, Perry, 『절대주의 국가의 계보』, 현실문화, 2014.

Aristoteles, 「정치학」 『정치학/시학』, 삼성출판사, 1994.

Bury, John H., 『사상과 자유의 역사』, 바오, 2006.

Carpantier, Jean 외, 『프랑스인의 역사』, 소나무, 1991.

Cassirer, Ernst, 『계몽주의 철학』, 민음사, 1995.

Clarke, J. J., 『서양, 도교를 만나다』, 예문서원, 2014.

Darnton, Robert, 『책과 혁명』, 알마, 2014.

Fairbank J. K. 외, 『동양문화사 下』, 을유문화사, 2009.

Franke, Wolfgang, 『동서문화교류사』, 단대출판사, 1986.

Guadalupi, Gianni, 『중국의 발견. 서양과 동양문명의 조우』, 생각의 나무, 2004.

Hobson, John M., 『서구 문명은 동양에서 시작되었다』, 에코리브르, 2005.

Jones, Colin, 『케임브리지 프랑스사』, 시공사, 2013.

Hoffmann, Thomas R., 『로코코』, 안상원 역, 미술문화, 2008.

Höffe, Otfried, 『임마누엘 칸트』, 문예출판사, 1997.

Kaplan, Benjamin J., 『유럽은 어떻게 관용사회가 되었나. 근대 유럽의 종교 갈등과 관용 실천』, 푸른역사, 2015.

Kenedy, Valerie, 『오리엔탈리즘과 에드워드 사이드』, 갈무리, 2011.

Leibniz, Gottfried Wilhelm, 『라이프니츠가 만난 중국』, 이학사, 2003.

Lovell, Julia, 『장성, 중국사를 말하다』, 웅진지식하우스, 2007.

Massin, Jean, 『로베스피에르, 혁명의 탄생』, 양희영 역, 교양인, 2012.

Mathiez, Albert, 『프랑스 혁명사 下』, 김종철 역, 창비사, 1982.

Mornet, Daniel, 『프랑스 혁명의 지적 기원』, 민음사, 1993.

Mungello, David E., 『진기한 나라, 중국』, 나남, 2009.

______, 『동양과 서양의 위대한 만남 1500~1800』, 휴머니스트, 2009.

Needham, Joseph, 「중국 과학전통의 결함과 성취」 in 김영식 편, 『중국 전통문화와 과학』, 창작과 비평사, 1992.

Quesnay, François, 『중국의 계몽 군주정(Le Despotisme de la Chine)』, 엠 에드, 2014.

Ricci, Matteo, 『천주실의』, 서울대학교출판문화원, 2010.

______, 『중국견문록』, 문사철, 2011.

Sabine, George H., 『정치사상사 2』, 한길사, 2014.

Said, Edward W., 『오리엔탈리즘』, 교보문고, 2004.

Spence, Jonathan D., 『강희제』, 이산, 1989.

______, 『칸의 제국』, 이산, 2007.

Temple, Robert, 「그림으로 보는 중국의 과학과 문명」, 까치, 2009.

Wolff, Christian, 『중국의 실천철학에 대한 강연』, 서울대학교출판문화원, 2017.

Zweig, Stefan, 『다른 의견을 가질 권리』, 바오, 2010.

2. 국외 저작

Anderson, *Perry, Lineages of the Absolute State,* London: Verso, 1979.

Aronson, Robert D. et als., *Dutch Delftware.. Facing East: Oriental Sources for Dutch Delfware Chinoiserie Figures,* Amsterdam: Aronson Antiquairs, 2010.

Bacon, Francis, *The New Organon, or True Directions Concerning the Interpretation of Nature,* Book 1 (http://www.earlymoderntexts.com/assets/pdfs/bacon1620.pdf)

Clarke, J. J., Oriental Enlightenment. *The Encounter between Asian and Western Thought,* NY: Routledge, 2003.

Cologan, Hugues, "Quelques lumières sur la Chine: la Chine des lumières," (www.afec-en-ligne.org/IMG/pdf/3-Cologan.pdf)

Copleston, Frederick, *A History of Philosophy, vol. 5,* London: Burns and Oates, 1961.

Cordier, Henri, *La Chine en France au XVIIIe siècle,* Paris: Henri Laurens, 1910.

Cronk, Nicholas, *The Cambridge Companion to Voltaire,* Cambridge University Press, 2009.

Durant, Will, *The Story of Philosophy*, New York: Gardon City Publishing Co., 1926.

Etiemble, René, *Connaissons-nous la Chine?*, Paris: Gallimard, 1964.

______, *Les Jésuites en Chine. La Querelle des rites*, Paris: René Julliard, 1966.

______, *L'Europe chinoise I*, Paris: Gallimard, 1988.

______, *L'Europe chinoise II*, Paris: Gallimard, 1989.

Fung, Yu-Lan, *A Short History of Chinese Philosophy*, New York: The Macmillan Company, 1948.

Gay, Peter, *The Enlightenment: An Interpretation. The Rise of Modern Paganism*, New York: Vintage Books, 1966.

______, *Deism: An Anthology*(Princeton: D. Van Nostrand Company, 1968.

______, *The Enlightenment: An Interpretation. The Science of Freedom*, New York/London: W. W. Norton & Company, 1996.

Gernet, Jacques, *A History of Chinese Civilization*, Cambridge: Cambridge University Press, 1982.

Halde, Jean-Baptiste du, *Description de la Chine t. III*, Paris: Pierre-Gilles Le Mercier, 1735.

Hazard, Paul, *La Pensée européenne au XVIIIe siècle*, Paris: Librairie Arthème Fayard, 1963.

Hobson, John M., *The Eastern Origins of Western Civilization*, Cambridge: Cambridge University Press, 2004.

Horace, Satires, *Epistles, and Ars Poetica*, edited and translated by H. R. Fairclough, Cambridge: Loeb Classical Libraryp/Harvard

University Press, 1929.

Hudson, G. F., *Europe and China. A Survey of their Relations from the Earliest Times to 1800*, Boston: Beacon Press, 1951.

Hume, David, *Essays Moral, Political, Literary*, London: Murry, 1882.

Israel, Jonathan Irvine, *A Revolution of the Mind. Radical Enlightenment and the Intellectual Origins of Modern Democracy*, Princeton: Princeton University Press, 2010.

______, *Enlightenment Contested: Philosophy, Modernity, and the Emancipation of Man, 1670–1752*, Oxford: Oxford University Press, 2013.

Janvier, Marie-Hélène, "Montesquieu et la Chine: un scepticisme marqué, 1721-1748" (http://www.celat.ulaval.ca/wp-content/uploads/2012/06/Article_CELAT_MHJANVIER_Montesquieu-et-la-Chine_un-scepticisme-marqueOK.pdf)

Cicero, *On the Commonwealth*, Indianapolis: Bobbs-Merrill Educational Publishing, 1929.

Julien, Stanislas, "Avant-propos." in Ki-kiun-tsiang, *Tchao-chikou-eul, ou l'Orphelin de la Chine*, Traduit par Stanislas Julien, Paris: Moutardier, 1834.

Ki-kiun-tsiang, *Tchao-chikou-eul, ou l'Orphelin de la Chine*, Traduit par Stanislas Julien, Paris: Moutardier, 1834.

Lanson, Gustav, et als., *Manuel illustré d'histoire de la littérature française*, Paris: Hachette, 1929.

Leibniz, Gottfried Wilhelm, *Writings on China*, Chicago: Open Court, 1994.

Lévi-Strauss, Claude, *Tristes Tropiques*, Paris: Plon, 1984.

Liu, Wu-Chi, "The Original Orphan of China," *Comparative Literature*, Vol. 5, No. 3, Summer, 1953.

Löwith, Karl, *Meaning in History*, Chicago: University of Chicago Press, 1957.

Martino, Pierre, *L'Orient dans la littérature française au XVIIe et au XVIIIe siècle*, Paris: Hachette, 1906.

Montesquieu, *Charles-Louis de Secondat, Lettres persanes in Œuvres complètes I*, Paris: Gallimard, 1949.

______, *Charles-Louis de Secondat, De l'Esprit des lois. Tome I*, Paris: Garnier Frères, 1961.

Nevill, Don, "Eroe cinese," The Grobe Music Online.

Orieux, Jean, *Voltaire ou la royauté de l'esprit*, Paris: Flammarion, 1970.

Pearson, Roger, *Voltaire Almighty. A Life in Persuit of Freedom*, NY: Bloomsbury, 2005.

Pereira, Jacques, *Montesquieu et la Chine*. Paris: L'Harmattan, 2008.

Pinot, Virgile, *La Chine et la formation de l'esprit philosophique en France(1640~1740)*. Paris: Librairie orientaliste Paul Geuthner, 1932.

Poivre, Pierre, *Voyages d'un philosophe ou observations sur les moeurs & les arts des peuples de l'Afrique, de l'Asie et de l'Amérique*, A Yverdon: F.-B. de Félice, 1768.

Pomeau, René, *Politique de Voltaire*, Paris: Armand Colin, 1963.

______, *La Religion de Voltaire*, Paris: Librairie A. G. Nizet, 1995.

Reichwein, Adolf, *China And Europe Intellectual And Artistic Contacts In The Eighteenth Century*, New York: Alfred A. Knop, 1925.

Rihs, Charles, Voltaire, *recherches sur les origines du matérialisme historique*, Genève: Libraire Slatkine, 1977.

Robinet, Isabelle, *Histoire du taoïsme*, Paris: Cerf, 1991.

Rousseau, Jean-Jacques, *Julie ou La nouvelle Héloïse*, in Œuvres complètes II, Paris: Gallimard, 1959.

______, *Du Contrat social*, Paris: Seghers, 1971.

______, *Discours sur les sciences et les arts. Discours sur l'origine et les fondements de l'inégalité parmi les hommes*, Paris: GF, 1971.

______, *Sur l'économie politique. Considérations sur le Gouvernement de Pologne, Projet pour la Corse*, Paris: Garnier Frères, 1990.

Rowbotham, Arnold H., "Voltaire, Sinophile," *PMLA*, Vol. 47, No. 4, Dec. 1932.

______, "China in the Esprit des Lois: Montesquieu and Mgr. Foucquet," *Comparative Literature* Vol. 2, No. 4, Autumn, 1950.

______, "The Impact of Confucianism in Seventeenth Century Europe," *Far East.* Q. 1945 iv.

Tocqueville, Alexis de, *L'Ancien Régime et la Révolution*, Michel Lévy Frères, 1856.

Torrey, Norman Lewis, *Voltaire and the English Deists*, New Haven: Yale University Press, 1930.

Versluis, Arthur, *American Transcendentalism and Asian Religions*, Oxford: Oxford University Press, 1993.

Vissière, Isabelle et Jean-Louis, *Lettres édifiantes et curieuses de Chine par des missionnaires jésuites 1702~1776* (Paris: Garnier-Flammarion, 1979).

Waring, E. Graham, *Deism and Natural Religion. A Source Book*, New York: Frederick Ungar Publishing Co., 1967.

Webb, John, *The Antiquity of China*, London: Printed for Obadiah Blagrave, 1678.

찾아보기

ㄱ

ㄴ

ㄷ

ㄹ

ㅁ

ㅂ

ㅅ

ㅇ

ㅈ

ㅊ

ㅋ

ㅌ

ㅍ

ㅎ